D. J. MacHale

Die Bibliothek der Geister

Der schwarze Mond

D. J. MacHale

Die Bibliothek der GEISTER

Der schwarze Mond

Aus dem Amerikanischen
von Bettina Obrecht

cbj

Sollte diese Publikation Links auf Webseiten Dritter enthalten, so übernehmen wir für deren Inhalte keine Haftung, da wir uns diese nicht zu eigen machen, sondern lediglich auf deren Stand zum Zeitpunkt der Erstveröffentlichung verweisen.

Dieses Buch ist auch als E-Book erhältlich.

Verlagsgruppe Random House FSC® N001967

1. Auflage 2019

Die amerikanische Originalausgabe erschien 2017
unter dem Titel »The Library – Book 2 – Black Moon Rising«
bei Random House Children's Books,
A division of Penguin Random House LLC, New York

Umschlaggestaltung: semper smile, München
Umschlagmotiv: Shutterstock Images LLC
hf · Herstellung: UK
Satz: KompetenzCenter, Mönchengladbach
Druck: GGP Media GmbH, Pößneck
ISBN 978-3-570-17622-1
Printed in Germany

www.cbj-verlag.de

Starken Zauber eingemischt,
Höllenbrei im Kessel zischt.
Doppelt plagt euch, mengt und mischt!
Kessel brodelt, Feuer zischt.

aus William Shakespeare: Macbeth

Vorwort

Du bist also zurückgekommen? Na, das ist ja sehr tapfer. Das gefällt mir. Nicht nur, weil du meine Bücher offensichtlich magst, sondern weil du eindeutig ein bisschen merkwürdig bist. Versteh das bitte als Kompliment. Ich mag merkwürdige Menschen. Ich kann zwar nicht erklären, warum ich so gerne Geschichten über Übernatürliches schreibe und warum ich diese Art von Geschichten gerne lese.

Ich wette, du kannst auch nicht erklären, warum du so etwas gerne liest. Warum fühlen wir uns von Gruselgeschichten magisch angezogen? Kriegen wir gerne Herzklopfen, wenn die Helden unserer Geschichten sich in immer größere Gefahr begeben? Macht es Spaß, sich vorzustellen, welche scheußliche Gestalt sich in den Schatten verstecken könnte? Oder liegt der Reiz darin, dass wir die Puzzleteile eines gefährlichen Rätsels zusammenfügen müssen? Vielleicht genießen wir es auch, dass uns die ganze Zeit klar ist: Ganz egal, wie grauenhaft die Ereignisse sind, wir können das Buch jederzeit zuklappen und alles ist vorbei.

Es sei denn, die Schatten haben beschlossen, uns in unsere Träume zu verfolgen. Ich glaube, die Antworten auf all diese Fragen lauten: Ja.

Alle diese Erklärungen treffen zu. Jeder Mensch besitzt eine lebhafte Fantasie. Ich schreibe jetzt schon seit sehr langer Zeit Gruselgeschichten, und wenn ich eines gelernt habe, dann das: Am besten kommen sie bei jenen Lesern an, die es schaffen, ihr logisches Denken mal einen Moment lang abzuschalten, und die bereit sind, sich alles Mögliche und Unmögliche vorzustellen.

Und jede Menge solcher Geschichten befinden sich in der Bibliothek der Geister. Everett, der Bibliothekar, sagt in *Der magische Schlüssel:* »In dieser Welt wirken Kräfte, über die wir kaum etwas wissen. Ständig geschehen Dinge, welche die Gesetze der Naturwissenschaft infrage stellen. Merkwürdige Dinge. Unlogisches. Unerklärliche Phänomene.«

Ob das für das wirkliche Leben auch zutrifft, das muss jeder für sich selbst entscheiden. Aber eines ist sicher: Sobald du die Große Bibliothek betrittst, befindest du dich in einer Welt, auf die das hundertprozentig zutrifft. Deswegen bist du ja zurückgekommen.

Wie immer möchte ich mich bei einigen Menschen bedanken, die dafür verantwortlich sind, dass dieses Buch nun vor dir liegt. Wir Autoren haben eine großartige Verbindung zu unseren Lesern. Wir schreiben etwas und ihr lest es später. Das ist eine direkte Linie, aber an dieser Linie arbeiten Hunderte von Menschen, ohne die es unsere wunderbare Verbindung gar nicht geben könnte.

Die meisten dieser Leute arbeiten bei Random House Children's Books, angefangen mit dem Lektoratsteam: Diane Landolf, Michelle Nagler und Mallory Loehr. Zu diesem talentierten Trio kommen Werbeleute, Illustratoren, Verkäufer, Marketingleute, Journalisten und viele Menschen, die sie bei ihrer Arbeit unterstützen. Und danach machen sich dann die Lieferanten und Buchhändler,

Bibliothekare und Lehrer, Leute auf Buchmessen und Lesefestivals an die Arbeit. Alle sorgen gemeinsam dafür, dass meine Worte bei euch ankommen.

Und aus meinem engeren Umfeld möchte ich Richard Curton und Peter Nelson erwähnen, meinen wunderbaren Agenten und meinen Anwalt. Ich habe eine großartige Familie, die es mir ermöglicht, einem Beruf nachzugehen, der an sich schon ein bisschen unheimlich und übernatürlich ist. Ich habe einen Hund, der mir Gesellschaft leistet, sich auf meine Füße legt, wenn ich schreibe, und als Gegenleistung nur ab und zu einen Spaziergang und ein Leckerli erwartet.

Bei dieser Aufzählung habe ich nur an der Oberfläche gekratzt, aber ihr könnt sicher sein, dass jede der erwähnten Personen eine wichtige Rolle bei der Erstellung dieses Buches gespielt hat. Wenn du also heute Nacht Albträume bekommst, schieb die Schuld bitte auch ein bisschen auf sie, ja?

Also gut, uns bleibt keine Zeit mehr. Der Paradoxschlüssel wird schon wärmer. Die magische Bibliothek ruft. Wer weiß, was dich hinter dieser Tür erwartet? Na ja, ich weiß es. Und bald … weißt es auch du.

Steck den Schlüssel ins Schloss, drehe ihn um. Spürst du, wie der Riegel mit einem lauten *Klack* aufspringt? Jetzt mach die Tür ganz auf. Wir sind wieder da. Ich wünsche viel Spaß … und angenehme Träume.

D. J. MacHale, 2017

Prolog

EINE WEITERFÜHRENDE SCHULE ist eigentlich kein gefährlicher Ort. Normalerweise jedenfalls nicht. Aber an den unheimlichen Ereignissen, die an der Coppell Middle School passierten, war nichts normal. Das erste Schulhalbjahr hatte so angefangen wie jedes andere, aber es dauerte nicht lang, da geschahen Dinge, die kein Schüler je wieder vergessen würde. Obwohl die meisten sie sicherlich gerne vergessen hätten.

Manche waren der Ansicht, die Schule sei verflucht. Andere hielten das Ganze nur für eine Pechsträhne. Niemand konnte jedoch bestreiten, dass eine unheilvolle schwarze Wolke über der Schule aufgezogen war, eine Wolke, die eine unbegreifliche Serie von Unglücksfällen auslöste. Niemand wusste, warum das geschah, wann diese Phase wieder enden würde ... und ob sie überhaupt wieder enden würde.

An dem Tag, an dem das erste Basketballspiel dieser Saison stattfinden sollte, gab es vorher eine Show-Veranstaltung, um das Basketballteam der Schule zu motivieren. Auf der Tribüne in der Sporthalle saßen dicht gedrängt Hunderte aufgeputschter Schüler, die ihr Basketballteam anfeuern wollten. Ein Teil der Tribüne war von der Schulband besetzt. Im dröhnenden

Rhythmus des Schlagzeugs gingen die Blechbläser vollkommen unter, die Holzbläser hatten überhaupt keine Chance. Aber niemand beschwerte sich. Es war ja sowieso keine besonders gute Band.

Die Lehrer saßen auf der untersten Bank der Tribüne. Eigentlich hätten sie sich zwischen die Schüler setzen sollen, um für Ruhe zu sorgen, aber da der einzige Sinn einer »Pep Rally« darin bestand, möglichst viel Lärm zu machen, griffen sie nicht ein.

Das Motivationsteam hatte gegenüber der Band Stellung bezogen. Es gab Jubelrufe, die mit dem, was die Band da gerade spielte, nicht das Geringste zu tun hatten. Cheerleader bewegten sich Rad schlagend und mit Flickflack-sprüngen über den Boden der Turnhalle. Jedes Mal, wenn eine von ihnen auf den Füßen landete, kreischten alle Schüler aus vollem Hals. Wenn eine Cheerleaderin einen Fehler machte und auf dem Hintern landete, schrien die Zuschauer noch lauter. Sie schrien, wenn das Motivationsteam mit Papierbändern wedelte und wenn der Bandleader seinen Stab schwang. Im Grunde genommen schrien sie die ganze Zeit.

Es war ein nur halbwegs organisiertes Chaos, und dabei war das Basketballteam noch gar nicht aufgetaucht. An der Spitze des Durcheinanders stand die Jahrgangssprecherin der 8. Klassen, Ainsley Murcer. Sie befand sich auf der anderen Seite der Turnhalle, gegenüber der Tribüne. An ihrer Seite stand der Lehrer für audiovisuelle Medien, der das Mischpult bediente. Ainsley hatte das Spektakel eigentlich minutiös durchgeplant und für die ganze Show eine genaue Choreografie erstellt, um einen möglichst dramatischen Effekt zu erzielen. Die Band sollte ein Lied spielen, die Show dann an das Motivationsteam übergeben, das ordentlich jubeln würde. Dann sollten die Cheerleader das Publikum mit ihrer gewagten Akrobatik begeistern. Und schließlich würden sie dem Schuldirektor die Bühne überlassen, damit er seine Rede halten konnte. Auf dem Höhepunkt der Veranstaltung sollte die Band die Schulhymne spielen und das Basketballteam einziehen.

In Ainsleys Vorstellung würde alles wie am Schnürchen funktionieren. Allerdings entpuppte sich das Ganze jetzt eher als Chaos, weil alle Programmpunkte gleichzeitig abliefen.

»Die Band sollte jetzt noch nicht spielen!«, beschwerte sich Ainsley beim Lehrer am Mischpult. »Keiner kann das Motivationsteam hören und die Cheerleader machen einfach, was ihnen gefällt, nur um anzugeben.«

Der Lehrer bedachte sie mit einem mitfühlenden Blick und zuckte mit den Schultern. Sie hatten die Veranstaltung nicht mehr in der Hand.

»Wann ist meine Rede dran?«, rief Mr Jackson, der Schulleiter, Ainsley zu.

»Gleich!«, antwortete Ainsley. Sie versuchte zu klingen, als habe sie alles unter Kontrolle. Sie hatte dem Schulleiter diese Veranstaltung vorgeschlagen, und nun drohte alles im Chaos zu enden. Sie drückte ihm ein Mikrofon in die Hand und sagte: »Ich gebe Ihnen ein Zeichen.«

»Soll ich für Ruhe sorgen?«, fragte Mr Jackson.

»Nein!«, wehrte sich Ainsley energisch. »Ich schaffe das schon. Ich sorge dafür, dass die Band aufhört zu spielen, damit das Motivationsteam loslegen kann.«

Ainsley war fest entschlossen, die Veranstaltung wieder in den Griff zu bekommen. Als sie in Richtung Tribüne rannte, kam sie an einer Gruppe von Jungs vorbei, die mit gelangweilten Mienen an der Wand lehnten. Sie sahen eigentlich aus, als wären sie viel zu cool, um an einer Pep Rally teilzunehmen.

»Wie läuft's denn so, Mercer?«, rief einer der Jungs Ainsley zu. Es war Nate Christmas, der Anführer der Clique. Er freute sich, dass der perfekte Plan der Jahrgangssprecherin so gar nicht aufging.

»Super!«, rief Ainsley ihm im Vorbeirennen fröhlich zu. »Könnte nicht besser sein!«

Nate und seine Freunde grölten, dann gab er ihnen ein Zeichen und sie folgten ihm aus der Halle.

Als Ainsley sich der Band näherte, entdeckte sie ein Mädchen, das in halber Höhe auf der Tribüne saß. Sie wurde von einer Gruppe völlig ausgeflippter Schüler, die sie offenbar nicht einmal bemerkt hatten, an die Wand gedrückt. Sie stach aus der Gruppe hervor, weil sie als Einzige weder schrie noch jubelte und insgesamt nicht so wirkte, als hätte sie auch nur das kleinste Quäntchen Spaß. Das Mädchen hieß Kayla Eggers, und am gequälten Ausdruck auf ihrem Gesicht war zu sehen, dass sie sich ganz weit weg wünschte.

Ainsley begegnete Kaylas Blick und nickte ihr zu, als wollte sie sich entschuldigen. Kayla reagierte nicht darauf, sondern sank noch mehr in sich zusammen.

Ainsley hatte inzwischen den Bandleader erreicht. »Hört jetzt auf mit dem Lied!«, rief sie.

»Was sagst du?«, schrie der Bandleader zurück.

»Hört auf! Ihr sollt noch gar nicht spielen!«

»Danke!«, schrie der Bandleader. »Wir spielen noch eins, wenn du willst.«

»Nein! Hört auf!«

Ainsley wandte sich um, rannte zurück in Richtung Mischpult und kollidierte auf halber Strecke mit einer Cheerleaderin. Die beiden purzelten in einem Gewirr von Armen und Beinen auf den Boden und ernteten lautes Gelächter von der Tribüne.

»Was machst du denn?«, brüllte die Cheerleaderin wütend. »Geh aus dem Weg!«

»Tut mir leid, tut mir echt leid«, sagte Ainsley und half dem Mädchen auf die Füße.

Die Cheerleaderin riss sich unwirsch los, setzte ein künstliches Lächeln auf und stolperte weiter. Ainsley raste zurück zum Mischpult. Mr Jackson erwartete sie geduldig.

»Moment, ich sorge jetzt mal für Ruhe!«, rief er ihr über den Lärm hinweg zu.

»Nein! Das ist meine Show!«, schnauzte Ainsley ihn an.

Mr Jackson runzelte die Stirn. Er war es nicht gewöhnt, dass eine Schülerin so mit ihm redete.

»Entschuldigung.« Ainsley versuchte, sich wieder in den Griff zu bekommen. »Ich bin nur ein bisschen … im Stress.«

»Ja, das ist mir nicht entgangen«, erwiderte Mr Jackson.

Ohrenbetäubender Jubel brandete auf. Die Basketballmannschaft war eingetroffen. Die Spieler trabten einer nach dem anderen zwischen den beiden Tribünen herein und rannten auf das Spielfeld. Das Gejohle der Menge sprengte beinahe die

Halle. Endlich verstummte die Band. Es hörte ja sowieso keiner zu.

Die Spieler umrundeten das Spielfeld, dribbelten ihre Basketbälle und spielten sie einander zu. Der Boden vibrierte unter den aufprallenden Bällen. Diese zusätzliche Vibration ließ den Lärmpegel erneut durch die Decke gehen.

»Wann soll ich meine Rede halten?«, rief Mr Jackson Ainsley zu.

»Eigentlich sollten Sie reden, bevor die Mannschaft einläuft«, blaffte Ainsley frustriert. »Warum läuft denn alles schief? Das ist eine Katastrophe!«

»Wenigstens kann es nicht mehr schlimmer werden«, sagte der Lehrer am Mischpult. Doch da täuschte er sich.

Bamm. Bamm. Bamm.

Mehrere kleinere Explosionen zerrissen die Luft. Die Schüler erschraken und schrien überrascht auf. Jemand hatte unter der Tribüne einige Knallfrösche gezündet ... genau unter der Stelle, an der Kayla Eggers saß.

Es knallte und krachte und Kayla drückte sich noch dichter an die Wand. Die Kinder um sie herum sprangen auf, schubsten einander aus dem Weg und flüchteten. Die Knallgeräusche dauerten nur ein paar Sekunden, aber der Schaden war nicht mehr gutzumachen. Das Johlen der Menge und das Geräusch der prellenden Basketbälle war verstummt. Jetzt saß Kayla ganz allein direkt über der Stelle, an der das Chaos ausgebrochen war. Rauch waberte unter ihrem Sitz hervor. Sie kauerte sich an die Backsteinmauer und war vor Angst wie gelähmt. Sie weinte leise vor sich hin.

Hunderte von Menschen sahen stumm in ihre Richtung. Einen Moment lang geschah nichts. Aber während alle anderen ihre Aufmerksamkeit auf Kayla konzentrierten, erspähte Ainsley an einer anderen Stelle eine Bewegung. Unter der Tribüne kroch eine Gestalt hervor: Nate Christmas.

Das war zu viel. Wut und Enttäuschung brachen aus Ainsley heraus. Sie riss Mr Jackson das Mikrofon aus der Hand und drückte auf den Einschaltknopf. Zuerst entstand eine durchdringend kreischende Rückkopplung, dann war sie Herrin der Lage.

»Ich sehe dich, Nate Christmas.«

Ihre wütende Stimme drang durch Hallenlautsprecher und hallte durch die ansonsten stille Sporthalle. Jetzt richteten alle ihre Aufmerksamkeit auf Ainsley. Und in diesem Moment geschah es: Der Abschnitt der Tribüne, auf dem Kayla saß, begann leise zu zittern. Es war, als hätte ein Erdbeben die Turnhalle erfasst. Aber die Einzigen, die es spürten, waren jene, die sich noch auf der Tribüne befanden. Die Schüler brachen in Panik aus, schubsten und drängelten einander von den Sitzreihen. Nur Kayla war so verwirrt und verängstigt, dass sie sich nicht regte. Die Schüler stolperten auf ihrer kopflosen Flucht übereinander.

»Kayla!«, schrie Ainsley.

Mit dem markerschütternden Kreischen von berstendem Metall löste sich ein Abschnitt der Tribüne von der Wand und fiel wie ein riesiges Akkordeon in sich zusammen. Schüler schrien entsetzt auf, als die schwere Konstruktion sich verdrehte und in ihre Einzelteile auflöste, sodass viele sich gerade noch mit einem Sprung in Sicherheit bringen konnten. Innerhalb weniger Sekunden war vom gesamten Tribünenabschnitt nur noch verbogenes Metall und zersplittertes Holz übrig. Einen Moment lang waren alle wie versteinert, starrten ungläubig auf die Trümmer. Mr Jackson und ein paar Lehrern gelang es zuerst, den Bann zu brechen und zu reagieren. Während die Schüler in Richtung Ausgang strömten, rannten die Erwachsenen direkt auf die zerstörte Tribüne zu und halfen den Schülern, sich in Sicherheit zu bringen.

Wie durch ein Wunder war niemand ernsthaft verletzt worden. Viele hatten Kratzer und blaue Flecken davongetragen. Ein Schüler hatte sich den Fuß gebrochen, aber keine Verletzung war lebensgefährlich.

Als sich der Staub allmählich gelegt hatte, befand sich nur noch eine Schülerin auf dem Berg aus Holz und Stahl, der eben noch eine Tribüne gewesen war. Kayla lag auf dem Trümmerhaufen, hatte ihr Gesicht in den Armen vergraben und schluchzte.

Ainsley stand mitten in der Turnhalle, sah mit großen Augen auf die Zerstörung und das verzweifelte Mädchen, das sich nicht mehr rühren konnte.

Ein junger Lehrer, Mr Martin, kletterte über die Trümmer, half Kayla hoch und trug sie aus der Gefahrenzone.

»Alles klar bei dir?«, fragte er.

Kayla schniefte und nickte.

Er setzte sie sanft auf die Füße und eine Lehrerin, Miss Tomac, legte ihren Arm um das Mädchen und führte sie aus der Halle, wischte ihr dabei sanft die Tränen aus dem Gesicht.

Nicht nur Kayla war in Tränen ausgebrochen. Jetzt, wo der erste Schock allmählich nachließ, weinten viele Schüler, die am anderen Ende der Sporthalle auf dem Boden saßen. Bei einigen waren es Tränen der Erleichterung. Anderen wurde jetzt erst klar, dass sie knapp einer Katastrophe entronnen waren. Die meisten waren einfach nur fassungslos angesichts des so plötzlich eingetretenen Unglücks.

Es war nicht der erste gefährliche Vorfall, der sich in diesem Herbst an der Coppell Middle School ereignet hatte. Es war nur ein weiterer in einer ganzen Reihe. Inzwischen wurde geflüstert. Gerüchte machten die Runde. Was auch immer hier geschah, das war nicht normal. Etwas war nicht in Ordnung. Eine Schule sollte kein gefährlicher Ort sein.

Kapitel 1

»Ich bin erledigt. Ich bin vollkommen erledigt.«

»Du machst mal wieder aus einer Mücke einen Elefanten«, sagte Theo McLean ungerührt. »Davon geht die Welt nicht unter.«

»Du hast gut reden«, fauchte Lu ihn an. »Was hast du für eine Note? Eine Eins, ja?«

»Nein, genau genommen nicht«, erwiderte Theo. »Ich habe eine Eins plus. Aber die Sonderpunkte habe ich nicht gekriegt.«

»Blödmann«, schnaubte Lu.

Meine beiden besten Freunde vertragen sich nicht immer. Wenn ich nicht wäre, wären sie wahrscheinlich nicht einmal befreundet. Annabella Lu lässt sich ganz von ihren Gefühlen lenken. Sie reagiert vollkommen emotional und ist immer gleich auf hundertachtzig. Theo McLean dagegen ist ein Denker. Ein übertriebener Denker genau genommen. Bis er ein Problem analysiert und aus allen erdenklichen Blickwinkeln betrachtet hat, ist in der Regel ein Tag vergangen und kein Mensch kann sich daran erinnern, worin das ursprüngliche Problem bestand.

Ich würde mich selbst irgendwo dazwischen einordnen. Ich kann ein Problem schnell durchdenken und habe keine Angst davor, eine gewagte Entscheidung zu treffen. Auf der anderen Seite erweisen sich meine gewagten Entscheidungen nicht immer als die besten. Und es ist kein Geheimnis, dass ich es manchmal schaffe, ein Problem zu lösen, indem ich ein noch größeres Problem heraufbeschwöre. Aber, na ja, immerhin schlage ich mich irgendwie durch.

Lu hat asiatische Wurzeln. Theo ist afroamerikanischer Abstammung und ich selbst bin Amerikaner mit bunt gemischten europäischen Vorfahren. Wir sehen aus wie die ethnisch vorbildlich zusammengestellte Besetzung einer Serie im Kinderfernsehen.

»Es ist nur die Note in einer Arbeit«, sage ich, bemüht, als Stimme der Vernunft aufzutreten. »Dein Vater wird dich schon nicht gleich umbringen, nur weil du mal eine Drei hast.«

»Das ist nicht nur mal eine Drei, Marcus«, sagte Lu und fuhr nervös mit ihren Rollerskatern hin und her. Lu spielt Roller-Derby. Ihre Rollschuhe zieht sie nur deswegen manchmal aus, weil sie auf dem Gelände der Stony Brook Middle School verboten sind. Theo und ich saßen dicht neben dem Vordereingang der Schule, sodass Lu ganz legal über den Bürgersteig rollern und sich abreagieren konnte.

»Ich habe schon ein paar andere Tests in Physik verhauen und meinen Eltern nichts davon erzählt, und jetzt blüht mir für das ganze Halbjahr eine dicke, fette Drei. Mein Vater geht garantiert die Wände hoch.«

»Tut er nicht. Deine Eltern sind doch ganz in Ordnung«, widersprach ich.

»Klar. Wenn es um meine Freunde geht und darum, dass ich Derby spiele und dass ich nicht ständig mein Zimmer aufräume, sind sie cool, aber Schule ist ein ganz anderes Thema. Meine Mutter wird zum Drachen, mein Vater zum Tiger. Für sie ist jede Note außer einer Eins gleichbedeutend mit Sitzenbleiben.«

»Was könnten sie denn deiner Meinung nach tun?«, fragte Theo.

»Keine Ahnung!«, schrie Lu wütend. »Bis jetzt musste ich das nicht erleben! Sie könnten mir Hausarrest aufbrummen oder mir einen Nachhilfelehrer beschaffen und mich sogar dazu zwingen, Roller Derby aufzugeben.«

»Nur wegen einer einzigen lächerlichen Drei?«, fragte ich ungläubig.

»Für meine Eltern ist es nicht nur eine lächerliche Drei. Diese Note ist ein glühendes Messer, das sich direkt in ihre Seelen gräbt und dort so fürchterliche, quälende Wunden bohrt, dass sie bis ans Ende ihrer Tage unter den Schmerzen leiden werden.«

»Dann mach es eben das nächste Mal besser«, sagte Theo sachlich. »Ich meine, du bist ja nicht doof. Nicht wirklich.«

»Oh, danke schön.« Lus Stimme troff vor Ironie. »Vielleicht sollte ich das in meinen Grabstein einmeißeln lassen: Sie war ja nicht doof. Nicht wirklich.«

»Bist du ja auch nicht«, sagte Theo unschuldig.

»O Mann«, ächzte Lu und sauste auf ihren Rollerblades davon. Dann kam sie zurück und sagte: »Wenn ich morgen nicht in die Schule komme, haben sie mich in ein Internat gesteckt.«

»Du übertreibst wirklich maßlos!«, rief ich ihr zu, während sie wendete und davonflitzte.

Sie winkte nur noch, ohne sich noch einmal umzusehen.

»Ich kann mir nicht vorstellen, warum sich ihre Eltern so aufregen sollten«, sagte Theo. »Ich meine, vielleicht schafft sie einfach nur eine Drei.«

Ich stand auf und schwang meinen Rucksack auf den Rücken. »Diese Meinung solltest du lieber für dich behalten, es sei denn, du legst Wert auf Rollerblade-Fahrspuren auf deinem Rücken.«

Theo stand jetzt auch auf. »Und was für eine Note hast du in der Arbeit?«

»Eine Eins plus«, antwortete ich, ohne zu zögern. »Und die Sonderpunkte habe ich auch kassiert. Aber bitte verrate Lu das nicht.«

Theo und ich wohnen ziemlich nah an der Schule in einem Vorstadtviertel von Stony Brook im US-Staat Connecticut. Wir gehen immer zusammen nach Hause. Es war Ende Oktober und die Färbung des Herbstlaubs hatte gerade einen spektakulären Höhepunkt erreicht. Die Laubbäume leuchteten in den verblüffendsten Orange-, Gelb- und Rottönen. Dahinter wirkte der Himmel geradezu aberwitzig blau. Es sah aus wie eine Doppelseite aus einem perfekten Halloween-Bilderbuch.

Unterwegs warf mir Theo immer wieder Blicke zu, so als wolle er mich etwas fragen, traue sich aber nicht. Die ganze Zeit über zupfte er an seinem Ohrläppchen. Das ist sein nervöser Tick, der immer dann einsetzt, wenn er angestrengt nachdenkt.

Dann hielt ich es nicht mehr aus. »Was ist denn los?«

Er zuckte zusammen. »Nichts«, sagte er schnell, aber das bedeutete, dass definitiv etwas los war.

»Okay.« Ich zuckte gleichgültig mit den Schultern.

Wieder zupfte er an seinem Ohrläppchen. »Naja, eigentlich ist schon was.«

»Aha!«

»Komm schon, Marcus. Wir müssen darüber reden.«

»Worüber denn?« Eigentlich wusste ich genau, was er meinte.

»Es ist jetzt über eine Woche her und wir tun so, als wäre nichts passiert.«

»Ich weiß nicht genau, was du meinst«, sagte ich unschuldig.

»Mann, jetzt hör auf damit!«, rief Theo ungeduldig.

»Ach so! Du meinst, wir haben nicht mehr darüber geredet, dass wir drei einen jahrhundertealten bösen Geist in eine Metallkiste gesperrt und ins Meer vor Long Island geworfen haben, damit er nie wieder auftauchen und Leute in Angst und Schrecken versetzen kann? Redest du davon?«

»Kluges Kerlchen. Genau davon. Und von der Bibliothek.«

Die magische Bibliothek. Theo hatte recht. Ich versuchte, so zu tun, als wäre all das überhaupt nicht passiert. Wir hatten nicht mehr über den Vorfall gesprochen, seit wir den grauenhaften Boggin unschädlich gemacht hatten.

»Ich weiß«, sagte ich ernst. »Ich wollte nicht darüber reden.«

»Ich dachte, du wolltest Everett dabei helfen, noch ein paar Geschichten zu Ende zu bringen. Wo ist das Problem?«

»Es gibt kein Problem«, sagte ich. »Es ist nur … das alles kommt mir jetzt wie ein Traum vor. Ich meine, du hast doch diese Regale gesehen. Da stehen Abertausende unvollendete Geschichten. Wie komme ich überhaupt auf die Idee, dass ich da etwas ausrichten könnte?«

»Vielleicht kannst du nicht alle zu Ende bringen, aber ein paar vielleicht schon. Zum Beispiel … naja, ich weiß nicht … meine. Oder die von Lu.«

Damit hatte er mich kalt erwischt. In den unvollendeten Geschichten dieser Bibliothek ging es um Menschen, die unerklärliche

Dinge erlebt hatten. Merkwürdige Vorfälle. Übernatürliches. Das Einzige, was diese Geschichten alle gemeinsam hatten, war, dass ihnen das Ende fehlte. Durch alle Zeiten hindurch hatten Agenten der Bibliothek die Möglichkeit genutzt, in diese Geschichten einzutauchen – wie auch immer das funktionierte – und sich um eine Lösung des jeweiligen Problems zu bemühen.

Wie mein biologischer Vater vor mir war auch ich ein Agent der Großen Bibliothek. Glückskind. Ich hatte mich nicht um diese Aufgabe gerissen, aber nun war sie mir trotzdem zugefallen. Und um die Sache noch ein bisschen komplizierter zu machen: Sowohl Theo als auch Lu fürchteten, selbst in merkwürdige Ereignisse verwickelt zu sein. Lus Cousine war auf rätselhafte Weise spurlos verschwunden. Niemand in der Familie hatte eine Ahnung, was ihr zugestoßen sein konnte.

Theo dagegen war in einem Vergnügungspark an einen dieser bekloppten Wahrsageautomaten geraten. Der hatte ihm prophezeit, sein Leben, so wie er es kenne, ende an seinem 14. Geburtstag. Eigentlich kein Grund zur Aufregung – allerdings hatten sich seine beiden Brüder vom selben Automaten die Zukunft vorhersagen lassen, und in beiden Fällen war das, was dieser ihnen prophezeit hatte, auch eingetreten.

Theo und Lu fürchteten – oder vielleicht hofften sie es auch –, ihre Geschichten seien irgendwo in den Regalen der Bibliothek zu finden, irgendwo inmitten der anderen unvollendeten Geschichten. War dies der Fall, dann bestand immerhin die Möglichkeit, diese Rätsel zu lösen. Ich hatte ihnen versprochen, nach den Geschichten zu suchen, aber irgendwie hatte ich bisher nicht den Mut aufgebracht, in die Bibliothek zurückzukehren.

»Mit dem Boggin haben wir Glück gehabt«, sagte ich. »Genauso gut hätte die ganze Sache schieflaufen können.«

»Und was ist mit der Geschichte deines Vaters?«, fragte Theo. »Ich meine, deines biologischen Vaters. Und deiner Mutter. Ich dachte, du willst herausfinden, wie sie gestorben sind.«

»Ja, schon, aber …«

»Aber was?«, rief er aufgebracht. »Ich kann zwar nicht erklären, warum es diese Bibliothek gibt und warum Geister in der Lage sind, solche Geschichten zu schreiben, über – wie hat Everett sie genannt? Störungen? Oder warum Agenten diese Geschichten zu Ende bringen können. Aber das alles existiert und es steht eine ganze Menge auf dem Spiel.«

»Weiß ich, ist mir alles klar.« Ich war genervt. »Aber das ist alles ein bisschen viel für mich? Ich habe ein bisschen …«

Ich konnte den Satz nicht zu Ende sprechen. Theo nahm mir das ab.

»Angst?«

»Ja. Angst. Klar? Wirfst du mir das vor?«

»Kein bisschen«, sagte Theo. »Ich will nicht, dass du etwas machst, was du eigentlich nicht willst. Es war ja nur so ein blöder Wahrsageautomat. Ich werde meinen Geburtstag schon überleben.«

Ich hielt an und sah ihm direkt in die Augen.

»Jetzt willst du mir ein schlechtes Gewissen machen!«

»Nein. Wirklich nicht. Aber du sollst wissen: Wenn du irgendwann wieder in die Bibliothek zurückgehst, bin ich dabei. Und Lu nervt zwar, aber sie kommt auch mit. Vergiss das nicht, ja?«

»Ja, alles klar.«

Wir erreichten meine Straße. Hier trennten sich unsere Wege.

Als ich zu Hause angekommen war, ging ich direkt in mein Zimmer und versuchte, meine Hausaufgaben zu erledigen. Versuchte, wohlgemerkt. Wie sollte ich mich auf Mathe konzentrieren, solange ich nur an diesen schweren, altmodischen Schlüssel denken konnte, der um meinen Hals hing? Im Laufe der letzten Woche war ich mehr als nur einmal versucht gewesen, den Schlüssel in die Nähe einer Tür zu halten und dadurch den Zauber auszulösen, der mich in die Bibliothek führte. Ich war hin- und hergerissen – einerseits wollte ich mich gern in ein neues Abenteuer stürzen, andererseits war mir mulmig zumute. Ich wusste ja nicht, wohin mich neue Geschichten führen würden. Es war ja keine Einbildung. Es war alles echt. Wir waren dem Tod entronnen, als wir den Boggin eingefangen hatten. Andere hatten kein Glück gehabt. Menschen waren gestorben. Ein Teil von mir wollte aufhören, solange alles im grünen Bereich war, und einfach so tun, als sei die Bibliothek nur ein komischer Traum, den ich vergessen konnte. Vielleicht hätte ich genau das getan, wenn nicht ausgerechnet meine besten Freunde ihre eigenen »Störungen« hätten erleben müssen.

Außerdem bot mir die magische Bibliothek die Möglichkeit, das Geheimnis um den Tod meiner biologischen Eltern zu lüften. Dass ich nicht gewusst hatte, wer sie gewesen waren oder wer ich selbst eigentlich war, hatte mich mein ganzes Leben lang verfolgt. Der Paradoxschlüssel war so eine Art Geschenk aus der Vergangenheit. Mein richtiger Vater wollte, dass ich die Wahrheit über ihn, meine Mutter und über ihren Tod erfuhr. Wie also konnte ich die Sache abbrechen? Und wie konnte ich meinen Freunden meine Hilfe verweigern? Wo doch so viel auf dem Spiel stand, wie konnte ich da nur daran denken, so zu tun, als gäbe es die Große Bibliothek gar nicht?

Ich glaube, in dieser Nacht schlief ich nicht viel. Ich umklammerte den Paradoxschlüssel, ließ meine Finger über die feinen eingravierten Muster gleiten und versuchte, meine Angst zu überwinden. Als der Morgen dämmerte, war ich einer Entscheidung über mein weiteres Vorgehen keinen Schritt nähergekommen. Vielleicht war das Treffen gewagter und folgenschwerer Entscheidungen doch nicht meine allergrößte Stärke.

»Marcus! Frühstück!«

Mom und Dad saßen bereits am Küchentisch. Sofort spürte ich die Anspannung. Darin war ich Experte. Ich hatte ja auch genügend Übung. Aus dem einen oder anderen Grund hatten sie immer ein Problem mit mir, und an diesem Morgen war es nicht anders.

»Zeit für eine Familienkonferenz«, verkündete Mom, als ich mich setzte.

Oh-oh. Mir war klar, was das bedeutete. Sie würden mir jetzt gleich etwas um die Ohren hauen, was mir gar nicht gefiel.

»Was gibt's denn?«, fragte ich unschuldig.

»Mom und ich haben uns unterhalten«, fing Dad an.

Noch einmal oh-oh. Das versprach nie etwas Gutes. Ich hasste es, wenn sie sich »mal unterhielten«. Vor allem, wenn es dabei um mich ging. In solchen Gesprächen war erfahrungsgemäß nie die Rede davon, dass man mir einen Orden verleihen wollte oder so. Nein, was auch immer da auf mich zukam – es war etwas Schlechtes.

»Du machst dich in der Schule gut«, sagte Dad. »Wir sind stolz auf dich.«

Am liebsten wäre ich aufgesprungen und hätte gesagt: »Danke!

Gutes Gespräch! Schönen Tag noch!«, und wäre dann schnell verschwunden. Aber mir klar, dass ich damit nicht durchkommen würde.

»Aber im Leben geht es nicht nur um die Schule«, sagte er.

Dagegen ließ sich nichts einwenden.

»Was ich meine, ist: Wir möchten, dass du noch andere Erfahrungen sammelst und dich außerschulisch engagierst. Du weißt schon, Dinge, die nicht auf dem Lehrplan stehen.«

»Zum Beispiel?«, erkundigte ich mich misstrauisch.

»Zum Beispiel im Sportverein«, sagte Mom. »In einem Club. Eine ehrenamtliche Arbeit. Zwischen Unterrichtsende und Abendessen bleibt jede Menge Zeit, die du sinnvoll nutzen kannst. Zu einer guten Ausbildung gehört mehr als nur Hausaufgaben machen.«

Auch dagegen ließ sich nichts einwenden.

»Außerdem …«, sagte Dad, »versteh das bitte nicht falsch, aber du arbeitest wirklich nicht viel für die Schule und kriegst trotzdem lauter Einsen.«

Wieder war kein Widerspruch möglich. Die Schule war ein Kinderspiel für mich.

»Das ist wunderbar«, fügte Dad hinzu. »Wir sind stolz auf dich, aber wir würden es gerne sehen, wenn du dich mal ein bisschen anstrengen würdest.«

»Okay, ich denke drüber nach«, sagte ich und stürzte mich auf meine Cornflakes, in der Hoffnung, sie würden sich mit meiner Antwort zufriedengeben. Aber das Glück war mir nicht hold. Ich konnte spüren, dass sie einander vielsagende Blicke zuwarfen, um festzulegen, wer von ihnen das nächste Argument anführen sollte.

»Es ist uns ernst, Marcus«, sagte Mom. »Es ist wichtig, dass du so viele Erfahrungen wie möglich sammelst. Außerdem kannst du auf diese Weise neue Freunde finden.«

»Was habt ihr gegen meine alten Freunde?«, wollte ich wissen.

»Nichts«, versicherte Mom schnell. »Aber du bist schon dein ganzes Leben mit denselben Kindern zusammen. Vielleicht solltest du deinen Horizont mal etwas erweitern.«

»Ich mag meinen Horizont genau da, wo er ist«, antwortete ich. »Ich trete bestimmt nicht in den Schachclub ein. Oder in die Redaktion der Schülerzeitung. Oder in einen bescheuerten Papierfliegerclub. Das passt nicht zu mir. Vielleicht mache ich Leichtathletik, aber das Training fängt erst im Frühling wieder an. Ich finde, ihr könnt ganz zufrieden mit mir sein. Ich kriege gute Noten und mache keine Probleme.«

Daraufhin warfen die beiden einander erneut vielsagende Blicke zu.

»Na gut«, fügte ich hinzu. »Ich mache *kaum* Probleme. Also seid doch einfach zufrieden, dass es ganz gut läuft.«

»Jetzt werde nicht sauer«, sagte Dad. »Wir wollen ja nur das Beste für dich.«

»Ich brauche keine Hilfe. Ich komme gut klar. Ich brauche keine Gruppe von Strebern, die …«

Die Worte blieben mir im Hals stecken: Ich spürte etwas Merkwürdiges. Zuerst dachte ich, mir würde vielleicht übel. Oder ich bekäme einen Anfall. Es dauerte kurz, bis ich verstand, was wirklich ablief. Der Paradoxschlüssel hatte sich auf meiner Brust erwärmt.

»Was ist los?«, fragte Dad.

Ich machte den Mund auf und wollte ihm antworten, aber es kamen keine Worte heraus. Jedenfalls keine, die ich laut aussprechen wollte. Mom und Dad hatten keine Ahnung von der magischen Bibliothek und ich wollte ihnen auf keinen Fall davon erzählen.

Der Schlüssel wurde immer wärmer. Eine Sekunde lang fürchtete ich, er würde ein Loch in mein Hemd brennen. Oder in meine Brust.

»Ich … ich … ich muss mal aufs Klo«, stammelte ich und rannte in Richtung Treppe.

Als ich aus dem Raum rannte, sagte Dad zu Mum: »Wo brennt's denn?«

Ich nahm zwei Stufen auf einmal, raste direkt ins Bad und verriegelte die Tür hinter mir. Ich griff nach der Schnur, die um meinen Hals lag und an der dieser alte Schlüssel hing, und zog sie mir über den Kopf. Der Schlüssel war eindeutig warm. Ich umklammerte ihn und spürte ein Pulsieren. Es war fast, als riefe er mir etwas zu. War das möglich? Das musste ich herausfinden. Das, was sich allmählich nur noch wie ein Traum angefühlt hatte, würde nun wieder Wirklichkeit werden.

Ich hielt den Schlüssel in Richtung der verschlossenen Badezimmertür und spürte, wie seine Wärme durch meine Hand und meinen Arm entlangströmte. Als ich ihn näher an die Tür hielt, erschien der vertraute dunkle Fleck unter dem Türknauf. Der dunkle Fleck wurde immer größer und verwandelte sich in eine runde Messingplatte mit einem altmodischen Schlüsselloch. Ich führte den Schlüssel ein, bis der Bart einrastete. Es war, als hätte der Schlüssel die Entscheidung getroffen, zu der ich mich selbst nicht hatte durchringen können.

»Wenn meine Eltern meinen, ich solle meinen Horizont erweitern …«, sagte ich vor mich hin. »Ich würde mal sagen, außerschulischer geht es nicht.«

Ich drehte den Schlüssel und hörte, wie das Schloss mit einem Klacken aufsprang. Mit der anderen Hand packte ich den Türknauf, drehte ihn und zog.

Die Tür ging ganz leicht auf … und ich betrat die magische Bibliothek.

Kapitel 2

»Everett!« Ich rief nach dem Geist, einem älteren Herrn, der diese sonderbare Bibliothek verwaltete. Mein Ruf hallte in den dunklen Winkeln des uralten Gebäudes wider. Nichts hatte sich seit meinem letzten Besuch verändert – und das war nicht weiter erstaunlich. Der Ort sah so aus, als stamme er aus dem 19. Jahrhundert … warum also sollte sich da innerhalb einer Woche etwas ändern?

Mehrere Gaslampen hingen von der Decke und spendeten warmes, flackerndes Licht. Everett behauptete, diese Bibliothek befinde sich außerhalb der Zeit. Vermutlich gab es deswegen keine Fenster. Würde man die Sonne über den Himmel wandern sehen, bedeutete das ja, dass die Zeit verging. Aber das warf neue Fragen auf: Was war außerhalb der Bibliothek? Wo befand sich diese Bibliothek überhaupt? Im Weltraum? In der Vorhölle? Einer Schattenwelt?

Links von mir führten zahllose Gänge zwischen Regalen aus poliertem Holz hindurch. Tausende Bücher, die unvollendete Geschichten enthielten, standen dort … der eigentliche Grund für die Existenz der Bibliothek. In den Regalen links von mir standen jene Bücher, welche die Agenten der Großen Bibliothek »zu Ende geschrieben« hatten. Nirgendwo war auch nur ein Staubkorn zu sehen. Bedeutete das, dass Everett hier regelmäßig mit einem Staubwedel in der Hand herumwanderte? Oder erledigten andere Geister diese Aufgabe? Vielleicht hatte der Staub, falls die Zeit hier tatsächlich keine Bedeutung hatte, gar keine Gelegenheit, sich irgendwo abzusetzen. Ich hatte keine Ahnung.

Schnell marschierte ich in Richtung Ausleihtheke und rechnete damit, Everett auf seinem Hocker sitzend beim Lesen anzutreffen. Aber er war nicht da. Vielleicht war er irgendwo mit seinem Staubwedel zugange. Plötzlich fühlte ich mich sehr allein.

»Everett!«, rief ich diesmal lauter.

»Nur die Ruhe!«, antwortete er direkt hinter mir. Ich zuckte zusammen. »Du weckst ja die Toten auf!« Schmunzelnd fügte er hinzu: »Na ja, eigentlich bin ich ja schon wach.«

Everett sah so aus wie um die siebzig. Er war klein, hatte eine Halbglatze und ein Kranz weißer Haare legte sich um seinen Hinterkopf. Buschige Koteletten wuchsen an seinen Wangen und auf seiner Nase saß eine Brille mit einem so feinen Drahtgestell, dass es aussah, als schwebten die Gläser vor seinen Augen. Er trug eine graue Tweedhose mit einer passenden Weste über einem blütenweißen Hemd, dessen Ärmel er hochgekrempelt hatte. Ebenso wie die Große Bibliothek selbst sah er aus, als entspränge er direkt dem 19. Jahrhundert. Ach ja, und außerdem: Er war ein Geist.

»Was ist mit dem Schlüssel los?«, fragte ich. »Er ist heiß geworden. Ist das so eine Art Notruf, der mich direkt hierherbestellt?«

»So könnte man es sagen.« Everett sprach mit leichtem irischen Akzent. »Ich musste ja etwas tun, um deine Aufmerksamkeit zu erregen.«

Er watschelte zu einem hölzernen Lesepult am Ende eines Gangs. Es handelte sich um das Pult, auf dem jeweils das Buch lag, dessen Ende es zu schreiben galt. Jetzt lag ein kleiner roter Band darauf.

»Na ja, ich war … beschäftigt«, sagte ich und starrte auf das ungeöffnete Buch.

»Beschäftigt? Oder vielleicht hattest du nur ein wenig Angst.« Er zwinkerte mir vielsagend zu.

»Hatte ich nicht! Ich war nur … nur … Also gut, ich hatte Angst. Na und?«

»Das ist keine Schande, Marcus. Es ist ja alles noch neu für dich. Aber da ist ein Fall aufgetaucht, um den wir uns kümmern müssen. Da habe ich es für klug gehalten, dich ein bisschen anzustupsen.«

»Geht es um Lus verschwundene Cousine?«, fragte ich hoffnungsvoll.

»Nein.«

»Um Theos Zukunft?«

»Nein.«

Ich sank in mich zusammen.

»Haben Sie überhaupt danach gesucht?«

Everett runzelte die Stirn. »Sieh dich um, Jungchen. Hast du auch nur eine entfernte Vorstellung davon, wie viele Bände ich durcharbeiten muss?«

»Nein.«

»Ich auch nicht. Jedenfalls sind es viele! Ich habe nach den Geschichten deiner Freunde Ausschau gehalten, das versichere ich dir. Aber ich bin ein Geist, kein Zauberer. Es wird noch eine Weile dauern.«

»Und Zeit spielt hier keine Rolle, nicht wahr?«

»Du hast vollkommen recht, aber nun bin ich auf etwas gestoßen, das offenbar an die Zeit gebunden ist. Hin und wieder kommt so etwas vor.«

Er legte seine Hand auf das rote Buch und tätschelte es ein paarmal.

»Eine neue Geschichte?«, fragte ich.

»Nicht nur neu. Sie spielt gerade jetzt. Es ist nichts, was in der Vergangenheit passiert ist. Die Ereignisse, von denen hier berichtet wird, finden in der Gegenwart statt. Heute. In deiner Zeit. Deswegen können sie nicht warten.«

Es war verrückt – die Geister waren allgegenwärtig, beobachteten seltsame Vorkommnisse, dokumentierten sie, schufen diese Bücher. Wenn ich mir das genauer vorstellte, konnte ich gar nicht mehr unbefangen auf die Toilette gehen.

»Fassen Sie die wichtigsten Punkte kurz zusammen«, sagte ich.

Everett griff nach dem Buch und blätterte darin herum.

»Es geht um eine Schule in Massachusetts. Die Coppell-Mittelschule. Es wäre untertrieben, wenn man sagen würde, dass die Leute dort seit einiger Zeit eine Pechsträhne erleben, aber das wäre so in etwa das Thema. Hier, lies mal ein bisschen.«

Er reichte mir das aufgeschlagene Buch und deutete auf einen Absatz. Ich las:

SEIT BEGINN DES SCHULJAHRES *hatte es eine Reihe von Vorfällen gegeben, die weit über das hinausgehen, was man als normal betrachten kann. Es fing recht harmlos an. Ein Servierwagen voller Gläser fiel um, obwohl*

niemand in der Nähe war. Fensterscheiben zersprangen ohne erkennbaren Grund. In der Schulküche geriet Öl in Brand. Zu Beginn waren es keine ernsten Vorfälle. Es kam niemand zu Schaden. Aber die Unglücksfälle wurden schlimmer. Ein Transformator explodierte und in der Schule fiel der Strom aus. Ein Kletterseil in der Turnhalle riss, als ein Junge bis auf halbe Höhe daran hochgeklettert war. Der Hausmeister verlor die Kontrolle über seinen Rasentraktor, der in der Folge ein komplettes Rosenbeet abmähte.

»Bin ich froh, dass das nicht meine Schule ist«, sagte ich.

»O ja, und es wird immer schlimmer. Eine junge Frau, die an der Schule vorbeifuhr, riss plötzlich das Steuer herum und raste auf das Schulgrundstück, durch eine Glastür und direkt in den Speisesaal – und das während der Mittagspause. Sie war vollkommen durch den Wind, wie du es vielleicht ausdrücken würdest. Sie erzählte später, es habe sich angefühlt, als besäße ihr Auto einen eigenen Willen.«

»Speisesaal?«

»Cafeteria. Egal wie du es nennen willst. Spar dir deine Kritik.« Everett schnappte sich das Buch wieder und watschelte den Korridor hinunter auf die lange Ausleihtheke zu. Ich war dicht hinter ihm.

»Das ist wirklich ausgesprochenes Pech.«

»O ja. Aber jetzt hat das Ganze eine neue Stufe erreicht. Die Schüler hatten sich anlässlich einer Sportveranstaltung in ihrer

Turnhalle versammelt. Ohne Vorwarnung oder ersichtlichen Grund ist ein großer Teil der Tribüne in sich zusammengebrochen.«

»O Mann. Gab es Verletzte?«

»Keine Schwerverletzten, dem Himmel sei Dank. Aber es ist eine Entwicklung zu erkennen: Die Vorfälle werden immer schlimmer. Was sich in dieser Schule abspielt, ist längst nicht mehr normal. Und damit haben wir es meiner Meinung nach mit einem gänzlich anderen Vorgang zu tun.«

»Mit einer Störung«, sagte ich.

»O ja. Da passiert etwas, Marcus. Etwas Ungutes. Ich fürchte, es ist nur eine Frage der Zeit, bis es Schwerverletzte gibt. Oder Schlimmeres.«

»Und was, glauben Sie, ist die Ursache dafür?«, fragte ich.

Everett ließ das Buch auf die Ausleihtheke fallen und sagte: »Jetzt kommst du ins Spiel.«

»Ich? Wie? Ich kann doch nicht nach Massachusetts reisen.«

»Aber natürlich kannst du.«

Er schlug das Buch auf und zeigte mir eine cremefarbene Karte, die liniert und innen in den Buchumschlag geklebt war. Solche Karten hat man früher in Bibliotheken dazu benutzt, um das Rückgabedatum einzustempeln. Vor dem Computerzeitalter.

»Du musst nichts weiter tun als dieses Buch ausleihen.«

»Und dann?«

»Dann gehört es für eine Weile dir«, sagte er, als sei es das Selbstverständlichste auf der Welt. »Wenn du die Bibliothek verlässt, befindest du dich mitten in der Geschichte.«

»Ich gehe also wieder aus der Tür raus und befinde mich ruckzuck in Massachusetts? An dieser Schule?«

»Nicht ganz. Wenn du aus der Tür gehst, durch die du die Bibliothek betreten hast, bist du wieder zu Hause. Die Tür, die dich in die Geschichte hineinführt, befindet sich am entgegengesetzten Ende der Bibliothek.«

Das klang alles so lächerlich mysteriös – allerdings hatte ich nicht den geringsten Zweifel, dass es stimmte.

»Und warum musste ich bei der letzten Geschichte mit dem Boggin nicht durch diese Tür gehen?«, wollte ich wissen.

»Weil du selbst schon ein Teil der Geschichte warst. Das hier ist anders. Du hast keinerlei Verbindung zu den Ereignissen in Massachusetts.«

In meinem Kopf drehte sich alles.

»Gut, ich gehe also in diese Schule. Und dann? Ich bin doch kein Detektiv.«

»Das hat dein Vater anfangs auch gesagt, aber er hat immer eine Möglichkeit gefunden. Er hat viele dieser Geschichten zu Ende gebracht, sehr viele. Jetzt wo ich gesehen habe, wie du mit dem Boggin fertiggeworden bist, gehe ich davon aus, dass dir das ebenso gut gelingen wird.«

Mein Herz raste. Mir war natürlich klar, um was es in der Bibliothek ging, aber sollte ich da wirklich mitspielen?

»Ich weiß nicht …«

»Sieh mal, mein Junge«, sagte Everett. »Du hast schon eine Geschichte zu Ende gebracht. Dir und deinen Freunden ist es zu verdanken, dass der Geist von Michael Swenor zur Ruhe kommen konnte. Ihr habt dafür gesorgt, dass der Boggin kein weiteres Unheil anrichten kann. Du weißt, wie wichtig unsere Arbeit ist. Dein Vater wusste es auch.«

»Und er ist dafür gestorben«, sagte ich leise.

»Möglicherweise«, sagte Everett. »Wir wissen es nicht mit Sicherheit. Aber wenn eine Hoffnung besteht, herauszufinden, warum genau er und deine Mutter gestorben sind, dann nur, wenn du dich auf die Bibliothek und ihre Arbeitsweise einlässt. Nicht nur im Interesse jener Menschen, denen du helfen wirst, sondern auch in deinem eigenen Interesse.«

Seit meinem ersten Tag in der Bibliothek war mir klar gewesen, dass ich irgendwann Farbe bekennen musste. Ich würde mich in eine der unvollendeten Geschichten hineinbegeben und versuchen müssen, die Nachfolge meines Vaters anzutreten. Aber jetzt, wo es so weit war, hatte ich einige Bedenken. Ziemlich viele Bedenken.

»Meine Eltern denken, ich bin einfach nur im Bad«, sagte ich lahm.

Everett schmunzelte. »Und wenn du wieder nach Hause kommst, wird es so sein, als wärst du nie fort gewesen.«

»Aber wenn ich mich längere Zeit in Massachusetts aufhalten muss? Werde ich dann nicht müde werden? Und hungrig? Ich kann doch nicht eine längere Zeit woanders verbringen und dann wieder da weitermachen, wo ich zu Hause aufgehört habe.«

»Du kannst ja ein Nickerchen machen und etwas essen!« Everetts Stimme klang leicht ungeduldig.

Ich hatte so eine unbestimmte Angst, mir würde es so ergehen wie in der Geschichte von Rip van Winkle, der nach 20 Jahren als alter Mann nach Hause zurückkam.

»Du kannst die Geschichte jederzeit verlassen, wenn du möchtest.« Es war, als hätte Everett meine Gedanken gelesen. »Der Schlüssel bringt dich direkt hierher zurück.«

Everett griff unter die Theke und zog einen altmodischen Füllhalter hervor. Er hielt ihn mir hin.

»Was soll ich damit?«, fragte ich.

»Die Karte unterschreiben«, sagte Everett. »Dann hast du das Buch offiziell ausgeliehen.«

Ich sah den Füllhalter an, dann das Buch, das eine Geschichte über eine Schule enthielt, die … verhext war? Verflucht? Von einer unglaublichen Pechsträhne heimgesucht? Egal wie die Antwort lautete – es war meine Aufgabe, sie zu finden. Wie mein Vater vor mir war ich ein Agent der magischen Bibliothek. Ich nahm den Füllhalter.

»Unterschreib auf der obersten Zeile«, ordnete Everett an.

Ich beugte mich vor, starrte auf die leere Karte. Vor mir hatte noch niemand dieses Buch ausgeliehen. Das war völlig verrückt, aber ich unterschrieb. Als ich Everett den Füllhalter zurückgab, lag ein breites Grinsen auf seinem Gesicht.

»Ich habe mich gerade daran erinnert, wie dein Vater das erste Mal unterschrieben hat«, sagte er. »Er sah ebenso nervös aus wie du gerade.«

»Das ist ja nicht besonders tröstlich.«

»Du schaffst das schon. Ich weiß es.«

»Und wie geht das jetzt? Soll ich das Buch mitnehmen?«

Everett pustete auf meine Unterschrift, um die Tinte zu trocknen, dann schlug er es vorsichtig zu.

»Wenn du möchtest … aber ich schlage vor, du lässt es hier. Es soll ja auf keinen Fall verloren gehen, so wie das andere Buch.«

Ich wusste genau, was er meinte. Das letzte Buch, an dem mein Vater gearbeitet hatte, war die Geschichte über den Boggin gewesen. Es war noch nicht in die Bibliothek zurückgebracht worden und meine Eltern waren gestorben. Irgendwie musste ich dieses Buch noch finden und die Geschichte zu Ende schreiben. Aber es war noch nicht so weit.

»Und wo ist jetzt dieser Ausgang?«, fragte ich.

»Du meinst den Eingang in die Geschichte.«

»Ja, wohin muss ich gehen?«

Everett klemmte sich das Buch unter den Arm und führte mich an weiteren Bücherregalen vorbei tiefer in die Große Bibliothek hinein. Einen Moment lang fürchtete ich, ich könnte mich in diesem uralten Labyrinth rettungslos verirren, aber das war meine geringste Sorge. Wir erreichten die – wie sich herausstellte – hinterste Regalreihe, bogen um die Ecke und standen vor einer Holztür, die genauso aussah wie jene, die von der Bibliothek in mein Zuhause führte.

»Wenn ich also jetzt da durchgehe, bin ich in dieser Schule?«

»So ist es.«

»Und ich kann jederzeit zurückkehren?«

»Benutze einfach den Paradoxschlüssel.«

Ich fasste nach dem Schlüssel und drückte ihn gegen meine Brust. Um nichts in der Welt würde ich dieses Ding weggeben.

»Ich kann für nichts garantieren«, sagte ich.

»Es gibt keine Garantien«, sagte Everett. »Schon gar nicht, wenn es um Geschichten aus dieser Bibliothek geht.«

Mit langsamen Schritten näherte ich mich der Holztür und fühlte mich dabei, als ginge ich zum Schafott. Dann stand ich direkt davor, streckte die Hand nach dem Türknauf aus und zögerte.

»Was muss ich zuerst machen?«, fragte ich.

»Das ist dir überlassen. Aber bedenke eines: Störungen haben immer eine Ursache. Wenn etwas schiefläuft, dann steckt immer jemand dahinter. Oder etwas.«

»Etwas wie der Boggin.«

»So ist es. Es läuft immer auf eine Person hinaus, Marcus. Egal ob sie lebt oder tot ist. Jemand an dieser Schule weiß, warum das alles passiert. Vielleicht verursacht derjenige alles absichtlich. Vielleicht ahnt er aber auch gar nicht, dass er damit zu tun hat. Stell Fragen. Sei aufmerksam. Hinweise werden sich finden.«

Ich nickte. Nicht weil mir klar war, was ich tun musste, sondern weil ich jetzt verstand, wie wichtig meine Aufgabe war. Ich packte den Türknauf und drehte ihn, bis das Schloss aufsprang und die Tür sich einen Spalt weit öffnete.

»Das tut jetzt nicht weh, oder?«

»Nicht im geringsten«, sagte Everett. »Es ist einfach so, als ginge man durch eine ganz normale Tür … mitten hinein in ein anderes Leben.«

»Normal? Na ja … wie man's nimmt …«

Wenn ich noch eine Sekunde länger darüber nachgedacht hätte, was diese Worte wirklich bedeuteten, hätte ich die Tür zugeschlagen, mich umgedreht und wäre nach Hause gerannt. Aber ich musste es versuchen. Ich wusste nicht, ob es mir gelingen würde, das Geheimnis dieser verhexten Schule zu lüften, aber einen Versuch musste ich wagen. Bevor ich meine Meinung ändern konnte, riss ich die Tür auf und ging los, wie der alte Geist es gesagt hatte … mitten hinein in ein anderes Leben.

Kapitel 3

Genau genommen trat ich durch die Tür und stand … in einem Toilettenraum. Im ersten Moment dachte ich, ich sei wieder zu Hause und der Zauber der Großen Bibliothek hätte nicht gewirkt. Aber ich befand mich vor einer Reihe von Pinkelbecken – und die gab es im Bad meiner Eltern eindeutig nicht. Auch nicht diese drei Typen, die vor den Waschbecken standen und Papier in die Abflüsse stopften, um die Becken zum Überlaufen zu bringen. Sie lachten, als wäre das der originellste Streich aller Zeiten. Das Problem war aber, dass sie es nicht schafften, das Wasser am Laufen zu halten. Nach ein paar Sekunden stellte sich der Wasserhahn immer wieder ab. Hier handelte es sich eindeutig nicht um hochintelligente Raketentechniker.

»Lasst uns eins von euren Büchern auf den Hahn legen. Das drückt ihn runter«, riet jetzt eines der Genies den anderen.

»Ich lass doch nicht mein Buch hier!«, lautete die Antwort.

»Warum denn nicht? Du willst es doch bestimmt nicht lesen.«

Der dritte Typ lachte.

Genau. Vollldeppen.

Ich war aus dem Wandschrank herausgetreten. Wenn ich die Schranktür von außen öffnete, würde ich vermutlich einem Mopp und einigen Rollen Klopapier gegenüberstehen. Um in die Große Bibliothek zurückzukehren, musste ich den Paradoxschlüssel benutzen. Ich bekam jedoch nicht die Gelegenheit, diese Theorie zu testen, denn als die Tür hinter mir mit einem lauten Knall zuschlug, fuhren die drei Komiker herum und glotzten mich überrascht an. Einen Moment lang blieben sie wie erstarrt stehen, als könnten sie sich absolut keinen Reim darauf machen, wie ich so plötzlich hatte auftauchen können.

»Wo kommst du denn her?«, fragte einer der Typen anklagend, als hätte ich versucht, mich an sie anzuschleichen. Er war offenbar der Rudelführer, denn die anderen beiden ließen ihn nicht aus den Augen, als er auf mich zutrat. Er war klein und trug einen ausgebeulten Hoodie über einem schwarzen T-Shirt, auf das nur ein Wort aufgedruckt war: BÖSE. Solche Typen kannte ich aus meiner eigenen Schule. Sie waren immer von ihrer Meute umgeben und gaben sich alle Mühe, einschüchternd zu wirken.

»Was glaubst du denn, wo ich herkomme?«, fragte ich zurück.

Der kleine Typ blieb erstarrt stehen. Er sah so verblüfft drein, dass ich beinahe lachen musste. Offenbar war er es nicht gewohnt, dass man eine seiner Fragen mit einer Gegenfrage beantwortete.

»Er hat gesehen, was wir hier machen, Nate«, sagte einer seiner Kumpel nervös, als hätte ich sie bei einem Jahrhundertverbrechen ertappt.

»Interessant, Nate«, sagte ich schnell. »Hier hängst du also mit deinen Kumpels rum? Auf dem Schulklo?«

Nate verlor jetzt vollkommen die Fassung – genau, wie ich beabsichtigt hatte.

»Wer zur Hölle bist du?«, fragte er.

»Weißt du was, Kumpel«, sagte ich. »Ich tu euch einen Gefallen und vergesse, was ich gerade gesehen habe.«

Ich machte einen Schritt in Richtung Ausgang, aber Nates Hand schoss nach vorne und packte mein T-Shirt. Das war ein kritischer Moment. Ich weiche nie einer Schlägerei aus, schon gar nicht, wenn mein Gegner einen Kopf kleiner ist als ich. Außerdem kann ich Mobber sowieso nicht ausstehen. Normalerweise hätte ich die Gelegenheit, diesen Typen fertigzumachen, gerne wahrgenommen. Aber seine beiden Freunde machten die Sache kompliziert. Außerdem würde eine Schlägerei meinen Nachforschungen ein Ende bereiten, noch bevor ich richtig angefangen hatte.

»Wie wär's, wenn ich dir noch einen größeren Gefallen tue und dich in den Hintern trete?« Nate starrte mir direkt in die Augen.

Ich lachte. Ich konnte nicht anders. Dieser Typ versuchte, sowohl Furcht einflößend als auch witzig zu sein, aber beides misslang.

Mein Lachen warf ihn vollkommen aus der Bahn. Solche Clowns wie er waren es gewöhnt, dass ihre Opfer verängstigt vor ihnen auf dem Boden kauerten.

»Pass auf, ich tu dir noch einen größeren Gefallen«, sagte ich. »Du willst, dass das Wasser weiterläuft? Klemm eine Münze unter den Hebel. Dann schaltet sich der Hahn nicht ab.«

Ich grub mit der Hand in meiner Hosentasche, zog eine Münze hervor und schnippte sie ihm zu. Nate ließ mein Hemd los und schnappte sich die Münze. Ich nutzte die Gelegenheit und ging in Richtung Tür. Diese Deppen hatten keine Ahnung, was sie tun sollten. Sie starrten mich nur fassungslos an, während ich lässig die Toilette verließ und verschwand.

Ich hatte keine Ahnung, ob die Sache mit der Münze wirklich

funktionierte. Hoffentlich nicht, sonst machte ich mich noch mitschuldig an der Flutung der Schule. Aber darüber durfte ich mir jetzt keine Gedanken machen. Ich eilte davon und versuchte, in der Menge der Schüler unterzutauchen, bevor Nate und seine Kumpane hinter mir herkamen. Oder bevor Wasser unter der Tür des Schulklos durchsickerte.

Erst als ich mich sicher fühlte, ging ich langsamer und sah mir die Coppell Middle School ein bisschen genauer an. Auf den ersten Blick war schon klar, dass man sie nicht mit meiner eigenen Schule, Stony Brook, vergleichen konnte. Meine Schule war modern: breite Flure, bunt gestrichene Wände und viele Fenster, die das Sonnenlicht einließen. Dieses Gebäude hier war dunkel, voller Schatten. Die Wände bestanden aus Backstein, und natürliches Licht drang nur durch die schmalen Fenster dicht unterhalb der Decke. Torbögen führten von einem Flur in den anderen und die Böden bestanden nicht aus Fliesen oder Linoleum, sondern aus echten Holzdielen. Auch der Geruch war anders. Stony Brook roch immer nach Desinfektionsmittel. Dieses Gebäude hier roch nach … Schimmel. Es erinnerte mehr an Hogwarts als an eine moderne Schule.

Andererseits wirkte sie auch vertraut. In den Fluren drängten sich Schüler. Manche schoben sich eilig weiter, andere standen einfach nur herum. Und Schüler aus Massachusetts unterschieden sich so gut wie gar nicht von Schülern aus Connecticut. Oder von Schülern überall auf der Welt.

Massachusetts. Himmel noch mal, ich war in Massachusetts! Ich hatte die Bibliothek verlassen und war in einem anderen Bundesstaat gelandet! Überhaupt hatte sich meine Situation deutlich verändert. Es ist schon in der eigenen Schule nicht so ganz einfach, seinen Platz zu finden. Und nun befand ich mich auf feindlichem Gebiet ohne einen einzigen Freund, der mir zur Seite stehen konnte. Ich gehörte nicht hierher. Über kurz oder lang würde ein Lehrer mich entdecken.

Ich zückte mein Telefon, um nach der Uhrzeit zu sehen, aber die Uhr funktionierte nicht. Ich empfing auch kein Handysignal. Mein Telefon zeigte lediglich den Startbildschirm. Es war überhaupt nicht zu gebrauchen. Ich vermute, wenn man durch Vermittlung der Bibliothek in eine Geschichte gerät, kann man nicht einfach zu Hause anrufen. Oder *Temple Run* spielen.

Ich spazierte herum, bis ich eine Wanduhr entdeckte: 7.45 Uhr. Dieselbe Uhrzeit wie zu Hause. Die Bibliothek der Geister hatte mich quer durch Amerika, aber nicht quer durch die Zeit geschickt. Es war früher Morgen, vor Beginn der ersten Unterrichtsstunde. Mir war klar: Sobald es klingelte, würden die Schüler in ihre Klassenräume stürmen, und ich würde hier auf dem Flur herumstehen. Ohne zu wissen, wohin. Ich musste so viel wie möglich in Erfahrung bringen, bevor sich die Korridore leerten. Es geht doch nichts über ein bisschen Zeitdruck.

Ich entdeckte eine Doppeltür, die in einen riesigen Schulhof führte. Das Schulgebäude umstand drei Seiten des Hofs. An der offenen Seite führte eine Straße entlang. Es sah so aus, als sei dieser Schulhof der Ort, an dem sich die Schüler überwiegend aufhielten. Es war eine sehr große Schule, so wie meine eigene. Bestimmt standen hier mehrere Hundert Schüler und warteten auf den Beginn der ersten Stunde. Ich ging ein paar Betonstufen hinunter und schob mich durch die Menge, um ein Gefühl für diesen Ort zu entwickeln. Es war schon fast November und Frost lag in der Luft. Hätte ich doch bloß eine Jacke mitgenommen!

Das Gebäude hatte vier Stockwerke und bestand wie die Innenwände aus Backstein. Durch die mächtigen weißen Säulen vor dem Eingang wirkte es wie ein wichtiges Regierungsgebäude. Wenn man mich gefragt hätte, hätte ich darauf getippt, dass es über hundert Jahre alt war. Ein schmiedeeiserner Zaun mit einem weit geöffneten Tor grenzte den Schulhof von der Straße ab. Draußen fuhren ununterbrochen SUVs vor und ließen Schüler aussteigen. Wenn ich die Straße hinunterblickte, sah ich nur Bäume. Nirgendwo war ein Wohnhaus oder ein anderes Gebäude zu entdecken. Coppell war offenbar eine ländliche Schule, die man im Grünen errichtet hatte.

Der Schulhof war gedrängt voll. Schüler unterhielten sich in kleinen Grüppchen, andere saßen irgendwo und lasen. Einige warfen sich einen Football zu. Ich spazierte in die Mitte des Hofs und drehte mich einmal um mich selbst. In wenigen Minuten hatte ich mir einen allgemeinen Eindruck von dieser Schule verschafft … Ich hatte jedoch immer noch keine Ahnung, wie ich etwas über die Störung herausfinden sollte.

Von einer Gruppe von Schülern, die sich an der gegenüberliegenden Wand zusammendrängte, erklang Gelächter. Weil ich nicht wusste, was ich sonst tun sollte, ging ich hinüber, um mir anzusehen, was so lustig war. Aber was ich sah, war überhaupt nicht lustig: Die Schüler standen im Halbkreis um eine Bank an der Hauswand. Auf dieser Bank saß ein Mädchen mit langen, welligen roten Haaren, die sich ganz offensichtlich unwohl fühlte. Sie hielt ihren Rucksack an den Bauch gedrückt und starrte zu Boden, als hätte sie jeden anderen Ort der Welt diesem hier vorgezogen. Direkt neben ihr saß der klein gewachsene Schläger vom Schulklo: Nate.

»Irgendwas«, kicherte er. »Ein Wort. Hallo. Tschüs. Leck mich. Irgendwas!«

»Aber ›leck mich‹ sind doch zwei Wörter«, röhrte einer seiner bekloppten Freunde.

Die Kinder lachten. Das Mädchen wirkte gequält. Wahrscheinlich wäre sie am liebsten weggelaufen, aber sie war in diesem Halbkreis gefangen. Nate stand auf und wandte sich an die Gruppe, ging dabei auf und ab, als sei er ein Moderator und das Mädchen Teil seines Showprogramms.

»Ich wette«, verkündete er kühn, »dass ich sie zum Reden bringe.«

»Genau«, blökte einer der Typen. »Sie wird sagen, dass du die Klappe halten sollst!«

Alle lachten.

»Das würde zählen!«, erklärte Nate. »Wer wettet dagegen?«

»Sie hat seit fünf Jahren kein Wort gesagt!«, rief einer der Schüler. »Wie kommst du auf die Idee, dass du sie dazu bringst, jetzt etwas zu sagen?«

Nate warf sich in die Brust und grinste. »Ich kann sehr überzeugend sein.«

Er drehte sich um und blickte auf das arme Mädchen hinunter. Sie sah so aus, als wäre sie am liebsten gestorben. Ganz offensichtlich war sie furchtbar schüchtern … das perfekte Opfer für einen Mobber wie Nate. Ich hasse Mobber. Ich glaube, das habe ich schon gesagt.

»Das ist doch ein Superangebot, Kayla«, sagte Nate ruhig. »Meinen Gewinn teile ich mit dir, siebzig zu dreißig Ich weiß doch, dass du reden kannst! Oder bist du irgendwie bekloppt?«

Mein Blutdruck stieg. Ich weiß nicht, über wen ich mich mehr ärgerte – über diesen Knallkopf von Nate oder über die Schüler, die das witzig fanden.

Nate setzte sich wieder direkt neben Kayla, beugte sich zu ihr hinunter und steckte ihr beinahe die Nase ins Ohr. Sie kauerte sich noch mehr zusammen und sah so aus, als würde sie jeden Moment in Tränen ausbrechen.

»Ist das die Erklärung? Du bist einfach nicht ganz normal?«, knurrte Nate. »Hey, du kostest mich eine Stange Geld. Sag jetzt einfach was.«

Das war zu viel. Jemand musste diesen Kerl aufhalten. Ich drängte mich durch die Menge und versuchte, auf die Innenseite des Halbkreises zu kommen, meinen Blick starr auf Nate gerichtet und drauf und dran, ihn an seinem abgewetzten Hoodie zu packen und von dem Mädchen wegzuziehen. In diesem Moment dachte ich überhaupt nicht daran, dass ich hier war, um eine Störung zu beheben. Dieser Typ hatte eine Abreibung verdient.

»Nate!«, hörte ich eine wütende Stimme.

Ich trat auf die Bremse, weil ich dachte, eine Lehrerin würde die Versammlung auflösen. Aber es war keine Lehrerin. Es war ein anderes Mädchen. Ebenso entschlossen wie ich drängte sie sich durch die Menge, aber sie erreichte Nate vor mir.

»Lass sie in Ruhe!«, schrie sie ihn an.

Nate sprang von der Bank und baute sich vor ihr auf.

»Verpiss dich, Murcer!«, blaffte er.

Die beiden standen Nase an Nase. Ich rechnete fast damit, dass Nate sie schlagen würde. Oder umgekehrt – so wütend wirkte das Mädchen. Es sah so aus, als würde es hier gleich ziemlich übel zur Sache gehen. Die anderen Schüler wichen zurück, um Platz zu machen.

Das Mädchen war etwa so groß wie Nate. Mit ihrem kurzen blonden Haar, dem karierten Rock und dem schicken Pullover sah sie aus wie der letzte Mensch, der sich mit einem Schläger wie Nate anlegen würde, aber ihre Haltung sprach Bände. Sie war auf hundertachtzig.

»Spinnst du eigentlich?«, fragte sie wütend.

»Was geht dich das an?«, fragte Nate. Er tat cool, aber ihr Auftritt hatte ihn doch aus der Fassung gebracht.

Einen Moment lang herrschte angespannte Stille, während beide auf eine Regung des anderen warteten, und dann …

»Vorsicht!«, schrie jemand.

Alle Blicke richteten sich nach oben: Eine große Glasscheibe brach aus einem Fenster des Schulgebäudes und fiel von oben direkt auf die Bank zu.

Das blonde Mädchen reagierte zuerst. Während alle noch dastanden und gebannt auf die tödliche Kante der Scheibe starrten, schubste sie Nate und drückte ihn immer weiter. Nate stieß gegen Kayla und alle drei fielen von der Bank. Im selben Moment traf die Glasscheibe mit einem berstenden Krachen auf die Betonbank.

Der Schlag weckte alle aus ihrer Erstarrung. Schüler schrien entsetzt auf und hechteten zur Seite, während ein Schauer aus Glasscherben auf sie regnete. Ich drehte mich um und hielt die Arme hoch, um meinen Kopf zu schützen. Dennoch fühlte ich die winzigen Nadelstiche Dutzender kleiner Splitter, die meine Arme und meinen Hals trafen. Der kurze, scharfe Knall, mit dem die Glasscheibe zerborsten war, hallte von den Backsteinwänden wider. Es folgte ein helles Klimpern, als Millionen Scherben dort aufs Pflaster trafen, wo eben noch Schüler gestanden hatten. Das ganze Drama dauerte nur einen Augenblick. Alle standen unter Schock, während andere Schüler herbeirannten, um nachzusehen, was passiert war.

»Ich hab nichts gemacht!«, schrie jemand von oben aus dem Schulgebäude.

Hinter dem Fensterrahmen, aus dem die Glasscheibe gefallen war, stand einer von Nates bekloppten Freunden. Er starrte mit vor Schreck weit aufgerissenen Augen auf uns hinunter.

»Ich schwör's!«, rief er. »Ich bin nur vorbeigelaufen!«

Jemand drängte sich an mir vorbei. Es war Kayla. Endlich hatte sie den Mut aufgebracht, sich davonzumachen. Dass sie eben um ein Haar von einer Fensterscheibe geköpft worden wäre, hatte vermutlich zu diesem Entschluss beigetragen.

Das blonde Mädchen und Nate saßen auf dem Boden, beide mit Glasscherben übersät. Sie standen ganz offensichtlich beide unter Schock. Niemand rührte sich. Als warteten alle darauf, dass sich jemand zu Wort melden und erklären würde, was gerade geschehen war.

Es läutete zur ersten Stunde. Das war das Signal, das die Menge gebraucht hatte, um schlagartig zur Normalität zurückzufinden. Schnell rafften alle ihre Bücher und Rucksäcke zusammen und rannten auf das Schulgebäude zu.

Auch das blonde Mädchen und Nate rappelten sich wieder auf

die Füße. Sie wirkten immer noch ziemlich erschüttert. Ich erwartete, dass Nate sich bedanken würde – immerhin hatte das Mädchen ihm das Leben gerettet! Das tat er aber nicht. Vielmehr deutete er mit einem anklagenden Zeigefinger in ihre Richtung.

»Bleib mir vom Hals, Ainsley, oder du wirst es bereuen!«

Er sprach so hasserfüllt, dass ich ihm glaubte. Er meinte es ernst. Mit einem letzten wütenden Blick wandte er sich ab und ging auf den Eingang der Schule zu. Ainsley zupfte vorsichtig kleine Glassplitter aus ihrem Pullover. Dieses Mädchen wollte ich unbedingt kennenlernen. Langsam ging ich auf sie zu.

»Alles klar bei dir?«, fragte ich.

»Sicher. Hier ist gerade mal wieder etwas schiefgelaufen.«

»Ja«, sagte ich. »Ich habe schon gehört, dass hier die merkwürdigsten Dinge passieren.«

Jetzt strömten die ersten Lehrer aus dem Schulgebäude und näherten sich dem Unglücksort. Ich wollte ihnen nicht in die Arme laufen, also entfernte ich mich und bedeutete Ainsley, mir zu folgen. Überraschenderweise tat sie es.

Sie hörte auf, Splitter aus ihrem Pullover zu zupfen, sah mich kritisch an und stellte fest: »Dich kenne ich nicht.«

»Ähm, also, ich bin neu hier. Erster Tag. Ich heiße Marcus O'Mara.«

»Ainsley Murcer.« Sie hielt mir die Hand hin, sehr geschäftsmäßig und sachlich. »Ich bin die Jahrgangssprecherin der Achten.«

»Das war ja klar.« Ich schmunzelte und bereute es sofort.

Sie runzelte die Stirn. »Was soll das denn heißen?«

»Nichts.« Ich ließ mir schnell eine Erklärung einfallen. »Du wirkst eben wie jemand, der die Sprecherin eines Jahrgangs sein muss. Ich meine, so wie du dich für das Mädchen eingesetzt hast. Sehr cool.«

Der ferne Klang eines Martinshorns mischte sich in unser Gespräch.

»Scheint, als wäre die Feuerwehr unterwegs«, sagte ich.

»Die verbringen momentan ziemlich viel Zeit hier«, sagte Ainsley. »Vermutlich haben sie es schon satt, dauernd hierherzufahren. Andererseits war es nie ein Fehlalarm.«

»Ich habe noch keinen Stundenplan«, sagte ich. »Ich sehe mir erst mal ein paar Kurse an. Hättest du was dagegen, wenn ich dich heute einfach begleite? Ich meine, wer könnte mir besser etwas über diese Schule sagen als die Jahrgangssprecherin?«

Ainsleys Miene hellte sich bei diesem Vorschlag auf. Ich hatte sie richtig eingeschätzt. Sie war die Sorte Mädchen, die über alles Bescheid wusste und ihr Wissen nur zu gern an den Mann oder die Frau brachte.

»Klar.« Sie lächelte freundlich. »Aber ich sollte erst mal der Feuerwehr erzählen, was passiert ist.«

»Du denkst immer an alles, oder?«

Sie zuckte mit den Schultern. »Ich versuche es.«

»Ich warte am Eingang.«

»Okay. Du hast in mir eine Sonderbotschafterin.«

Sie bedachte mich mit einem zufriedenen Lächeln und wollte sich gerade wieder dem Schauplatz des Unglücks zuwenden, hielt dann aber inne und sah mich noch einmal an.

»Ehrlich gesagt, Marcus, angesichts dessen, was hier in letzter Zeit los ist, bin ich mir nicht so sicher, ob es ein günstiger Moment ist, an diese Schule zu kommen.«

»Ich riskiere es«, antwortete ich.

»Tapferer Junge.« Jetzt lächelte sie wieder. »Das gefällt mir.« Sie wandte sich auf dem Absatz um und eilte davon.

Ich ging in Richtung Schulgebäude und war stolz auf mich, weil mir Ausreden für meine Anwesenheit an der Schule eingefallen waren. Nicht, dass jemandem ein zusätzlicher Schüler aufgefallen wäre. Hier hatte man ganz andere Probleme … ein weiteres Unglück, dem beinahe drei Schüler zum Opfer gefallen wären.

Ich war erst kurz an dieser Schule und schon spürte ich, dass Everett die Sache richtig eingeschätzt hatte. Hier war eine Störung im Gange. Da war ich mir ganz sicher. Außerdem waren mir schon mehrere Personen begegnet, die durchaus in diese Geschichte verwickelt sein konnten. Nate war ein unangenehmer Zeitgenosse und Kayla hatte echte Probleme. Aber waren sie Opfer oder Teil der Störung? Jedenfalls würde mich die Sprecherin der achten Klassen persönlich herumführen. Möglicherweise sollte Everett noch in anderer Hinsicht recht behalten: Vielleicht meisterte ich in solchen Aufgaben ja doch ganz gut.

Kapitel 4

In der ersten Stunde hatte Ainsley Gemeinschaftskunde – und es ging tatsächlich um ein Problem der Klassengemeinschaft.

»Warum ist der noch nicht von der Schule geflogen?«, rief ein Schüler schon in dem Moment, in dem der Lehrer, Mr Martin, zur Tür hereinkam. »Dieser Typ ist doch gemeingefährlich!«

Ein anderer Schüler mischte sich ein. »Es ist nicht er allein, sondern seine ganze Clique! Es ist doch klar, dass sie hinter allem stecken!«

»Von wem genau sprechen wir denn?«, fragte Mr Martin mit Unschuldsmiene.

Fast alle schrien im Chor: »Von Nate Christmas!«

In der Klasse brach totales Chaos aus. Alle Schüler posaunten ihre Meinung laut heraus. Kein einziger nahm Nate in Schutz. Ich saß an einem Tisch in der hintersten Reihe und versuchte, mich unsichtbar zu machen. Ainsley saß still in der ersten Reihe, sah reglos nach vorne, die Hände auf dem Pult gefaltet.

»Schon gut, schon gut!«, rief Mr Martin. Er hob die Hände, um die Klasse zur Ruhe zu bringen. »Einer nach dem anderen!«

Mr Martin war ein junger Lehrer mit etwas längeren blonden Haaren, die er sich ständig aus der Stirn wischte. Er trug Jeans, ein blaues Hemd, das er sich in den Hosenbund gestopft hatte, und eine schmale Krawatte. Im Gegensatz zu meinem Gemeinschaftskundelehrer zu Hause, Mr Winser, sah dieser Typ halbwegs menschlich aus. Außerdem flippte er nicht gleich aus, wenn die Schüler in seiner Klasse durcheinanderschrien. In seiner ruhigen Art erlaubte er ihnen erst einmal, sich abzureagieren. Dabei hatte er die Situation trotzdem unter Kontrolle.

»Parker!«, rief Mr Martin und deutete auf ein Mädchen in der dritten Reihe.

»Ich habe Nates Freund Logan am Fenster gesehen, direkt nachdem die Scheibe runtergefallen ist«, sagte sie. »Er hat sie bestimmt rausgedrückt. Die haben die ganze Sache geplant.«

Die Klasse brach in zustimmendes Geschrei aus: »Genau!« und »Ich hab ihn auch gesehen!«

»Das ist eine schwere Anschuldigung.« Mr Martin versuchte noch immer, unvoreingenommen zu klingen.

Ein Mädchen in der ersten Reihe sprang auf: »Ich habe gehört, dass Nate im Laden an der Ecke Feuerzeugbenzin und Streichhölzer gekauft hat. Und am nächsten Tag hat es in der Küche der Cafeteria gebrannt. Da kann doch keiner behaupten, dass das ein Zufall war.«

Alle grummelten zustimmend.

»Noah.« Mr Martin deutete auf einen Typen neben mir, der schon die ganze Zeit mit der Hand in der Luft herumfuchtelte und unbedingt aufgerufen werden wollte.

»Nate hat bei der Sportveranstaltung die Knallfrösche unter der Tribüne gezündet«, sagte Noah. »Und er hat noch ganz andere Feuerwerkskörper zu Hause. Der Typ besitzt das reinste Sprengstoffarsenal. Die ganze Zeit gibt er damit an. Kanonenschläge. Böller, Raketen. Deswegen ist die Tribüne zusammengebrochen.«

»Wegen ein paar Knallfröschen bricht doch keine Tribüne zusammen«, wandte Mr Martin ein. »Außerdem ist es nicht bewiesen, dass Nate die Knallfrösche gezündet hat.«

»Wie können Sie den in Schutz nehmen?«, rief das Mädchen, das Mr Martin »Parker« genannt hatte, frustriert. »Man hat ja allmählich Angst, in die Schule zu gehen.«

»Ich verteidige jemanden, dessen Schuld nicht erwiesen ist«, sagte Mr Martin. »Das entspricht unserem Rechtssystem. Bis die Beweisführung abgeschlossen ist, müssen wir davon ausgehen, dass Nate unschuldig ist. So funktioniert das hierzulande.«

Noah sagte: »Bevor seine Schuld bewiesen ist, sollte man ihn schon mal rausschmeißen. Oder einsperren. Wenn die Lehrer nichts unternehmen, müssen wir Schüler uns vielleicht drum kümmern.«

»Genau!«, stimmte Parker zu. »Bevor jemand ernsthaft verletzt wird!«

Den meisten Schülern gefiel diese Idee, sie jubelten und applaudierten. Mr Martin hob erneut die Hand, um die Klasse zur Ruhe zu bringen.

»Wir sind hier nicht im Wilden Westen, Leute! Ihr sprecht jemanden schuldig, obwohl ihr keine stichhaltigen Beweise habt. Hörensagen. Gerüchte. Ihr seht die Sache so, wie ihr sie sehen wollt, um eure eigenen Theorien zu stützen. Was ist mit dem Auto, das in die Glastür gefahren ist? Wie hätte Nate das anstellen sollen? Und als der Strom ausfiel? Kann ein Schüler einen Transformator hochgehen lassen?«

Keine Antwort.

»Worauf wollen Sie hinaus, Mr Martin?« Zum ersten Mal meldete sich Ainsley zu Wort. Sie sprach ganz ruhig. »Jemand muss doch für das verantwortlich sein, was hier vorgeht. Wenn Nate es nicht ist, wer dann? Böse Geister?«

Ihre Worte lösten vereinzeltes nervöses Gekicher aus.

Mr Martin lächelte geduldig. »Nein, es gibt hier bestimmt keinen bösen Butzemann.«

Und damit hatte er recht. Denn den bösen Butzemann, den *Boggin*, hatten ja meine Freunde und ich in eine Metallkiste gelockt und auf dem Grund des Long-Island-Sunds versenkt.

»Da wäre ich mir nicht so sicher«, sagte Ainsley düster.

»Ich sage nur, dass wir nicht vorschnell urteilen sollten«, sagte Mr Martin. »Wir wissen noch nicht einmal, ob zwischen den Vorfällen ein Zusammenhang besteht. Es könnte sich um eine Reihe von unglücklichen Zufällen handeln. Wir werden es erfahren. Wir müssen nur abwarten, wie sich die Dinge entwickeln.«

»Und hoffen, dass bis dahin niemand verletzt wird«, sagte Ainsley.

Diese nüchterne Bemerkung verschlug der Klasse die Sprache. Mr Martin ließ seinen Blick über die Klasse schweifen und jetzt entdeckte er mich.

»Ach, ich sehe ein neues Gesicht.« Erwischt. »Und wer bist du?«, fragte Mr Martin.

Alle Blicke fielen auf mich. Bühne frei.

»Ich heiße Marcus O'Mara. Meine Familie ist gerade hierhergezogen. Wahrscheinlich komme ich auf diese Schule. Ich bin noch nicht angemeldet. Aber Ainsley hat gesagt, ich kann heute mit ihr mitgehen und mir alles ansehen.«

Erstaunlich, wie leicht diese Lügen aus mir heraussprudelten! Vermutlich hätte ich ein schlechtes Gewissen haben müssen. Hatte ich aber nicht, denn ich war ja »undercover« unterwegs.

»Nun, O'Mara, du hast sicher schon von diesen Unglücksfällen gehört, die wir hier hatten?«

»Nicht viel.« Schon wieder gelogen. Darüber wusste ich genau Bescheid.

Vielleicht winkte mir ja eine goldene Zukunft als verdeckter Ermittler. Oder Spion. Oder Politiker.

»Hast du als Außenstehender vielleicht eine Erklärung für das, was sich hier abspielt?«, fragte Mr Martin.

»Noch nicht«, sagte ich. »Ich arbeite dran.«

Einige Schüler kicherten. Sie ahnten nicht, dass das die ehrlichste Antwort war, die ich in diesem Gespräch gegeben hatte.

»Na dann viel Glück, Mr O'Mara. Ich hoffe, du kannst unser Problem lösen.«

Das hoffte ich auch. Mehr als er das ahnte.

Während der restlichen Stunde redete Mr Martin über das alte Rom und den Bau des Kolosseums. Eigentlich war es ganz witzig, in einem Klassenzimmer zu sitzen und sich keine Sorgen darüber machen zu müssen, wie man sich den Stoff merken sollte. Ich nutzte die Zeit zum Nachdenken und um meinen nächsten Schachzug zu planen.

Die Schüler machten Nate Christmas für all die gefährlichen Vorfälle verantwortlich. Ainsley war sich hundertprozentig sicher, dass er dahintersteckte. Da sie offenbar über alles hier Bescheid wusste, war es wohl nicht verkehrt, diese Möglichkeit in Betracht zu ziehen. Dann war dies Nates Geschichte. Die eigentliche Frage jedoch lautete: Warum? Hatte er etwas getan, was diese Störungen auslöste? Oder war er das Opfer? Oder einfach ein Vollidiot?

Der Unterricht plätscherte dahin. Ich behielt Ainsley im Auge. Sie saß kerzengerade da und lauschte aufmerksam auf Mr Martins Worte, als sei alles, was er sagte, von allergrößter Wichtigkeit. Außerdem machte sie jede Menge Notizen. Ich fragte mich, ob ihre Eltern sie wegen der Schule ebenso unter Druck setzten wie Lus Eltern das taten.

Als der Unterricht zu Ende war, folgte ich Ainsley durch die vollen Flure zum nächsten Klassenzimmer. Vielleicht bildete ich mir das ein, aber ich hatte das Gefühl, eine fast greifbare Spannung in der Luft zu spüren. Wenn eine Schulklasse vorbeikam, wurde nicht so laut geschnattert wie normalerweise. Es war so, als würde jeder ständig über die Schulter schauen und auf den nächsten Schlag warten.

»Warum geben denn alle diesem Nate die Schuld?«, fragte ich Ainsley.

»Weil er ein dämlicher Schläger ist«, antwortete sie, und in ihrer Stimme lag mehr als nur eine Spur Gehässigkeit. »Er ist erst seit diesem Schuljahr hier und hat schon mehr als der Hälfte der Schülerschaft Prügel angedroht. Er ist ein Mistkerl und er hat Mittäter gefunden, die ihm nachlaufen. Ich bin die Sprecherin der achten Klassen und wünschte, ich könnte ihn von der Schule werfen. Diese Schule war super, bis er aufgetaucht ist.«

»Was macht man denn so als Jahrgangssprecherin?«, fragte ich.

»Alles. Ich organisiere Discos, plane Spendenaktionen, Pyjama-Tage, denke mir die Themen für alle unsere Feste aus, auch für die Halloween-Horrornacht und die Frühlingsduft-Party. Man könnte sagen, ich bin verantwortlich für das Gemeinschaftsgefühl an dieser Schule. Ich leite das Motivationsteam und die Cheerleader und sorge dafür, dass die Schulband bei Veranstaltungen spielt, und …«

»O Mann. Ich hab's kapiert. Und wann schläfst du?«

»Ich schlafe nicht«, lautete ihre ernstgemeinte Antwort. »Jedenfalls kaum.«

Wir kamen an einer Reihe von Schließfächern vorbei. Das Mädchen, das Nate heute Morgen geärgert hatte, holte gerade ihre Bücher heraus.

»Hi, Kayla!«, rief Ainsley ihr im Vorbeigehen zu.

Kayla schenkte ihr ein schwaches Lächeln und steckte die Nase dann wieder in ihr Schließfach.

»Was ist mit ihr los?«, fragte ich, als wir außer Hörweite waren.

»Sie ist schüchtern«, sagte Ainsley. »Ich meine: krankhaft schüchtern. Ich kenne sie seit Jahren und habe noch nie gehört, dass sie ein einziges Wort gesagt hat.«

»Ist sie, na ja, Förderschülerin oder so?«, fragte ich.

»Nicht dass ich wüsste. Sie besucht den normalen Unterricht. Aber sie hat überhaupt keine Freunde. Ihr Schweigen hängt mit ihrer extremen Schüchternheit zusammen. Ich habe versucht, sie näher kennenzulernen, aber das ist schwierig, wenn überhaupt nichts zurückkommt.«

»Und du passt auf sie auf.«

»Ja, und heute hätte mich das beinahe Kopf und Kragen gekostet. Noch ein weiterer Grund für mich, Nate Christmas zu hassen.«

Mir war nicht klar, ob ich der Wahrheit einen Schritt nähergekommen war. Steckte Nate hinter den Unglücksfällen? Jedenfalls war er der verhassteste Schüler der ganzen Schule. Ich musste mehr über ihn erfahren.

Die Gelegenheit dazu bot sich in Ainsleys nächster Unterrichtsstunde, Biologie. Als wir den Biologiesaal betraten, sah ich, dass Kayla schon ganz hinten an der Wand saß. Es war witzig, wie vertraut mir die Schule mit ihren Schülern schon war. Anstelle von Tischen standen hier hochbeinige Hocker und schwarz überzogene Labortische mit eingebauten Spülbecken und Bunsenbrennern. Hier war gar nicht dran zu denken, in der Menge unterzutauchen. Also trabte ich direkt auf die Lehrerin, Miss Britton, zu und erklärte ihr, ich würde mir gerade die Schule ansehen, bevor ich mich endgültig hier anmeldete.

»Na, dann willkommen an unserer Schule!«, sagte sie mit strahlendem Lächeln und einem breiten Südstaaten-Akzent, der sich eher nach Georgia als nach Massachusetts anhörte. »Such dir einfach einen Platz.«

Ich ging durch die Reihen und setzte mich hinten an die Wand. Von hier aus konnte ich alles überblicken. Der Hocker, den ich mir aussuchte, befand sich in der Nähe des Labortischs, an dem Ainsley saß. Sie lehnte sich über den Tisch und redete mit einer Freundin, bis Nate Christmas hereinkam. Als Ainsleys ihn erblickte, erstarrte sie. Sie wollte nicht einmal im selben Raum mit ihm sein – so sehr hasste sie den Kerl.

Ich warf einen Blick auf Kayla. Sie hatte das Gesicht in ihrem Biologiebuch vergraben, als handle es sich um einen hoch spannenden Thriller.

Nate ließ seinen Blick durch den Raum schweifen. Als er Ainsley entdeckte, erstarrte auch er. Die Kaumuskeln des klein gewachsenen Jungen arbeiteten, als beherrsche er nur mühsam seinen Zorn. Dann stolzierte er wie ein eitler Gockel auf Ainsleys Labortisch zu. Ainsley beachtete ihn nicht. Sie sah stur geradeaus.

Ein Junge saß auf einem Hocker hinter ihr. Nate ging zu ihm, packte ihn am Schlafittchen und zerrte ihn gewaltsam von seinem Platz.

Der Junge wehrte sich zuerst entschlossen, dann aber erkannte er sein Gegenüber. Er wich sofort zurück und suchte sich einen anderen Platz.

Mein Pulsschlag erhöhte sich. Allmählich wurde mir klar, warum jeder hier Nate Christmas hasste. Nate nahm sich den geräumten Hocker, der nur gut einen Meter hinter Ainsley stand, und rückte noch ein bisschen näher an sie heran. Das würde kein gutes Ende nehmen.

In Miss Brittons Unterricht ging es um Algen, auch unter anderen Umständen kein besonders aufregendes Thema. Ich interessierte mich bedeutend mehr für Nate und Ainsley.

»Du bist hinter mir her?«, flüsterte Nate.

Er redete so leise, dass Miss Britton ihn nicht hören konnte, Ainsley jedoch schon. Sie setzte sich gerade hin, als hätte sich bei seinen Worten bei ihr die Alarmstufe rot eingeschaltet.

»Mach das nur«, grollte er mit tiefer, drohender Stimme. »Ich bin auch hinter dir her.«

Alle anderen konzentrierten sich auf Miss Britton. Nur eine Schülerin im Raum hatte mitbekommen, dass sich hier gerade ein leises Drama abspielte. Kayla. Sie saß am Labortisch rechts von uns. Sie konzentrierte sich nicht mehr auf ihr Buch. Genau wie ich blickte sie starr auf Nate und Ainsley.

»Du erzählst herum, dass ich an allem schuld bin, oder?«, sagte Nate.

Ainsley wandte sich nicht einmal nach ihm um. Aber es war klar, dass sie jedes Wort gehört hatte, denn sie saß so steif da wie eine Schaufensterpuppe. Ich wünschte, sie würde sich umdrehen und diesem Kerl eine reinhauen. Oder sich wenigstens woanders hinsetzen. Ich war kurz davor, mich einzumischen, aber ich gehörte ja eigentlich nicht hierher und wollte die Aufmerksamkeit nicht auf mich lenken. Somit war es leider ausgeschlossen, Nate eins auf die Rübe zu geben – und das hätte ich am allerliebsten getan. Ich musste sitzen bleiben und durchhalten, genau wie Ainsley. Wenn sie so aufgebracht war wie ich, dann weiß ich nicht, wie sie sich zurückhalten konnte.

»Wie kommst du überhaupt dazu, mir die Schuld zu geben?«, fragte Nate. »Du bildest dir ein, du wärst etwas Besonderes. Aber glaub mir, das bist du nicht.«

Ich hörte ein leises Geräusch. So etwas wie ein sanftes Klappern. Ich sah mich um, aber entdeckte nichts, was dieses Geräusch hätte verursachen können. War es nur die Lüftung? Ich versuchte, es zu ignorieren.

Der Labortisch, an dem Ainsley saß, stand nah an der Wand, direkt neben einer langen Theke. Über der Theke hing ein Regal mit Glasgefäßen und Flaschen voller Chemiekram.

»Ich habe nicht angefangen«, flüsterte Nate. »Das geht alles auf dein Konto.«

Das Klappern wurde lauter. Es klang so, als schlügen Glasflaschen leicht gegeneinander. Auch Kayla hörte es. Sie starrte nicht mehr auf Nate und Ainsley. Ihr Blick war zur Theke gewandert und hoch zum Flaschenregal, das darüber hing. Ich sah in dieselbe Richtung und entdeckte eine Reihe brauner Flaschen mit Korken und Warnaufklebern.

»Du solltest dich immer mal umsehen«, flüsterte Nate. »Sonst kriegst du vielleicht nicht mit, dass ich hinter dir her bin.«

Das Klappern wurde so laut, dass die ganze Klasse aufmerksam wurde, auch Miss Britton. Sie brach ihren Vortrag ab und sah sich um.

»Also, wer macht hier diesen Lärm?«, fragte sie ärgerlich.

Kracks! Eine der braunen Glasflaschen im Regal zersprang und eine durchsichtige Flüssigkeit ergoss sich auf die darunterliegende Theke. Sofort stach mir der scharfe Geruch in die Nase. Es roch wie die stärkste Chlordosis, die man je in einen Swimmingpool gekippt hatte. Sofort fingen meine Augen an, zu tränen und meine Nase brannte.

»Vorsicht!«, rief Miss Britton. »Das ist Salzsäure!«

Ainsley und Nate hechteten zur Seite. Weitere Flaschen im Regal begannen zu klappern, als ereigne sich direkt unter ihnen ein Mini-Erdbeben. Da standen viele weitere Flaschen mit Säure, eine neben der anderen. Sie alle begannen zu vibrieren und zu hüpfen. Wenn sie herunterfielen und ihr Inhalt herausspritzte, würde dieser die Schüler verätzen.

Über dem Regal war ein silberner Duschkopf angebracht, für genau diese Art von Notfall. Im Chemieunterricht hatte man uns gesagt, wenn wir etwas Ätzendes verschütteten, sollten wir diese Dusche einschalten. Ich entschied, dass es sich hier um einen solchen Notfall handelte, und stürzte mich auf die Metallkette neben dem Duschkopf. Ich zog daran. Sofort spritzte Wasser aus der

Dusche, prasselte herab wie ein kleiner Gewitterschauer. Es gab eine totale Schweinerei, aber als das Wasser auf die Theke auftraf, verdünnte es die Säure so weit, dass der Geruch beinahe schlagartig verschwand. Auch die Flaschen hörten auf zu zittern.

»Alle zur Seite!«, schrie Miss Britton außer sich. »Nichts anfassen!«

Ich verzog mich schnell in die hintere Reihe. Ich hatte keine Lust, mit Säure bespritzt zu werden, ganz egal ob verdünnt oder nicht. Der Rest der Klasse stand dicht an die gegenüberliegende Wand gedrängt. Alle starrten ratlos auf die zerbrochenen Flaschen.

»Wie konnte das passieren?«, rief Miss Britton. »Wer war das?«

Keiner antwortete, denn keiner wusste es. Ich hatte direkt danebengesessen und wusste es auch nicht. Niemand hatte etwas angefasst. Es war so, als habe die Flasche selbst beschlossen, zu zerspringen.

Die Schüler standen unter Schock. Keiner schrie oder weinte. Vermutlich gewöhnten sie sich allmählich an die merkwürdigen Vorfälle.

Ainsley hatte sich vor die anderen gestellt, als könnte sie sie abschirmen. Sie stand sehr gerade, herausfordernd, wie um auszudrücken, dass sie sich doch nicht von ein paar Tropfen Säure unterkriegen lassen würde.

Nate dagegen wirkte ziemlich erschüttert. Er war ganz bis nach vorne gelaufen, um der Säure auszuweichen. Jetzt untersuchte er seine Kleidung auf Säurespuren.

Die einzige Person, die nicht fassungslos auf die Überschwemmung starrte, war Kayla. Sie saß ganz hinten an die Wand gelehnt und drehte eine ihrer langen Haarsträhnen um einen Finger.

Dieser beängstigende Vorfall hatte auch sein Gutes: Jetzt konnte ich meine Suche nach dem Verursacher dieser Störungen eingrenzen. Ich war mir ziemlich sicher: Wer oder was das alles auslöste, er oder es befand sich hier im Biologiesaal Ich musste nur noch herausfinden, um wen oder was es sich handelte.

Kapitel 5

Niemand wurde verätzt. Kein schlimmer Schaden war entstanden. Nur die Anspannung der Schüler wurde immer größer. Wann würde sich der nächste gefährliche Unfall ereignen und wer von den Schülern würde davon betroffen sein? Bis jetzt hatten sie Glück gehabt, aber wie lange würde dieses Glück noch anhalten?

Everett saß an seinem Platz an der Ausleihtheke. Mit der Brille auf der Nasenspitze las er in dem roten Buch, das die Geschichte der Coppell-Mittelschule enthielt.

»Also, es ist auf jeden Fall eine Störung«, erklärte ich. »Nichts, was an dieser verrückten Schule passiert, geht auch nur im Entferntesten mit rechten Dingen zu.«

Ich hatte die Schule so verlassen, wie ich sie betreten hatte … durch den Besenschrank in der Jungentoilette. Es war komisch: Dass ich auf diese Weise reisen konnte, erschien mir schon gar nicht mehr … na ja, merkwürdig.

»Hast du eine Theorie, wer die Ursache dafür sein könnte?« Everett überflog die neuen Eintragungen.

»Viele Schüler schieben die Schuld auf eine kleine Ratte namens Nate Christmas. Aber es kann überhaupt nicht sein, dass Nate das alles anrichtet. Er hat ja schließlich keine übernatürlichen Kräfte. Mir sind jedenfalls keine aufgefallen.«

»Ist er der einzige Verdächtige?«, fragte Everett.

»Da ist noch ein Mädchen, Kayla. Sie war bei einigen Unfällen dabei. Aber mit ihr kann ich nicht reden, weil sie nicht spricht. Überhaupt nicht. Mit niemandem. Sieht so aus, als hätte sie seit Jahren kein Wort gesagt.«

Everett hob eine Augenbraue. »Es würde sich vielleicht lohnen, sich näher mit ihr zu beschäftigen«, sagte er, während er seinen Blick weiter über die Buchseiten wandern ließ. »Dahinter muss ja auch eine Geschichte stecken.«

Die Geister, die für die Aufzeichnung der Geschichten zuständig waren, hatten bereits alle neuen Ereignisse in das rote Buch eingetragen. Everett brauchte es nur durchzulesen, schon war er über alles informiert. Kaum zu glauben, aber selbst das erschien mir inzwischen beinahe normal.

»Was planst du als Nächstes?«, fragte Everett.

Ich ging in Richtung des Ausgangs, der mich in die Realität zurückführte. In meine Realität.

»Ich möchte mehr über diese Kinder in Erfahrung bringen«, sagte ich. »Aber ich brauche Hilfe.«

»Lu und Theo?«, fragte Everett.

»Ja. Ich habe mich mit einem Mädchen angefreundet, das die Jahrgangssprecherin der achten Klassen ist. Sie kann uns viele Türen öffnen.«

Schnell ging ich in Richtung Tür.

»Marcus?«, rief Everett.

Ich wandte den Kopf, ging aber weiter. »Ja?«

»Hervorragende Leistung, Marcus. Dein Vater hätte das selbst nicht besser hingekriegt.«

Seine Worte bedeuteten mir mehr, als er ahnte. Ein Leben lang hatte ich mich gefragt, ob ich Ähnlichkeit mit meinen biologischen Eltern hatte. Dies schien der Fall zu sein. Wenigstens, wenn ich als Schnüffler unterwegs war.

Vielleicht hatte Everett das auch nur gesagt, weil er genau wusste, wie viel es mir bedeuten würde. Vielleicht wollte er auch nur sichergehen, dass ich zurückkommen würde.

»Na ja, ich habe doch noch gar nichts gemacht«, sagte ich und griff nach dem Türknauf.

Ich stieß die Tür auf und betrat … das Badezimmer in meinem Elternhaus. Kaum hatte ich die Tür hinter mir geschlossen, pochte schon jemand dagegen. Ich riss sie auf und erwartete, vor Everett zu stehen, dem gerade noch etwas eingefallen war. Stattdessen stand ich zu meiner Verblüffung vor meinem Vater im oberen Flur unseres Hauses. Ich brauchte ein paar Sekunden, um mein Gehirn umzuschalten und zu kapieren, wie das möglich war. Es gab doch noch das ein oder andere an der Bibliothek, das ich gewöhnungsbedürftig fand.

»Alles klar bei dir?«, fragte Dad mit besorgt gerunzelter Stirn.

Seine Frage verwirrte mich.

»Ähm. Ja. Warum?«

»Weil du hier hochgerannt bist, als würdest du jeden Moment explodieren. Ich wollte nur nachsehen, ob du dir vielleicht die Seele aus dem Leib spuckst?«

Oh. Richtig. Ich hatte meine Eltern am Frühstückstisch sitzen lassen und war nach oben gerannt, als der Paradoxschlüssel sich erwärmt hatte. Ich hatte zwar mehrere Stunden in der Coppell-Mittelschule verbracht, war aber in derselben Sekunde nach Hause zurückgekehrt, in der ich fortgegangen war. Diese Verschiebung von Zeitebenen war eine sonderbare Sache, an die ich mich nur schwer gewöhnen konnte.

»Ja, alles klar«, sagte ich. »Falscher Alarm. Blähungen … wahrscheinlich.«

Ich betätigte die Klospülung, um meinen Worten Nachdruck zu verleihen.

»Ach, gut. Nun, ich freue mich, dass du über die Sache nachdenken willst, die wir gerade besprochen haben.«

»Worum ging's?«, fragte ich.

Er seufzte entnervt. »Darum, dass du dich außerschulisch engagieren willst.«

Ach so, ja. Richtig. Der Familienkonflikt des Tages. Ich lachte.

»Was ist denn daran lustig?«, fragte mein Vater verwirrt.

»Tschuldigung. Nichts. Keine Sorge. Ich werde mir etwas überlegen. Wir sehen uns heute Abend.«

Ich drängte mich an meinem Vater vorbei, sauste aus der Badezimmertür und grinste dabei immer noch vor mich hin. Nach dem Willen meiner Eltern sollte ich mir neben der Schule noch ein Hobby suchen.

Sie ahnten ja nicht, dass ich Abenteuer erlebte, neben denen jede Schul-AG der reine Witz war. Jetzt musste ich sie mir nur vom Hals halten, damit ich nicht eine von ihnen erdachte Nachmittagsbeschäftigung antreten musste. Für so etwas hatte ich wirklich keine Zeit … schließlich musste ich ständig durch andere Dimensionen reisen!

Am nächsten Morgen, nach einem kompletten Schultag und einer erholsamen Nacht, kehrte ich durch die Große Bibliothek in die Coppell-Mittelschule zurück, um meine Nachforschungen fortzusetzen. Ich wartete so lange, weil ich mich nicht vollkommen verausgaben wollte – durch zu viele Sechsunddreißigstundentage. Mein normales Leben kam zwar zum Stillstand und sprang erst wieder an, wenn ich nach Hause zurückkehrte, aber mein Körper war ja die ganze Zeit in Aktion. Ich lebte und atmete, wenn ich mich in der Geschichte befand, also musste ich darauf achten, nicht zu viele Stunden in der Bibliothek zu verbringen, sonst würde ich wie Rip van Winkle als alter Mann enden.

Wenigstens war ich bei dieser zweiten Expedition nicht allein.

»Fantastisch!«, rief Theo, als er das alte Backsteingebäude in Augenschein nahm. »Es würde mich nicht überraschen, wenn Teile dieses Gebäudes aus dem 19. Jahrhundert stammen würden!«

»Alt«, stellte Lu schlicht fest.

»Everett hat nicht vergessen, sich um eure Geschichten zu kümmern«, sagte ich. »Er hat danach gesucht, aber es sind halt ziemlich viele Bücher.«

»Vielleicht gibt es ja gar nichts, was er finden könnte«, sagte Theo hoffnungsvoll. »Vielleicht ist das, was uns passiert, ja keine Störung.«

»Vielleicht«, sagte ich. »Aber wenn doch, dann findet er die Geschichten. Oder ich finde sie, selbst wenn ich in jedem einzelnen Buch nachsehen muss.«

Lu bedachte mich mit einem breiten Grinsen. »Das glaubst du doch selbst nicht.«

»Na gut, vielleicht nicht, aber ich vertraue Everett. Er hat sehr viel mehr Zeit zum Suchen als ich.«

»Alles klar. Eins nach dem anderen. Wir kümmern uns jetzt erst mal um diese Geschichte hier«, sagte Lu. »Wie gehen wir vor?«

»Hier gibt es drei Schüler, über die ich mehr erfahren möchte«, sagte ich. »Ich kümmere mich um diesen Mistkerl namens Nate Christmas. Er ist der größte Halunke überhaupt.«

»Aber wie kann ein einzelner Junge hinter all dem stecken?«, fragte Lu skeptisch. »Vielleicht ist er ja ein mieser Typ, aber zaubern kann er doch nicht. Oder?«

»Ich weiß nicht. Vielleicht. Everett sagt, Leute geraten manchmal in Situationen, die sie nicht verstehen, weil an ihnen nichts logisch erscheint.«

»Oh, das klingt ziemlich beängstigend«, sagte Theo.

»Klar, das ist Theos schlimmster Albtraum«, sagte Lu. »Gefangen in einer Welt, in der es keine Logik gibt. Sein Vulkanier-Gehirn würde explodieren.«

»Du hättest damit natürlich überhaupt kein Problem«, gab Theo zurück. »Wo du ja sowieso nicht viel von Wissenschaft verstehst.«

»Ich habe zwar nur Dreien!«, rief Lu. »Deswegen bin ich aber noch lange keine Idiotin!«

»Nein, nur durchschnittlich.«

»Schluss jetzt!«, rief ich. »Können wir uns bitte mal konzentrieren? Theo, versuch du, Kontakt zu diesem Mädchen, Kayla, aufzunehmen. Bei den meisten Vorfällen war sie in der Nähe. Vielleicht war das reiner Zufall, aber man weiß ja nie. Sie redet nicht mit dir, aber vielleicht kriegst du ein Gefühl dafür, wie sie drauf ist.«

»Ich versuch's«, sagte Theo. »Ich bin ja ziemlich einfühlsam.«

»Genau, außerdem hast du ja sowieso keine Ahnung, wie man mit Mädchen redet«, sagte Lu verächtlich.

Theo funkelte sie an. Lu grinste.

»Und was ist mit mir?«, fragte sie dann.

»Sieh dich nach Ainsley Murcer um. Sie ist hier die Chefin und weiß über alles Bescheid. Sie hat vielleicht etwas gesehen, ohne sich wirklich im Klaren darüber zu sein, was sie gesehen hat. Mit ihr kommst du klar. Ihr beide seid euch total ähnlich.«

»Aber ich bin doch einzigartig!«, rief Lu entsetzt.

»Ich meine ja nicht, dass ihr genau gleich seid. Meine Güte, rede einfach mit ihr. Wenn dich jemand fragt, was du hier an der Schule zu suchen hast, dann sag einfach, du wärst neu. Bei mir hat das funktioniert.«

»Wir sollten vielleicht behaupten, wir gehören alle zur gleichen Familie«, schlug Lu vor. »Ein weißer Junge, ein asiatisches Mädchen und ein Afroamerikaner – das ist doch kein bisschen verdächtig.«

»Mach das nur«, sagte ich mit Nachdruck. »Es wird schon kein Problem geben. Die Erwachsenen sind ohnehin so verwirrt von dem, was hier abläuft, dass sie sich bestimmt nicht um ein paar fremde Schüler kümmern, die hier durch die Gänge spazieren. Bringt so viel in Erfahrung, wie ihr nur könnt. Wir treffen uns direkt vor Beginn der ersten Stunde wieder hier.«

»Marcus?«, sagte Theo. »Das macht mir ein bisschen Angst.«

»Das läuft schon«, sagte ich. »Es sind ganz normale Kinder,

würde ich sagen. Aber seid auf der Hut. Hier muss man immer damit rechnen, dass einem etwas auf den Kopf fällt.«

»Das beruhigt mich jetzt auch nicht wirklich«, sagte Theo und sah besorgt nach oben, um sicherzugehen, dass nicht gerade etwas durch die Luft segelte.

»Kein Problem«, sagte Lu zuversichtlich. »Wir haben das größte Schreckgespenst besiegt, den Boggin. Das hier wird ein Kinderspiel.«

Zu dritt durchschritten wir das schmiedeeiserne Tor und mischten uns in das morgendliche Gedränge auf dem Schulhof. Ich hielt Ausschau nach unseren Zielpersonen. Es herrschte dieselbe Hektik wie am Tag zuvor – Kinder wurden mit dem Auto gebracht und standen dann bis zum Unterrichtsbeginn auf dem Hof herum.

»Da«, sagte ich. »Da drüben ist Ainsley.«

Sie saß an einem Tisch, hatte mehrere Zettel vor sich ausgebreitet und arbeitete konzentriert an etwas.

»Sie hat nicht die geringste Ähnlichkeit mit mir!«, rief Lu empört.

»Das habe ich doch gar nicht … ach, vergiss es. Geh einfach hin.«

Lu richtete ihren Blick auf Ainsley und marschierte direkt los.

»Und wie sieht Kayla aus?«, fragte Theo. »Ich habe zwar gerade gesagt, dass ich über ein herausragendes Einfühlungsvermögen verfüge, aber wie soll ich aus einem Mädchen, das nicht spricht, Informationen herausleiern?«

»Denk einfach an das, was du mir mindestens dreimal am Tag sagst.«

»Was denn?«

»Dass du intelligent bist. Da ist sie.«

Ich deutete auf Kayla. Sie saß allein auf einer Bank direkt an der Innenseite des Zauns. Nachdem sie beinahe von einer fliegenden Glasscheibe zerstückelt worden war, hielt sie offenbar lieber Abstand vom Schulgebäude.

Theo holte tief Luft und sagte nervös: »Drück mir die Daumen.« Er ging auf Kayla zu.

Jetzt war ich wieder allein und machte mich auf die Suche nach diesem Mistkerl namens Nate Christmas. Ich entdeckte ihn und zwei seiner Kumpel in einem abgelegenen Winkel des Schulhofs. Sie hielten Abstand von den anderen Schülern. Oder vielleicht hielten alle anderen Abstand von ihnen. Die drei standen im Kreis und kickten einen Fußball hin und her.

»Hey, ist bei dir alles klar?«, fragte ich Nate, als ich näher kam.

Er bedachte mich mit einem kurzen, verächtlichen Blick. »Wovon redest du?«

»Die Säure. Im Chemieunterricht. Bist du verletzt?«

Ich wusste, dass er nicht verletzt war, aber ich musste ja irgendwie ins Gespräch kommen.

»Ach so, genau.« Er sah seine Freunde an. »Der Superman hier ist als Retter in der Not aufgetaucht.«

»Merkwürdig, wie das passiert ist«, sagte ich. »Es war doch keiner so dicht dran, dass er die Flaschen hätte runterwerfen können.«

»Ja, beinahe so merkwürdig wie du, als du uns im Klo nachspioniert hast.«

»Ich habe nicht spioniert.« Ich holte tief Luft. Ich durfte mich nicht über ihn aufregen! »Aber hier sind in letzter Zeit ja viele sonderbare Dinge passiert. Hast du eine Ahnung, warum?«

Nate trat heftig gegen den Fußball, sodass er in einem weiten Bogen über den Schulhof flog.

»Hey!«, protestierte einer seiner Freunde, dann lief er dem Ball nach.

Nate kam näher zu mir heran. Jetzt stand er unangenehm nah vor mir und sah mir direkt in die Augen.

»Denkst du etwa auch, dass ich an allem schuld bin?«, knurrte er.

Ich spürte seinen heißen Atem am Kinn, aber auf keinen Fall würde ich vor diesem bösartigen Knirps einen Rückzieher machen. Ich blieb also stehen und hielt seinem Blick stand.

»Nee. Ich mach mir bloß Sorgen um dich, Mann«, sagte ich.

»Sorgen? Warum denn?«

»Weil du immer da bist, wo etwas passiert. Vielleicht hat es jemand auf dich abgesehen. Hast du vielleicht Feinde … Nate?«

Sein Blick verschob sich leicht, als hätte ich etwas ausgesprochen, woran er noch gar nicht gedacht hatte. Es dauerte nur eine Sekunde, dann fixierte er mich wieder.

»Nee, hier lieben mich doch alle.« Er grinste schief. »Und was ist mit dir? Vielleicht bist du ja derjenige, der sich Sorgen machen sollte.«

»Ich glaube, wir müssen uns alle ein bisschen Sorgen machen«, sagte ich. »Sei vorsichtig, Mann. Man beobachtet dich.«

Ich wandte dem Kerl den Rücken zu und ging weg. Ich wollte ihn nervös machen. Wenn er vermutete, dass andere ihn umkreisten und ihm jeden Moment auf die Schliche kommen würden, machte er vielleicht einen Fehler und ließ sich in die Karten gucken. Eine andere Idee hatte ich im Moment nicht.

Ich sah mich nach Lu und Theo um und stellte fest, dass sie bei Ainsley beziehungsweise Kayla waren. Meine beiden Freunde waren richtig gut. Ich wusste, dass ich mich auf sie verlassen konnte. Später las ich, wie es bei ihnen gelaufen war.

WÄHREND MARCUS MIT NATE SPRACH, spazierte Lu direkt auf Ainsley zu und stellte sich vor sie.

»Hi. Ich heiße Annabella. Marcus O'Mara hat gesagt, du weißt über die Schule genau Bescheid.«

Lu kam immer ohne Umschweife zur Sache. Ainsley sah mit einem breiten, freundlichen Lächeln zu ihr auf.

»Na ja, alles weiß ich nicht, aber fast. Du hast einen hübschen Namen. Bist du auch neu hier?«

Lu setzte sich ihr gegenüber an den Tisch.

»Genau. Woran arbeitest du?«

»Morgen Abend findet die Halloween-Disco statt. Die Horrornacht. Ich muss für den Förderverein der Schule die Abrechnungen für Dekoration und Essen im Auge behalten.«

»Oh, das ist ganz schön ... verantwortungsvoll«, sagte Lu ehrlich verblüfft. »Das macht sicher jede Menge Arbeit.«

»Du kannst es dir gar nicht vorstellen.« Ainsley seufzte. »Niemand übernimmt freiwillig eine Aufgabe, also muss ich alles erledigen.«

»Und du hast trotzdem noch Zeit zum Lernen?«

»Klar. Spätabends. Wenn ich meine guten Noten nicht halten könnte, würden meine Eltern mir alle anderen Aktivitäten verbieten. Das will ich auf keinen Fall. Die Schule würde zusammenbrechen.«

»Meine Eltern sind genauso!«, rief Lu. »Ich bekomme in Chemie eine Drei, aber ich getraue mich nicht, es ihnen zu sagen, weil sie dann total ausflippen.«

»Das verstehe ich, aber du musst es ihnen sagen«, meinte Ainsley. »Wenn man etwas verschweigt, macht das die Sache noch schlimmer.«

»Da bin ich mir nicht so sicher. Hast du denn deinen Eltern schon mal erzählt, dass du Mist gebaut hast?«

»Klar. Nicht dass das häufiger vorkäme, aber wenn, dann erzähle ich es ihnen. Sie verstehen das. Ehrlich gesagt machen sie mir mehr Schwierigkeiten, wenn ich durchschnittlich bin. Dann machen sie mir Druck, mich zu verbessern. Aber wenn etwas nicht klappt, machen sie einen Rückzieher und lassen ein bisschen lockerer.«

Das musste Lu erst einmal verdauen. »Das ist ja cool.«

»Der Druck kann heftig werden, aber ich bin überall an der Spitze. Meistens jedenfalls.« Die beiden grinsten einander an wie langjährige Freundinnen.

»Ich habe gehört, dass es hier einige Unfälle gegeben hat«, sagte Lu. »Was geht denn vor?«

Ainsleys Blick wurde kalt.

»Nate Christmas geht hier vor«, sagte sie.

»Echt? Wie kann ein einziger Schüler hinter all diesen Unfällen stecken?«

»Wer weiß? Er hat ja eine ganze Bande, die ihm hilft«, sagte Ainsley verächtlich. »Aber irgendwann wird er einen Fehler machen. Man wird ihn erwischen. Ich wäre so gern diejenige, die ihn schnappt.«

»Ich wünsche es dir«, sagte Lu.

Lu war es nicht schwergefallen, ihre Zielperson kennenzulernen. Theo dagegen hatte mehr Probleme. Einige Minuten lang beobachtete er, wie Kayla allein auf der Bank saß und auf ihrem iPad herumtippte. Kein anderer Schüler kam in ihre Nähe. Es war, als sei sie radioaktiv verseucht. Theo holte tief Luft, nahm allen Mut zusammen und trat auf sie zu.

»Hi«, sagte er fröhlich. »Was dagegen, dass ich mich setze?«

Kayla hob den Kopf, betrachtete Theo ausdruckslos und wandte sich dann wieder ihrem iPad zu. Theo setzte sich in sicherem Abstand neben sie und stellte seinen Rucksack auf den Boden neben die Bank.

»Ich heiße Theo«, sagte er. »Ich bin neu hier.«

Kayla sah ihn nicht an. Keine Reaktion.

»Und wie heißt du?«

Immer noch keine Reaktion.

»Warte mal, ich weiß, wer du bist. Kayla, ja?«

Kayla erstarrte, aber sie sah nicht auf.

»Mein Freund Marcus hat mir von dir erzählt. Er ist auch neu. Aber es ist nicht so, dass wir uns von früher kennen oder auf dieselbe Schule gehen würden. Nein, wir sind uns noch nie begegnet. Ich weiß nicht mal, warum ich mich überhaupt an seinen Namen erinnere. Er ist eigentlich gar kein Freund von mir. Ich bin mir nicht mal mehr sicher, ob er wirklich Marcus heißt. Heißt er so?«

Theo redete wie ein Wasserfall, bekam aber keine Reaktion von Kayla. Er musste unbedingt eine Möglichkeit finden, Kaylas Schale zu knacken. Er verstummte und saß einige Augenblicke lang still da.

»Es ist nicht gerade schön, neu zu sein«, sagte er schließlich. »Alles ist so fremd. Ich habe das Gefühl, alle checken mich ab. Ist auch nicht hilfreich, dunkelhäutig zu sein. Dadurch falle ich noch mehr auf. Es ist sonderbar, wenn so viele Menschen um einen herum sind und man sich trotzdem total allein fühlt. Am liebsten würde ich mich irgendwo verstecken.«

Kayla hob den Kopf und sah Theo in die Augen. Theo lächelte und zuckte mit den Schultern. Kayla beugte sich wieder über ihr iPad. Diese kleine Reaktion ermutigte Theo zu einem weiteren Versuch.

»Ich habe in meiner Schule nicht viele Freunde«, sagte er. »In meiner alten Schule, meine ich. Die anderen finden mich wohl etwas seltsam. Ich selbst finde das natürlich nicht, aber das zählt ja nicht. Immerhin habe ich zwei gute Freunde. Mehr braucht man nicht. Ein oder zwei Leute, die auf dich achten und nicht versuchen, dich zu etwas zu machen, was du nicht bist. Die Kunst besteht darin, solche Freunde zu finden.«

Kayla hielt den Blick auf ihr iPad gesenkt. Theo wartete ab. Vielleicht würde sie ihm ja irgendwie signalisieren, dass sie ihn gehört hatte.

»Na ja, danke fürs Zuhören.« Er zuckte wieder mit den Achseln. »Tut mir leid, dass ich das alles auf dir abgeladen habe.«

Er wollte aufstehen, aber da packte Kayla ihn am Arm und hielt ihn auf. Theos Herz begann zu rasen. Würde sie ihm etwas sagen? Er sah auf sie hinunter. Sie hielt ihm das iPad hin. Sie hatte mit der Notebook-App eine Nachricht geschrieben.

Theo las laut: »Natürlich zählt das, was du denkst. Ich hoffe, du findest hier neue Freunde.«

Kayla bedachte Theo mit einem schüchternen Lächeln. Theo strahlte sie an.

»Danke, Kayla! Das bedeutet mir viel!«

Kayla zog ihr iPad zurück und sah wieder auf den Bildschirm. Kontakt beendet.

»Wir sehen uns«, sagte Theo. Er stand auf und ging langsam davon.

Wir hatten noch keine Lösung gefunden, aber wenigstens fassten wir in dieser Schule Fuß und erfuhren mehr über ihre Geheimnisse. Aber reichte das aus? Offenbar nicht. Gleich würde es klingeln und wir drei mussten uns überlegen, wohin wir uns bis zur

Mittagspause verkrümeln konnten. Erst dann konnten wir uns wieder unauffällig unter die Menge mischen.

»Hi, Ainsley.« Ich trat vor den Tisch, an dem sie mit Lu saß. »Wie ich sehe, hast du meine Freundin Lu – ich meine Annabella – schon kennengelernt.«

»Sie ist super!« Ainsley sagte das so fröhlich, dass ich mir sicher war: Sie meinte, was sie sagte, und war nicht nur höflich. »Schade, dass sie nicht schon früher hierhergekommen ist. Ich hätte ihre Hilfe wirklich gut gebrauchen können. Was meinst du, Lu? Könntest du mir ab und zu behilflich sein? Das wäre toll!«

Ainsley sah Lu hoffnungsvoll an und wartete auf ihre Antwort.

»Ähm, klar«, sagte Lu vorsichtig. »Ich muss mich natürlich erst mal anmelden und ein bisschen zurechtfinden.«

»Kein Problem!«, rief Ainsley. »Du kannst mir immerhin mit der Disco morgen Abend helfen. Es gibt noch eine Million Dinge zu erledigen, zu denen ich noch gar nicht gekommen bin.«

Lu warf mir einen Hilfe suchenden Blick zu. Glücklicherweise tauchte in diesem Moment Theo auf. Er rannte zu uns herüber.

»Geschafft!«, rief er. »Ich habe Kontakt aufgenommen und es tatsächlich geschafft, dass …«

»Ähm, Theo, das ist Ainsley.«

Theo sah mich verwirrt an, weil ich ihm ins Wort gefallen war, dann fiel sein Blick auf Ainsley und ihm wurde klar, dass er aufpassen musste, was er sagte.

»Oh! Hi, ich bin Theo.«

»Wechselst du etwa auch an unsere Schule?«, fragte Ainsley. »Na, wir erfreuen uns ja plötzlich großer Beliebtheit.«

»Sieh mal!«, sagte Lu.

Sie zeigte mit dem Finger und wir drehten uns um. Kayla steuerte auf uns zu. Sie trug Theos Rucksack.

»O Mann! Den habe ich vergessen!«, sagte Theo.

»Kayla bringt ihn dir?«, fragte Ainsley überrascht. »Ich … ich … das ist ja ein Ding.«

Theo warf mir einen triumphierenden Blick zu. Kayla bahnte sich einen Weg durch die Menge. Sie hielt direkt auf Theo zu. Theo ging ihr entgegen und … Da tauchte Nate hinter Kayla auf und drängelte an anderen Schülern vorbei, um sie einzuholen.

»Oje«, sagte ich. »Es geht wieder los.«

Nate steuerte direkt auf Kayla zu. Zweifellos hatte er vor, sie wieder zu bedrängen, noch einmal zu versuchen, ihr ein paar Worte abzuringen, nur um seine fiese Wette zu gewinnen.

»Hey, Kayla!«, schrie er.

Kayla erstarrte. Gerade noch hatte sie entspannt gewirkt, beinahe erfreut darüber, dass sie Theo seinen Rucksack zurückbringen konnte. Jetzt zuckte sie zusammen, als habe sie einen elektrischen Schlag abbekommen. Plötzlich wirkte sie verkrampft. Sie ließ ihre Schultern hängen und ihre Miene verdüsterte sich.

»Diesmal nicht«, sagte ich und sauste los, um Nate den Weg abzuschneiden. Ich war gerade erst einen Schritt weit gekommen, als ich aus dem Augenwinkel eine Bewegung wahrnahm. Es war eine kleine, rasche Bewegung, aber von meiner Position aus konnte ich sie genau sehen: Ainsley, die neben mir am Tisch saß, hob ihre Hand, als würde sie »Halt!« rufen.

Einen Augenblick später kippte eine große Mülltonne um und rollte direkt vor Nates Füße. Es ging so schnell, dass Nate keine Zeit hatte, ihr auszuweichen. Er stolperte über die schwere Tonne, überschlug sich und stürzte auf den Kopf. Als Nate zu Boden ging und von der Mülltonne überrollt wurde, lachten alle. Ich hätte auch gelacht, wenn ich nicht eine Sekunde zuvor etwas beobachtet hätte.

Jetzt kam wieder Bewegung in Kayla. Sie ließ den Rucksack vor Theos Füßen fallen und eilte an ihm vorbei auf den Eingang der Schule zu.

»Ähm … danke«, sagte Theo.

Es klingelte. Die Show war zu Ende. Jetzt drängten alle in Richtung Eingang. Ainsley raffte hastig ihre Zettel zusammen.

»Was war denn das jetzt?«, fragte Lu verblüfft.

Ich ließ Ainsley nicht aus den Augen. Sie machte sich nicht einmal die Mühe, ihre Zettel wieder in den Rucksack zu packen, sondern klemmte sie sich unter den Arm. Sie wollte einfach nur weg. Ganz schnell. Ich war der Einzige, der beobachtet hatte, was geschehen war.

»Ainsley?«, konnte ich gerade noch sagen. Ohne mich zu beachten, stürmte sie los.

Nate rappelt sich auf die Füße. Er gab sich ganz cool, als wäre er gerade mit Absicht so peinlich gestolpert und hingefallen. Er klopfte die Jacke sauber und sah sich um. Er wollte sehen, wer ihn beobachtet hatte. Niemand. Niemand interessierte sich dafür, dass er gerade gestürzt war oder ob er sich vielleicht wehgetan hatte. Er ging in Richtung Schulgebäude, funkelte andere Schüler im Vorbeigehen wütend an, falls sie es wagen sollten, über ihn zu lachen.

»Das war … seltsam«, sagte Theo.

»Wem sagst du das«, sagte ich. »Planänderung! Wir gehen zurück in die Große Bibliothek.«

Kapitel 6

»Die Mülltonne kam plötzlich angeflogen!«, rief Lu. »Als hätte sie einen eigenen Willen!«

»Ich habe es auch gesehen«, ergänzte Theo. »Fällt mir schwer, das zu glauben, aber ich habe es gesehen.«

Ich spürte, dass Everetts warmer, nachdenklicher Blick auf mir ruhte. Er versuchte, sich auf das, was geschehen war, einen Reim zu machen – ebenso wie wir. Er blickte in das Buch und las laut:

Mit einer kleinen Handbewegung, die kaum jemandem auffiel, schien Ainsley der Mülltonne zu befehlen, direkt vor die Füße des sich nähernden Nate zu fallen, sodass er darüberstolpern würde. So konnte Kayla Nates Angriff entgehen.

Everett richtete seinen Blick wieder auf mich. »Hast du es auch so wahrgenommen?«

Ich ging auf und ab, versuchte, mir den entscheidenden Moment genau ins Gedächtnis zu rufen und mich daran zu erinnern.

»Ich glaube, ja«, sagte ich. »Ich meine, ihre Hand ging hoch, als würde sie Nate ein Zeichen geben oder so. Eine Sekunde später fiel ihm die Mülltonne direkt vor die Füße. Es kann natürlich Zufall gewesen sein.«

»Aber klar!«, rief Lu sarkastisch. »Vielleicht ist genau in dieser Sekunde ein Mini-Tornado über den Schulhof gezogen. Das klingt vollkommen einleuchtend.«

»Also, was ist wirklich passiert?«, fragte Theo. »Hat Ainsley das gemacht?«

Alle Blicke richteten sich auf Everett. Er hatte die Schilderung des Vorfalls so sorgfältig durchgelesen wie ein Gelehrter, der sich durch eine komplizierte Mathematikaufgabe kämpft. Er blätterte ein paar Seiten zurück, dann nahm er die Brille ab und rieb sich die Augen.

»Hat Ainsley das gemacht?«, wiederholte Everett. »Möglicherweise. Aber wenn dem so ist, dann stellt sich die wichtigere Frage, *warum* sie es gemacht hat. Nehmen wir einmal an, dies ist Ainsleys Geschichte. Damit eröffnen sich zwei Möglichkeiten. Wenn sie dieses ganze Durcheinander absichtlich auslöst, dann muss es dafür einen Grund geben. Nur selten wird ein Unheil nur des Unheils wegen angerichtet.«

»Sie wirkt nicht wie jemand, der gerne Probleme verursacht«, sagte ich. »Sie ist doch eher eine, die etwas in Ordnung bringt.«

»Vielleicht ist sie eine gute Schauspielerin«, vermutete Theo. »Es könnte sein, dass sie allen etwas vormacht.«

»Und was für eine Möglichkeit gibt es noch?«

»Es kann sein, dass sie diese ganzen Unglücksfälle auslöst … aber gar nichts davon weiß«, sagte Everett.

»Ähm … was?«, fragte Lu verdattert.

Everett zeigte auf die Bücherregale. »Auf diesen Regalbrettern wimmelt es von Geschichten über Menschen in schwierigen Situationen, die auf übernatürliche Mächte zurückzuführen sind. In neunundneunzig von hundert Fällen haben sich die Menschen das selbst zuzuschreiben und erkennen erst dann, was sie angestellt haben, wenn es zu spät ist. Es kann sein, dass Ainsley etwas verheimlicht – oder aber sie hat selbst keine Ahnung, was vor sich geht. Egal wie es ist, wir müssen herausfinden, was dahintersteckt. Nur so können wir die Geschichte zu Ende bringen, bevor etwas Entsetzliches passiert.«

»Also, was machen wir jetzt?«, fragte Lu.

Ein langes Schweigen entstand. Ich hoffte, Everett würde es mit einem weisen Ratschlag beenden. Tat er aber nicht. Also beendete ich das Schweigen.

»Geht zur Schule«, sagte ich zu Lu und Theo. »In unsere Schule. Ihr beide.«

»Und was ist mit dir?«, fragte Theo.

»Ich gehe zurück nach Massachusetts.«

»Nein!«, rief Lu. »Nicht alleine. Wir wollen dir helfen.«

»Das werdet ihr«, sagte ich. »Sobald ihr die Bibliothek verlassen habt, komme ich direkt nach. Der einzige Unterschied ist, dass ich dazwischen noch einige Zeit in der anderen Schule verbracht haben werde.«

»Das kapier ich nicht«, sagte Theo.

»Das stimmt«, sagte Everett. »Wenn ihr durch die Tür der Bücherei tretet, kommt ihr in derselben Sekunde wieder an, in der ihr aufgebrochen seid. Da ihr alle gleichzeitig hierhergekommen seid, wird Marcus gleichzeitig mit euch die Bibliothek verlassen, auch wenn er sich vorher noch einmal in die Geschichte begibt.«

»Davon bekomme ich Kopfschmerzen«, sagte Lu.

»Für einen von uns ist es einfacher, sich unauffällig in der Schule zu bewegen, als für drei«, sagte ich. »Ich rede mit Ainsley und versuche herauszufinden, was sie weiß. Oder nicht weiß. Wenn ich euch brauche, komme ich zurück und hole euch. Egal wie, ich bin auf jeden Fall direkt hinter euch.«

Theo und Lu sahen nicht so aus, als gefiele ihnen die Vorstellung, mich allein zurückzulassen.

»Geht schon, ihr beide«, sagte Everett. »Marcus folgt euch direkt auf den Fersen.«

»Das will ich hoffen«, sagte Lu im Befehlston. Sie wandte sich um und marschierte in Richtung Ausgang.

Theo bewegte sich nicht. »Du solltest nicht alleine zurückgehen«, sagte er.

»Das ist in Ordnung. Es ergibt einen Sinn.«

»Nichts davon ergibt einen Sinn«, sagte er ärgerlich. »Egal ob Ainsley das alles mit Absicht tut oder nicht, es ist gefährlich. Du musst vorsichtig sein.«

»Davon kannst du doch ausgehen.«

»Ich kann gar nichts«, sagte Theo.

Dann gab er auf und folgte Lu in Richtung Ausgang.

»Wir sehen uns gleich!«, rief ich ihm nach.

Lu schüttelte ratlos den Kopf. »Ja, und das ist doch völlig daneben.«

Sie drückte die Tür auf, und nach einem letzten, besorgten Blick über die Schulter verließen die beiden die Bibliothek.

»Er hat recht, weißt du«, sagte Everett. »Es wird immer schlimmer. Ich fürchte, es ist nur eine Frage der Zeit, bis etwas wirklich Tragisches geschieht.«

»Das heißt, ich sollte nicht tatenlos herumstehen und mit Ihnen plaudern«, sagte ich und wandte mich in Richtung jener Tür, die zurück in die Geschichte führte.

»Halt – da ist noch eine Sache, die du nicht bedacht hast.«

»Möchte ich wirklich wissen, worum es sich handelt?«, fragte ich.

»Vermutlich nicht. Hör zu, ich behaupte jetzt nicht, dass da ein Zusammenhang besteht. Wir wissen es noch nicht, aber es scheint doch ein gewisser Zufall, dass morgen der Abend des Samhain ist.«

»Sau-was?«

»Die korrekte Betonung ist ›Sau-en‹. Es ist eines der ältesten Feste oder heiligen Tage in unserem Kalender. Er markiert den Wechsel der Jahreszeiten, vom Licht zur Dunkelheit. Die alten Kelten betrachteten ihn als jenen Tag, an dem der Winter beginnt. Außerdem ist es der Zeitpunkt, an dem der Schleier zwischen dieser Welt und der nächsten am durchlässigsten ist.«

»Nie davon gehört«, sagte ich.

»Aber natürlich. Du kennst den Tag lediglich unter einem ganz anderen Namen: Halloween.«

Meine Knie wurden weich. »O Mann, klar. Aber das ist doch nur eine alte Legende, oder?«

»Aber natürlich«, sagte Everett. »Ebenso wie das Schreckgespenst.«

»Und was hat jetzt Halloween mit der ganzen Sache zu tun?«

»Ich könnte nicht behaupten, dass ich es weiß«, sagte Everett. »Ich werde weiter die Bücher durchforsten. Aber wie schon gesagt, zu Störungen kommt es immer aus einem bestimmten Grund. Anzunehmen, es sei reiner Zufall, dass all diese Dinge in den Tagen vor Halloween geschehen, könnte sich als gefährlicher Irrtum erweisen.«

Ich wollte laut schreien. »Na super.« Ich war ehrlich frustriert. »Erst das Schreckgespenst und jetzt Halloween-Gespenster. Geht es in einer dieser alten Geschichten vielleicht nicht um Märchen?«

Everett schmunzelte. »Gräm dich nicht. Das Schöne an diesen alten Märchen ist, dass sie uns eine Geschichte liefern, an der wir uns orientieren können. Andernfalls würden wir ganz im Dunkeln tappen. Jene Geschichten, die nicht auf alten Märchen gründen, sind weit schwieriger zu knacken.«

»Kann schon sein«, sagte ich. »Aber am gruseligsten Tag des Jahres würde ich mich lieber nicht mit solchen Störungen herumschlagen.«

»Ich verstehe das. Theo hat dir einen weisen Rat gegeben, Marcus. Sei vorsichtig.«

Ich marschierte zum Ausgang. Oder zum Eingang. Oder was es auch immer war, das mich in die Geschichte zurückführen würde.

»Und nimm dich in Acht vor dieser Ainsley!«, rief mir Everett nach. »Sie ist vielleicht nicht das, was sie zu sein scheint.«

Allzu viele Rätsel schwirrten mir durch den Kopf, als ich die Bibliothek hinter mir ließ und auf dem üblichen Weg die Coppell-Schule betrat … durch den Besenschrank in der Jungentoilette. Ich warf einen kurzen Blick auf die Uhr im Flur und stellte fest, dass die erste Unterrichtsstunde noch andauerte. Ainsley hatte Gemeinschaftskunde. Ich sauste durch die leeren Flure der Schule. Hoffentlich hielt mich kein Lehrer an und fragte mich, wo ich hinwollte. Ich erreichte das Klassenzimmer und spähte durch das

Fenster in der geschlossenen Tür. Zwei Dinge konnte ich erkennen: Mr Martin unterrichtete. Und Ainsleys Platz war leer.

Das war ein schlechtes Zeichen. Jemand wie Ainsley schwänzte bestimmt keine Unterrichtsstunde. Ein leises, panisches Alarmsignal vibrierte im hintersten Winkel meines Bewusstseins. Wo steckte sie? Ich beschloss, ganz keck im Sekretariat nachzufragen. Warum nicht? Schlimmstenfalls würde man mich wegen unerlaubten Betretens des Schulgeländes davonjagen. Ich marschierte auf die Theke zu, als gehörte ich zur Schule, und winkte einer Dame in einem altmodischen grünen Trainingsanzug zu. Sie sah aus, als würde sie seit Anbeginn der Zeit hier arbeiten. Und eine tiefe Stirnfalte verriet, dass sie darüber auch nicht gerade glücklich war.

Ich bedachte sie mit einem breiten, höflichen Lächeln und sagte: »Entschuldigung, ich komme aus dem Gemeinschaftskundeunterricht von Mr Martin. Er möchte wissen, warum Ainsley Murcer fehlt.«

Die mürrische alte Dame legte ihre Stirn in noch tiefere Falten und sah mich scharf an, als überlege sie, wer zum Kuckuck ich denn noch mal war. Die winzigen Löckchen in ihrer Frisur wirkten genauso grau und streng wie ihr Gesichtsausdruck.

»Sie ist bei der Krankenschwester«, sagte die Frau. »Sie fühlte sich nicht wohl.«

»Okay, danke.« Ich wandte mich zur Tür.

»Moment mal, wie heißt du denn?«

»Dankeschön!«, rief ich und flüchtete aus dem Zimmer, bevor sie mich aufhalten konnte.

Die Krankenschwester. Wo war hier denn der Sanitätsraum? Ich ließ meinen Blick durch den Flur wandern und entdeckte zu meiner Rechten mehrere Türen. Jetzt musste ich improvisieren. Ich hatte nicht die leiseste Ahnung, was ich zu Ainsley sagen sollte, wenn ich sie fand. Tatsächlich entdeckte ich den Sanitätsraum im selben Flur, nur wenige Türen weiter. Ich platzte hinein. Hinter dem Schreibtisch saß eine weit jüngere Frau als die grüne Dame von eben. Sie telefonierte gerade und hob einen Finger, um mir zu signalisieren, dass ich warten sollte. Ich entdeckte, dass einige Meter hinter dem Schreibtisch jemand in einer Kabine hinter vorgezogenen Vorhängen saß. War es Ainsley?

Die Krankenschwester legte den Hörer auf und bedachte mich mit einem freundlichen Lächeln.

»Was kann ich für dich tun?«

»Mr Martin schickt mich. Er möchte wissen, wie es Ainsley geht.«

Ich schielte unablässig zu dem vorgezogenen Vorhang, in der Hoffnung, ich könnte erkennen, ob sie es war oder nicht.

»Es geht ihr gut«, sagte die Schwester. »Sie hat ihre Mutter angerufen und sie gebeten, sie abzuholen.«

»Wer ist denn da?«, meldete sich eine Stimme hinter dem Vorhang.

Es war Ainsley.

»Mr Martin hat jemanden geschickt, um herauszufinden, wie es dir geht!«, rief die Schwester.

Ainsley zog den Vorhang ein paar Zentimeter zur Seite und sah mich an.

»Ich möchte mit ihm reden«, sagte sie.

Mein Herzschlag beschleunigte sich. Das hatte ich mir schwieriger vorgestellt. Die Krankenschwester warf mir einen unsicheren

Blick zu. Lag es daran, dass sie mich nicht kannte, oder durften in ihrem Reich Jungs keine Mädchen besuchen?

»Fühlst du dich denn besser?«, fragte die Krankenschwester.

»Nicht wirklich. Aber ich brauche Gesellschaft.«

Die Schwester zuckte mit den Achseln und winkte mich herein.

»Lasst den Vorhang auf«, mahnte sie, aber dabei zwinkerte sie und grinste.

»Kein Problem«, sagte ich.

Was erwartete sie denn? Dass wir gleich knutschen würden?

Ich ging um den Schreibtisch herum und die paar Meter bis zu Ainsleys Kabine. Vorsichtig schob ich den Vorhang beiseite. Sie saß auf einer Pritsche an die Wand gelehnt und starrte abwesend aus dem Fenster.

»Alles klar bei dir?«

Sie zuckte mit den Schultern. Ich kannte Ainsley Murcer erst seit Kurzem, aber lang genug, um zu wissen, dass es nicht zu ihr passte, sich Tagträumen hinzugeben und während der »lebenswichtigen« Unterrichtszeiten aus dem Fenster zu sehen.

»Bist du krank?«, fragte ich Ainsley, als ich die Kabine betrat.

Ainsley lächelte nachsichtig, als hätte ich eine dämliche Frage gestellt.

»Vielleicht«, sagte sie. »Keine Ahnung. Ich möchte einfach nach Hause.«

Ich setzte mich ihr gegenüber auf einen Klappstuhl. Es würde nicht einfach werden. Ich wollte von ihr hören, was hier vorging, aber ohne sie zu bedrängen. Sie sollte nicht ahnen, dass ich sie irgendwie verdächtigte. Meine Erfahrung mit dem Boggin hatte mich aber auch gelehrt, niemandem voreilig zu trauen.

»Du hast es gesehen, nicht wahr?«, fragte sie.

»Was gesehen?«, fragte ich unschuldig, obwohl ich genau wusste, wovon sie redete.

Sie antwortete nicht. Sie wusste, dass ich es wusste.

»Ich habe nachgedacht«, sagte sie abwesend. »Über all die Dinge, die passiert sind. Dass das Fenster heruntergefallen ist, das Feuer in der Cafeteria, das Zusammenbrechen der Tribüne … alles.«

»Und was ist damit?«

»Ich habe Nate die Schuld gegeben, weil er jedes Mal vor Ort war. Aber ich konnte ihn ja nur sehen, weil ich selbst auch da war. Vielleicht hatte Nate ja überhaupt kein einziges Mal Schuld.«

»Willst du damit sagen, dass du schuld bist?«, wagte ich zu fragen.

Endlich sah Ainsley mich an. Sie hatte Tränen in den Augen.

»Ich weiß nicht.« Ihre Stimme versagte. »Ich glaube nicht. Aber das kann doch alles kein Zufall sein.«

»Aber du hast weder das Fenster rausgedrückt noch die Säure verschüttet. Wie könntest du denn für einen dieser Unfälle verantwortlich sein?«

Ainsley wischte sich die Tränen aus den Augen. »Das klingt für dich sicher völlig verrückt, aber …«, sagte sie.

»Mit Verrücktem kenne ich mich aus.«

»Jedes Mal, wenn etwas passiert ist, war ich irgendwie … ich weiß nicht … aufgewühlt. Ich war verärgert oder aufgeregt. So wie heute. Ich habe gesehen, dass Nate auf Kayla zukam. Ich habe Herzklopfen gekriegt. Ich wollte aufspringen und auf ihn losgehen. Stattdessen habe ich, na ja …«

Sie schaffte es nicht, den Gedanken zu Ende zu führen.

»Stattdessen hast du deine Gefühle dazu benutzt, ihm eine Mülltonne in den Weg zu werfen?«, fragte ich.

»Ja! Ich meine … keine Ahnung. Ich habe doch gesagt, es klingt verrückt.«

Sie sah wieder aus dem Fenster und schlagartig veränderte sich ihr Gesichtsausdruck. Sie setzte sich kerzengerade auf, den Blick starr auf etwas draußen vor dem Fenster gerichtet.

Ich folgte ihrem Blick – und da sah ich ihn. Ein großer weißer Hund. Oder war es ein Wolf? Er stand etwa zehn Meter entfernt im Gras. Es war ein so überraschender Anblick, dass ich nach Luft schnappte. Das Tier war schneeweiß mit einem schmalen rautenförmigen Fleck zwischen den Augen. Ein Besitzer war nicht in der Nähe, und weil die Unterrichtsstunde noch andauerte, waren auch keine Kinder draußen, die den Hund bemerkt hätten. Das Tier saß aufmerksam da und sein Blick war auf Ainsley gerichtet.

Ich sah zwischen den beiden hin und her, als hätte ich eine Wette darauf abgeschlossen, wer von den beiden zuerst blinzeln würde. Ainsley konnte den Blick nicht abwenden.

»Bitte sag mir, dass das dein Hund ist«, sagte ich.

Sie antwortete nicht und wandte den Blick nicht ab.

»Er hat kein Halsband«, sagte ich. »Vielleicht ist er ein streunender …«

Ainsley sprang auf die Füße und rannte aus der Kabine.

»Ähm … hey! Warte!«, stammelte ich und sauste hinter ihr her. Sie hastete an der Schwester vorbei zum Ausgang.

»Deine Mutter ist noch nicht da!«, rief die Schwester.

Ainsley beachtete sie nicht und raste aus der Tür. Ich zuckte ratlos mit den Schultern.

»Ich glaube, es geht ihr besser.« Und damit folgte ich Ainsley in den Flur.

Ainsley rannte durch den langen Flur, aber nicht zum Haupteingang, sondern in die Gegenrichtung.

»Wohin willst du?«, fragte ich.

Anstelle einer Antwort erhöhte Ainsley ihr Tempo. Auf keinen Fall würde ich mich abhängen lassen … ich blieb ihr auf den Fersen. Sie steuerte direkt auf einen Notausgang auf der Hälfte des Flurs zu und stürmte ins Freie. Ich rannte ihr nach, und da … stand der Hund. Er wartete, als habe er genau gewusst, dass Ainsley diesen Ausgang wählen würde.

Das Tier war groß. Furchterregend groß. Bestimmt wog es über vierzig Kilo. Sein dichtes weißes Fell leuchtete in der Morgensonne und dadurch wirkte der schwarze Fleck zwischen seinen Augen noch dunkler und unheimlicher.

»Ist das ein Hund oder ein Wolf?«, fragte ich.

Der Hund – so nenne ich ihn jetzt mal, weil ich aus tiefstem Herzen hoffte, dass es kein Wolf war – machte kehrt und trabte davon.

»Bleib hier, Marcus«, sagte Ainsley.

»Warum?«, fragte ich. »Wohin gehst du?«

Anstelle einer Antwort lief sie einfach hinter dem Hund her. Ich ließ ihr ein paar Sekunden Vorsprung, dann folgte ich ihr. Das Tier bewegte sich jetzt in gleichmäßigem Trab und hielt dabei stets einen Abstand von etwa zehn Metern. Es wandte nie den Kopf, um sich zu vergewissern, dass wir folgten, aber es versuchte auch nicht, uns abzuhängen. Es bewegte sich zielstrebig, als wisse es genau, wo es hinwollte. Ich finde es eigentlich immer witzig, wenn Tiere das tun … als hätten sie eine wichtige Verabredung oder einen anderen Termin. Aber diesmal konnte ich nicht lachen. Was auch immer den großen Hund antrieb, es konnte nichts Gutes sein. Das Tier bog um die Ecke des Backsteingebäudes und lief weiter.

Die Coppell-Mittelschule lag am Rand eines dichten Walds. Wir folgten dem Hund über einen riesigen Parkplatz, schlängelten uns zwischen geparkten Autos hindurch, bis wir ein weitläufiges Rasengrundstück erreichten, das das Schulgelände vom Wald trennte. Der weiße Hund lief immer weiter Er trabte über das Gras und verschwand zwischen den Bäumen.

»Bist du sicher, dass du ihm weiter nachgehen willst?«, fragte ich Ainsley.

Ich hätte genauso gut aus Luft sein können. Sie beachtete mich überhaupt nicht und betrat den Wald. Ihre ganze Aufmerksamkeit galt dem Hund.

Jetzt wurde die Sache wirklich gruselig. Ich drehte mich um und betrachtete das Meer von geparkten Autos vor dem Schulgebäude. Die Schule besaß Türen. Jede Menge. Der Wald nicht. Wenn ich von hier eilig flüchten musste, konnte ich mich nicht in die Bibliothek retten. Egal was in diesem Wald lauerte – ich musste allein damit zurechtkommen. Ich hatte zu Theo gesagt, ich würde vorsichtig sein. Das war gelogen. Hier geschahen seltsame Dinge und seltsame Ereignisse waren inzwischen mein tägliches Brot. Also spurtete ich zwischen den ersten Baumreihen hindurch und drang in den dunklen Kiefernwald ein.

Es war, als senke sich schlagartig die Dämmerung über uns. Die Temperatur fiel um etwa zehn Grad. Der Boden war von einem dicken Polster aus trockenen Kiefernnadeln bedeckt. Nach ihrer

Wuchshöhe zu urteilen, mussten die Bäume Jahrhunderte alt sein. Sehr viel älter als die Schule. Sie ragten hoch in den Himmel. Oben bildeten ihre Äste ein dichtes Kuppeldach, welches das Sonnenlicht und auch die Sonnenwärme fast vollständig abschirmte. Dass mir ein Schauer den Rücken hinunterrann, lag aber nicht allein am plötzlichen Temperatursturz.

Der weiße Wolfshund trabte lautlos voran, fädelte sich zwischen den Baumstämmen hindurch, immer tiefer in den Wald hinein. Sein weißes Fell leuchtete zwischen den dunklen Bäumen, sodass er aussah wie ein Geist. Und was noch merkwürdiger war: Die normalerweise so reservierte und beherrschte Ainsley stand vollkommen unter seinem Bann.

Da ich nicht unter diesem Bann stand, wurde ich allmählich nervös. Ich wusste immer noch keine Antwort auf die Frage, warum Ainsley all diese Unglücksfälle ausgelöst haben sollte. Wenn sie die Wahrheit sagte, hatte sie selbst keine Ahnung, was vor sich ging, und auch keinerlei Kontrolle über die Macht, die den Schaden anrichtete. Das machte mir erst recht Sorgen. Wir befanden uns mitten im Wald. Hier draußen wollte ich nicht auf mich allein gestellt sein, wenn es den Mächten vielleicht einfiel, wieder einmal Objekte herumfliegen zu lassen.

Wir ließen die Kiefern hinter uns und erreichten ein Waldstück mit üppigem Unterholz zwischen weißen Birkenstämmen. Dem Hund fiel es leicht, den Bäumen auszuweichen, aber Ainsley und ich kamen nur noch langsam vorwärts, weil wir einen Weg durch dieses Dickicht finden mussten. Immer wieder hoffte ich, Ainsley würde mich ansehen und zur Besinnung kommen, aber sie achtete ausschließlich auf den Hund.

Wir arbeiteten uns gerade aus dichtem Gestrüpp heraus, als ich eine Bewegung in der Luft wahrnahm. Es war ein Vogel. Ich erhaschte nur einen kurzen Blick auf ihn, während er von einem Baum ins Geäst eines anderen flog. Aber eines konnte ich mit Sicherheit sagen: Er war ganz weiß. Und groß. Zuerst hielt ich ihn für eine Möwe, aber wir befanden uns ja nicht in der Nähe der Küste. Ich starrte auf die Stelle im Baum, wo er verschwunden war, aber nichts regte sich mehr. Deswegen rannte ich weiter … und in diesem Moment stieß ein zweiter Vogel von hinten auf mich herab, streifte meinen Kopf, segelte wieder aufwärts und verschwand in den dicht belaubten Baumkronen.

Diesen Vogel hatte ich genauer gesehen. Er war ebenso groß und weiß wie der erste. Er sah aus wie eine Krähe. Oder ein Rabe. Ich kann die nicht gut auseinanderhalten. Allerdings hatte ich noch nie von weißen Raben gehört. Jedenfalls hatte er so eine Stimme. Er stieß ein kurzes *Krah* aus, bevor er im selben Baum verschwand, den schon der erste Vogel angeflogen hatte. Ich konnte nicht genau sagen, warum ich mich vor den Vögeln gruselte, aber etwas stimmte mit ihnen nicht. Ich sah nach oben, ließ meinen Blick über die anderen Bäume schweifen und rechnete damit, dass noch ein Vogel vorübersausen würde.

Ainsley dagegen würdigte die Vögel keines Blickes. Sie hielt keinen Moment lang inne. Uns trennten vielleicht zwanzig Meter. Ich musste rennen, um sie wieder einzuholen, und ich sprang dabei über umgestürzte Baumstämme und moosbewachsene Felsen.

Der weiße Hund lief immer noch vor ihr her. Ohne einen Moment lang innezuhalten, drang er in eine Hecke aus dicht belaubten, grünen Sträuchern ein. Bis zu diesem Moment war er jedem

Hindernis, das ihm in die Quere kam, ausgewichen. Aber diesmal warf er sich einfach mitten in die grüne Wand, die sich wie ein hoher Wall um eine Festung erstreckte.

Ainsley folgte dem Hund auf den Fersen, lief direkt auf das dichte Gestrüpp zu.

»Hey, warte!«, rief ich.

Sie wurde nicht langsamer, sondern rannte einfach ins Gebüsch hinein, als sei es gar nicht da. Das dichte Geäst schien sie nicht aufzuhalten. Es sah eher so aus, als wichen die Sträucher zur Seite, ließen sie passieren und schlössen sich hinter ihr wieder. War da so eine Art Pfad, den ich nicht erkennen konnte? Meine Nackenhaare stellten sich auf. Es hatte den Anschein, als sei Ainsley dem Tier durch einen Eingang gefolgt … einen Eingang zu was?

Ich wollte es wissen. Ich rannte, um sie einzuholen, blieb dann direkt vor dem grünen Wall stehen. Ich holte tief Luft und hörte ein zweifaches *Krah* von hinten. Beobachteten mich die Vögel? Kommentierten sie das, was ich tat?

Reiß dich zusammen, Marcus!

Ich zwängte mich durch das Gebüsch, schob mich mühsam vorwärts. Es war keineswegs so einfach, wie es bei Ainsley ausgesehen hatte. Ich musste mich durch dichtes Brombeergestrüpp kämpfen, das mir Gesicht und Arme zerkratzte, aber ich ließ mich nicht aufhalten. Ich hatte mich wohl durch etwa zwei Meter Hecke geschlagen, als ich auf der anderen Seite herauskam.

Ich trat ins Freie … und stand auf einer Lichtung. Es war eine große Fläche, die von allen Seiten durch den Wall aus Brombeergestrüpp umgeben war, durch das ich mich gerade gekämpft hatte. Die Hecke bildete einen fast perfekt runden, geschlossenen Ring, der mindestens drei Meter in die Höhe ragte. Im Inneren des Rings wuchs üppiges dunkelgrünes Gras. Etwa in der Mitte befand sich ein Haufen aus Felsbrocken, mindestens acht Meter hoch. Die Felsen waren von Moos, Blattwerk und Ranken überwuchert. Es war keine natürliche Szenerie. Die Felsen sahen aus, als wären sie von einem Monster-Bautrupp aufgeschichtet worden. So dicht bewachsen wie sie waren, musste derjenige, der sie hier aufgestapelt hatte, dies vor sehr langer Zeit getan haben.

Aber nichts an dieser kreisförmigen Lichtung war auch nur annähernd so faszinierend wie das, was ich direkt vor dem Haufen aus Felsbrocken entdeckte. Ainsley wandte mir den Rücken zu. Sie sah in Richtung der Felsen. Vor ihr stand eine Frau – eine wunderschöne Frau mit langen, schwarzen Haaren, die ihr weit über den Rücken fielen, so glatt, als habe sie sie eben erst geglättet. Sie trug ein langes Kleid, das so aussah, als stamme es aus dem 17. Jahrhundert. Es war wohl irgendwann einmal weiß gewesen, aber das musste lange her sein. Der schwere Stoff wirkte schmuddelig und vergilbt. Er war offenbar sehr alt und schmutzig. Das Kleid hatte lange Ärmel mit zerrissenen Bündchen. Darüber hatte sich die Frau eine Schürze gebunden, die auch nicht gerade vor Sauberkeit strotzte. Die Frau hatte die Hände in die Hüften gestemmt, sie stand kühn und breitbeinig vor Ainsley und musterte sie mit golden schimmernden Augen.

Sie streckte Ainsley ihre rechte Hand entgegen und sagte: »Herzlich willkommen, mein Kind. Es ist mir eine große Freude, dich endlich hier zu sehen.«

Kapitel 7

Ainsley stand stocksteif vor der geheimnisvollen Frau. Ich blieb einige Meter hinter Ainsley stehen. Ich wollte nichts von dem verhindern, was hier geschah.

Egal was sich jetzt gleich abspielen würde, ich ging davon aus, dass es mir helfen würde, die Hintergründe der Störung an der Coppell-Schule zu verstehen.

»Wir haben sehr lange auf diesen Augenblick gewartet.«

Die Frau schenkte Ainsley ein warmherziges Lächeln. Sie wirkte eigentlich ganz nett und harmlos. Andererseits stand sie in dieser altertümlichen Verkleidung mitten im Wald. Das war zumindest etwas verrückt.

»Ich kenne Sie«, sagte Ainsley, als versuche sie mühsam, sich an etwas zu erinnern. »Andererseits kenne ich Sie nicht.«

»Du könntest mich deine Mutter nennen, aber du hast mehrere Mütter. Und Väter. Wir haben uns alle auf diesen Augenblick gefreut.«

Während die Frau redete, ging sie an dem hohen Steinhaufen entlang, berührte dabei sanft die moosbewachsenen Felsen. Sie bewegte sich so sanft, als würde sie schweben, aber sie schwebte nicht. Der schmutzige Saum ihres Kleides und ihre schmutzverkrusteten

Füße bewiesen das. Auf jeden Fall machte diese Bewegung das ganze Geschehen noch unheimlicher.

»Sie sind nicht meine Mutter«, sagte Ainsley, aber es klang verunsichert.

»Ich bin nicht deine biologische Mutter, aber ein bisschen von uns allen steckt in dir drin«, erwiderte die Frau. »Allmählich spürst du es, nicht wahr? Die Dinge verändern sich. Dein Körper verändert sich. Und diese Veränderungen führen dazu, dass deine wunderbaren Gaben jetzt aufblühen können.«

»Ich verstehe nicht, was Sie meinen«, sagte Ainsley.

Damit waren wir schon zwei.

»Du wirst es verstehen«, antwortete die Frau. »Du bist eine mutige junge Frau. Du übernimmst Verantwortung. Wir haben das schon lange in dir gespürt. Selbst als du noch ein Baby warst. Deswegen bist du auserwählt worden. Und bald, wenn dein Aufstieg sich ganz vollzogen hat, wirst du über Mittel und Kräfte verfügen, von denen du dir nie hast träumen lassen.«

Die Frau hob eine Hand, streckte den Arm aus und bewegte ihn langsam hin und her. Die Baumwipfel über ihr folgten schwankend ihrer Bewegung. Als sie den Arm stillhielt, bewegten sich auch die Bäume nicht mehr.

»Es werden erstaunliche Gaben sein«, sagte die Frau.

»Das macht mir Angst.« Ainsleys Stimme versagte.

»Du brauchst keine Angst zu haben«, sagte die Frau tröstend. »Bis dein neues Leben anfängt, wirst du gelernt haben, wie du das alles unter Kontrolle halten kannst. Für dich fängt jetzt eine wunderbare Zeit an.«

Sie streckte die Hand aus und ein Roter Kardinal kam aus den

Bäumen heruntergeflattert und landete auf ihrer Handfläche. Es sah aus wie eine Szene aus einem Disney-Prinzessinnenfilm. Nur war die Prinzessin ziemlich gruselig.

»Heb die Hand«, sagte die Frau.

Ainsley zögerte, dann hob sie vorsichtig einen Arm. Der Vogel flog zu ihr hinüber und landete auf ihrer Hand, zirpte dann ein paarmal laut, als wolle er Ainsley begrüßen. Ainsley betrachtete den Vogel verwundert, dann erstarrte sie plötzlich.

»Nein«, sagte sie und schüttelte den Vogel von ihrer Hand.

Der Kardinal flog davon und landete auf einem der Felsblöcke hinter der Frau.

»Wenn Sie mir nicht sagen wollen, wer Sie sind«, sagte Ainsley, »dann sagen Sie mir, wer ich bin.«

Die Frau lächelte sanft. »Du bist, wer du immer gewesen bist. Bis jetzt.«

Sie griff nach dem Kardinal. Der Vogel rührte sich nicht, als die Frau ihn packte. Aber als sie ihn vorzeigte, verwandelte sich der Kardinal. Anstelle des wunderschönen roten Vogels hielt die Frau nun einen schimmernden silbernen Dolch mit einer zwanzig Zentimeter langen Klinge in der Hand.

Ich musste die Luft anhalten, um keinen überraschten Schrei auszustoßen.

»Morgen ist Samhain. An diesem heiligsten aller Tage werden die Kräfte, die wir dir geschenkt haben, zur vollen Blüte kommen und einen Weg öffnen, der uns in unsere Zukunft führt. Jetzt reiche mir deine Hand.«

Die Frau bedeutete Ainsley, die Hand auszustrecken. Die andere Hand der Frau umklammerte den Dolch, als sei sie jederzeit bereit, ihn einzusetzen. Plötzlich war aus einer merkwürdigen Situation Ernst geworden. Es war eben doch keine Geschichte von Walt Disney. Ainsley wich nervös einen Schritt zurück.

»Nein … nein … das gefällt mir nicht.«

Der Bann, unter dem Ainsley die ganze Zeit gestanden hatte, schien sich allmählich zu lösen.

Ich hielt es nicht mehr aus. »Das reicht!«, rief ich.

Der Gesichtsausdruck der Frau verwandelte sich. Eben noch war er sanft und freundlich gewesen. Jetzt war es eine zornige Grimasse. Und sie hielt einen Dolch in der Hand.

»Schwachkopf«, zischte sie gehässig und richtete die Spitze des Dolchs auf mich. »Du wirst uns nicht noch einmal in die Quere kommen!«

Noch einmal? Was sollte das denn heißen?

»Komm, wir verschwinden.« Ich packte Ainsleys Arm und versuchte, sie wegzuziehen.

Aber die Frau wollte uns nicht ziehen lassen. In dem Augenblick, in dem wir ihr den Rücken zuwandten, flog aus dem Gebüsch vor uns ein riesiger Schwarm weißer Raben auf. Ein einziges flatterndes Durcheinander aus weißen Schwingen peitschte die Luft, hielt direkt auf uns zu.

Automatisch ließ ich Ainsley los und hob die Arme, um mein Gesicht zu schützen. Gleich würde ein Schwarm von Albino-Raben über uns herfallen, die den Befehlen dieser merkwürdigen Frau gehorchten. Ich wich mit gesenktem Kopf zurück, rechnete jeden Moment damit, die scharfen Schnäbel der Tiere zu spüren. Ihr kreischendes Kampfgeschrei bohrte sich direkt in meinen Kopf. Ich sank auf die Knie, aber nichts geschah.

Das Kreischen und das Flattern waren verstummt. Ich spähte vorsichtig zwischen meinen Armen hindurch und sah etwas völlig Verblüffendes. Ein Dutzend weißer Raben saß ordentlich aufgereiht auf dem Boden. Ihr leises Gurren verband sich zu einem Ton, der an einen Motor im Leerlauf erinnerte. Das war mir recht, solange nicht jemand in diesem Motor den Vorwärtsgang einlegte. Sämtliche Vögel hatten den Blick konzentriert auf etwas gerichtet, was sich rechts von mir befand. Ich blickte in diese Richtung. Da stand Ainsley, die Hand in einer Geste vorgestreckt, die »Halt!« bedeutete. Sie hatte den Angriff verhindert.

»Steh auf, Marcus«, sagte sie überraschend ruhig. »Wir gehen.«

Vorsichtig rappelte ich mich auf die Füße, vermied dabei aber schnelle Bewegungen. Ich wollte die Vögel nicht reizen, sonst würden sie vielleicht wieder angreifen und auf uns einhacken.

»Wir gehen den Weg zurück, den wir gekommen sind«, sagte Ainsley. »Langsam.«

Ich machte einen Bogen um die übergroßen Vögel. Während Ainsley auf der anderen Seite um die Vögel herumging, hielt sie weiterhin die Hand ausgestreckt, um sie zurückzuhalten.

Die Vögel konzentrierten sich immer noch ganz auf sie. Sie drehten sich alle gleichzeitig um sich selbst, um Ainsley nicht aus den Augen zu verlieren. Wir beide trafen uns hinter dem Schwarm und gingen auf den hohen Wall aus Sträuchern zu.

»Werden sie uns verfolgen?«, flüsterte ich Ainsley zu.

»Keine Ahnung«, gestand sie.

Als wir den Wall beinahe schon erreicht hatten, rief die Frau uns nach: »Verstehst du es jetzt?«

Ich warf ihr einen raschen Blick zu. Sicher war sie jetzt unbeschreiblich wütend. Aber zu meiner Überraschung stand sie mit verschränkten Armen da und lächelte stolz. Auf ihrer Schulter saß der Kardinal.

»Brauchst du noch einen weiteren Beweis für deine Fähigkeiten, Ainsley?«, rief sie.

»Wir gehen jetzt!«, verkündete Ainsley trotzig.

»Geh nur.« Die Frau zuckte mit den Schultern. »An Samhain wirst du wiederkommen.«

»Darauf würde ich mich nicht verlassen!«, rief ich.

Das Gesicht der Frau verzerrte sich wieder. »Misch dich nicht ein, Schwachkopf!«, fauchte sie. »Diesmal werden wir keine Gnade kennen!«

Diesmal? Was meinte sie damit?

Ich wandte mich um und drückte die Äste zur Seite, sodass ein Durchgang für uns entstand.

»Verfolgen sie uns?«, fragte ich.

»Das wissen wir erst, wenn wir auf der anderen Seite rauskommen«, erwiderte Ainsley atemlos.

Ich zwängte mich durch das verschlungene Dickicht. Ainsley war direkt hinter mir. Als wir auf der anderen Seite mühsam ins Freie krochen, richteten wir beide unsere Blicke nach oben. Wir rechneten damit, dass jeden Moment ein Schwarm böser Vögel aus der Lichtung aufsteigen und im Sturzflug auf uns herunterstoßen würde. Aber nichts geschah.

»Wir haben es geschafft.« Ich packte Ainsleys Hand. Wir rannten Richtung Schule, durchquerten zuerst in gebückter Haltung den Birkenhain, rasten dann in wilden Kurven durch den Kiefernwald. Wir erreichten den Waldrand ohne weitere Zwischenfälle und betraten die breite Grasfläche am Rande des Schulgeländes und der Zivilisation. Keuchend nach der wilden Flucht standen wir auf dem Gras. Ich stemmte die Hände in die Hüften, sah zu Boden und wusste nicht, was ich sagen sollte.

»Ich weiß nicht«, sagte Ainsley.

»Du weißt was nicht?«

»Ich weiß nicht, wer das war oder was all das zu bedeuten hat.«

»Komm, wir gehen ein Stück weiter«, sagte ich.

Den Zauberwald hatten wir zwar verlassen, aber ich fühlte mich in seiner Nähe nicht sehr wohl. Also wanderten wir in Richtung Schule.

»Warum bist du diesem Hund nachgelaufen?«, fragte ich. »Es sah so aus, als wärst du hypnotisiert.«

»Ich weiß es nicht, Marcus«, sagte sie ratlos. »Ich fühle mich gerade so, als wäre ich aus einem bösen Traum aufgewacht.«

»Sie hat gesagt, du veränderst dich. Dass dein Körper sich verändert. Stimmt das?«

»Du meinst, davon abgesehen, dass ich plötzlich durch meine Gedanken Dinge bewegen kann?«, fragte Ainsley.

»Ja, schon. Und diese Geschichte mit den Vögeln. Das war … seltsam.«

Ainsley lachte nervös. »Na ja, wenn du es genau wissen willst … ich bin dreizehn. Wenn Mädchen dreizehn sind, passiert eben manches.«

»Echt? Was denn zum Beispiel?« Ich stand auf der Leitung.

Sie warf mir einen genervten Blick zu. Es dauerte einen Moment, bis ich kapierte, wovon sie sprach.

»Oh.«

»Genau, ›oh‹«, sagte sie. »Vor ein paar Wochen habe ich zum ersten Mal meine Periode gekriegt. Ich fasse es nicht … das habe ich gerade jemandem erzählt, den ich überhaupt nicht kenne. Noch dazu einem Jungen.«

»Krieg dich wieder ein«, sagte ich herablassend. »Also … sie hat gesagt, diese Veränderungen bewirken, dass deine Gaben vollständig aufblühen.«

»Was auch immer das bedeutet«, sagte Ainsley.

»Sind dir schon dein ganzes Leben lang so merkwürdige Dinge passiert?«, wollte ich wissen.

»Nein! Überhaupt nicht. Das ergibt alles keinen Sinn.«

»Kanntest du diese Frau?«

Ainsley dachte angestrengt nach und runzelte die Stirn. »Ich glaube. Ich weiß nicht. Sie kam mir bekannt vor, aber … ich bin total durcheinander.«

»Wann haben diese Vorfälle denn angefangen? War es, na ja, ich meine, als das bei dir losging mit … du weißt schon?«

Sie dachte einen Moment lang nach, dann wurde sie auf einmal wütend. »Nein!«, rief sie. »Was soll das eine mit dem anderen zu tun haben?«

»Ich weiß es nicht. Ich rate doch nur. Ich habe keine Ahnung, warum du kannst, was du kannst, oder warum diese durchgeknallte Frau Bäume bewegen kann und Vögel auf andere Leute hetzen und einen Kardinal in einen Dolch verwandeln. Aber offenbar weiß sie eine Menge über dich. Und aus dem, was sie gesagt hat, schließe ich, dass morgen etwas passiert. Und du steckst mittendrin.«

»Was ist denn Samhain?«, fragte Ainsley.

»Halloween. Der Vorabend vor Allerheiligen. Die Nacht der

Geister, behaupten die Leute, die an Geister glauben. Nach allem, was ich gerade gesehen habe, gehöre ich jetzt vielleicht auch zu ihnen.«

Wir erreichten die Schule, betraten sie aber nicht, sondern gingen um das Gebäude herum zur vorderen Einfahrt, die die Eltern benutzten, wenn sie ihre Sprösslinge zur Schule bringen oder abholen wollten. Der Unterricht war noch nicht zu Ende. Deswegen stand nur ein schwarzer SUV mit laufendem Motor an der Seite.

»Meine Mutter«, sagte Ainsley. »Das hätte ich fast vergessen. Sie holt mich ab.«

»Du solltest ihr erzählen, was hier los ist«, sagte ich.

Ainsley dachte einen Moment lang darüber nach, dann schüttelte sie den Kopf. »Nein.«

»Warum nicht?«

»Weil sie mir nicht glauben wird.«

Dagegen konnte ich nichts sagen. Das Gefühl kannte ich.

»Ich bin ihre perfekte kleine Überfliegerin. Wenn ich ihr erzählen würde, dass ich übernatürliche Kräfte habe und dass man mich eingeladen hat, einem mystischen Kult beizutreten, würde sie mich einsperren lassen.«

»Vielleicht wäre das nicht die schlechteste Idee. Wenigstens bis nach Halloween.«

»Nein, ich muss rausfinden, um was es hier geht. Es ist ja auch irgendwie … spannend, findest du nicht?«

»Nein, finde ich nicht«, sagte ich rasch. »Das ist eine ernste Angelegenheit. Eine gefährliche. Ich weiß nicht, wer diese Frau und ihre Freunde sind. Aber ich traue ihnen nicht.«

»Vielleicht hast du recht«, sagte Ainsley. »Aber ich möchte einfach wissen, was sie von mir wollen – und so möglicherweise etwas mehr über mich selbst erfahren. Wer weiß? Es könnte ja doch zu etwas gut sein.«

Ihre Hundertachtzig-Grad-Wende gefiel mir gar nicht. Gerade hatte sie noch verwirrt und ängstlich gewirkt, und jetzt war sie auf die Idee gekommen, das könnte alles auch zu etwas gut sein.

»Dabei kommt nichts Gutes heraus, Ainsley«, sagte ich. »Vertrau mir.«

Ainsley zuckte beinahe neckisch mit den Schultern. »Na ja, das werden wir dann sehen.«

Das war gar nicht gut. Sie ging auf das Auto ihrer Mutter zu, dann wandte sie sich noch einmal zu mir um.

»Danke, Marcus. Sieht so aus, als wärst du im richtigen Moment an die Schule gekommen.«

»Ja – sehr merkwürdig, dass das so gut passt«, sagte ich.

»Wir sehen uns morgen.«

Ainsley rannte zum Auto. Sie wirkte viel zu locker und fröhlich, angesichts dessen, was gerade passiert war. Anfangs hatte der Gedanke, dass sie vielleicht eine übernatürliche Gabe besaß, sie eher geschockt, und jetzt sah es aus, als sei sie einfach nur darauf gespannt, was für eine Gabe das wohl sein mochte. Damit begab sie sich auf ein sehr gefährliches Pflaster.

Sie stieg in den Wagen und winkte mir noch einmal kurz zu, als der SUV auf der Straße wendete und davonbrauste. Ich blieb mit einem Gefühl der Hilflosigkeit zurück. Ich wusste jetzt, wer für die Störung an dieser Schule verantwortlich war. Ainsley. Es war ihre Geschichte. Aber daraus ergaben sich noch mehr Fragen. Quälende Fragen, auf die ich keine Antworten wusste. Ich brauchte Hilfe. Es wurde Zeit, in die Bibliothek zu Everett zurückzukehren.

Als ich auf das Gebäude zuging, durchbrach ein Geräusch die Stille des Nachmittags: das Krächzen eines Krähenschwarms. Ich erstarrte. Ich sah zum Himmel und entdeckte den Schwarm über der Schule. Es waren schwarze Vögel, daher entspannte ich mich – ungefähr eineinhalb Sekunden lang. Der Schwarm wendete schnell und setzte zum Sturzflug an.

»Oh, gar nicht gut«, sagte ich zu niemandem im Besonderen und rannte los.

Die Vögel schienen mir zuerst schwarz zu sein, weil sich ihre Silhouetten gegen den Oktoberhimmel dunkel abzeichneten. In Wirklichkeit aber waren sie weiß und hinter mir her. Jetzt, wo Ainsley nicht mehr da war, konnte nichts sie aufhalten. Ich spurtete auf die Schule zu, suchte mit den Fingern nach dem Paradoxschlüssel, der um meinen Hals hing. Ich riss mir den Schlüssel über den Kopf, aber die Schnur verfing sich in der Kapuze meines Pullovers.

»Nein!«, schrie ich panisch.

Ich zog mir auch den Pullover über den Kopf. Ein kurzer Blick zum Himmel verriet mir, dass die Vögel sich noch immer auf mich stürzen wollten. In wenigen Sekunden würden sie mich erreicht haben. Im Laufen versuchte ich Schlüssel und Kapuze zu trennen.

Die Vögel waren jetzt so nah, dass ich das Geräusch ihres Flügelschlags hörte. Ich rannte auf die erste Tür zu, die ich sah, hielt die Hand mit dem Schlüssel vor mir ausgestreckt. Jetzt musste unbedingt das Schlüsselloch erscheinen!

Das passierte auch. Ich rammte den Schlüssel hinein, drehte ihn und riss die Tür zur Bibliothek auf. Aber der Schlüssel steckte immer noch im Loch. Als ich ihn abziehen wollte, verhakte er sich einen Moment lang. Es waren die entscheidenden drei Sekunden, denn dadurch hatte einer der Höllenvögel Zeit, mich anzugreifen. Er landete auf meinem Kopf und packte mit seinem Schnabel ein Büschel meiner Haare. Meine Kopfhaut brannte wie Feuer, als das bösartige Tier eine dicke Strähne ausriss. Ich schlug mit dem Arm nach dem Ungeheuer. Schnell sprang ich durch die Tür und trat sie mit dem Fuß zu. Etwa ein Dutzend weitere Vögel knallten dagegen. Sie flogen immer wieder an, um an mich heranzukommen.

Ich stand mit dem Rücken zur Tür, rieb mir die schmerzende Kopfhaut. Mir wurde schlecht, als mir klar wurde, dass diese Störung nicht minder gefährlich war als das Abenteuer mit dem Boggin. Das Einzige, was ich mit Sicherheit wusste, war: Was auch immer hier passierte, morgen Abend würde die Geschichte ihren Höhepunkt erreichen. Samhain. Halloween.

Der Countdown lief bereits und ich hatte nicht die geringste Idee, wie ich ihn anhalten konnte.

Kapitel 8

Die weissen Raben *flogen gegen die Tür, einer nach dem anderen, wild entschlossen, auf die andere Seite zu gelangen und Marcus anzugreifen. Vergebens. Marcus war weg. Er befand sich nicht einmal mehr auf der anderen Seite der Tür. Er war in die Bibliothek zurückgekehrt.*

Nachdem die Vögel noch einige Augenblicke gewütet hatten, flogen sie alle gemeinsam davon, über die Baumwipfel hinweg in den Wald hinein, aus dem sie gekommen waren.

»Es ist Ainsley«, verkündete ich Everett atemlos, als ich auf die Ausleihtheke der Großen Bibliothek zu rannte. Ich rieb mir den Kopf an der Stelle, an welcher der weiße Rabe mir ein Büschel Haare ausgerissen hatte. Bösartiges Mistvieh!

Der Büchereigeist saß dort und las still in dem roten Buch, das nun ganz offiziell Ainsleys Geschichte enthielt. Mehrere andere Bücher lagen vor ihm aufgestapelt. Er hatte ein bisschen nachgeforscht.

»Ja, ich sehe es«, sagte Everett, ohne von seinem Buch aufzusehen. »Wie geht es deinem Kopf?«

»Er tut weh!«, rief ich. »Ist doch klar!«

Eine Besonderheit der Bibliothek ist, dass die Geisterautoren alle Geschichten ständig und sofort auf den aktuellen Stand bringen. Ich habe keine Ahnung, wie das möglich ist, aber Everett sagt ja immer, dass Zeit in der Bibliothek keine Bedeutung hat. Also hatte sie wohl für die Geisterautoren genauso wenig Bedeutung. Alles, was Ainsley und ich vor wenigen Minuten im Wald erlebt hatten, ließ sich bereits in diesem Buch nachlesen.

»Ihre Geschichte ist nicht einzigartig«, sagte Everett und schob ein Buch aus seinem Stapel zu mir herüber. »Ich habe Geschichten über weitere Störungen gefunden, die genau an derselben Stelle eingetreten sind.«

»An derselben Schule?«

»In derselben Stadt. Ihre Geschichte geht weit zurück, bis ans Ende des 17. Jahrhunderts. Offenbar wurde die Stadt von einer kleinen Gruppe von Menschen gegründet, die aus dem östlichen Massachusetts geflohen waren, weil sie dort verfolgt wurden.«

»Verfolgt aus welchem Grund?«

»Hast du schon einmal von einer Stadt namens Salem gehört?«

Ich dachte einen Moment lang nach, dann ging mir ein Licht auf.

»Sie meinen den Ort, an dem Hexenprozesse stattgefunden haben?«

»Genau der«, erwiderte Everett.

»Aber das war doch Unsinn, oder? Ich meine, es gibt keine Hexen. Die Leute waren bloß abergläubisch. Und bekloppt.«

»Richtig. In Salem gab es keine Hexen, denn zu dem Zeitpunkt, an dem die Prozesse anfingen, waren sie schon alle fort … und hatten sich in Coppell niedergelassen.«

Meine Gedanken überschlugen sich, immer mehr Puzzleteile fügten sich zusammen.

»Die Frau im Wald, die die Bäume tanzen ließ und den Vögeln befahl, mich anzugreifen. Und sie hat einen roten Kardinal in einen Dolch verwandelt. Ich habe schon gedacht, sie hackt Ainsley damit in Stücke.«

»Also dann wissen wir jetzt, womit wir es zu tun haben, nicht wahr?«

»Hexerei«, erklärte ich mit fester Stimme. »Das gibt es also wirklich?«

»Alles gibt es wirklich.« Everett wirkte ein bisschen ungeduldig. »Das müsste dir doch inzwischen klar sein.«

»Aber das ist doch schon ein paar Hundert Jahre her! Soll das heißen, diese Frau ist eine Nachfahrin dieser Hexen?«

»Das könnte sein. Vielleicht hat Zeit für Hexen ja auch keinerlei Bedeutung«, sagte Everett düster.

»Wow.« Das war leider alles, was ich dazu sagen konnte. »Und was ist mit Ainsley? Falls sie eine Hexe ist, weiß sie nichts davon.«

»Aber sie findet diesen Gedanken offenbar ganz reizvoll.« Everett tätschelte das Buch. »Das macht mir Sorgen. In diesem Mädchen steckt viel mehr, als man auf den ersten Blick sieht.«

Ich betrachtete die Bücher, die aufgeschlagen auf der Theke lagen, mit wachsender Furcht. Sie enthielten Geschichten über Hexerei. Echte Hexerei. Keine Märchen über Lebkuchenhäuschen und böse Stiefmütter.

»Da war noch etwas«, sagte ich. »Diese Hexe hat mir gedroht. Sie hat gesagt, ich solle ihr nicht noch einmal in die Quere kommen. Was hat sie damit gemeint? Ich habe sie noch nie gesehen. Glauben Sie mir, ich würde mich an sie erinnern!«

Everetts Miene verdüsterte sich, als würde ihn das, was ich erzählte, beunruhigen. Er streckte die Hand aus und zog den Bücherstapel näher heran.

»Geh nach Hause«, sagte er. »Ich lese erst einmal nach, wie das mit den anderen Störungen war. Wenn du zurückkommst, habe ich vielleicht schon eine bessere Vorstellung davon, was sie zu bedeuten haben.«

»Sie erwarten, dass ich nach Hause und in die Schule gehe und mich ganz normal benehme, als würde das alles gar nicht passieren?«, fragte ich empört.

»Aber ja«, bestätigte Everett. »Unsere Arbeit hier ist wichtig, Marcus, aber du darfst nicht zulassen, dass die Bibliothek den wichtigsten Platz in deinem Leben einnimmt. Das wäre dann auch eine Art Störung.«

Ich wusste nicht, was ich tun sollte. Ich wollte Ainsley helfen – deswegen war ich ja hier. Es war ihre unvollendete Geschichte. Aber ich hatte keine Ahnung, wie ich diese Geschichte zu Ende bringen sollte. Ich musste davon ausgehen, dass ein Schwarm weißer Raben mir in dem Augenblick, in dem ich nach Coppell zurückkehrte, den Kopf zerhacken wollte. Wenn Everett in diesen Büchern eine Lösung vermutete, konnte ich auch warten.

»Wollen Sie mal was Lustiges hören?«, fragte ich. »Meine Eltern meinen, ich würde in meiner Freizeit nichts Sinnvolles unternehmen.«

»Dabei kann ich dir nicht helfen«, sagte Everett. »Aber du bist ein kluger Junge. Dir wird schon was einfallen.«

Ich steuerte auf die Tür zu, die mich ins richtige Leben zurückführen würde.

»Wir knacken das Rätsel, Marcus!«, rief Everett mir nach. »Diese Geschichte bekommt ihr Ende.«

»Ja«, sagte ich. »Hoffentlich ein gutes.«

Als ich die Tür zu meinem Zimmer öffnete, traf ich Lu und Theo. Sie gingen direkt vor mir, als wären wir genau zur gleichen Zeit durch die Tür gegangen. Beide hielten an und drehten sich um, als sie mich hörten.

»Im Ernst jetzt?«, rief Lu. »Ich habe gedacht, du kommst nicht mit.«

»Wollte ich auch nicht. Ich meine, bin ich nicht. Ich war zuerst noch an der Coppell-Schule.«

»Aber …« Theo zupfte an seinem Ohr, während sein Gehirn heißlief. »Na ja, dann stimmt es wohl: Wir kommen immer genau in dem Moment zurück, in dem wir weggegangen sind.«

»Aber seitdem wir uns zuletzt gesehen haben, ist eine Menge passiert.«

»Das ist so unglaublich seltsam«, sagte Lu verblüfft.

Ich überholte sie, um als Erster an der Tür zu sein. »Es wird noch viel seltsamer«, erklärte ich dabei. »Los, wir müssen in unsere eigene Schule zurück.«

Während wir in Richtung unserer guten alten Stony-Brook-Mittelschule marschierten (oder in Lus Fall: auf Skatern rollten), brachte ich meine Freunde auf den neuesten Stand. Ich erzählte ihnen, was ich mit Ainsley erlebt hatte, und auch von den Hexen von Salem. Sie hörten mir zu, ohne nachzuhaken, und das war ganz gut so, denn Antworten konnte ich keine bieten. Es fühlte sich so normal an, mit meinen Freunden unterwegs zu sein. So vertraut. So sicher. Jedenfalls, solange es sicher war.

Wir hatten die Schule beinahe erreicht, als die Welt aus den Fugen geriet. Vor meinen Augen drehte sich alles und ich verlor das Gleichgewicht, als wäre der Gehsteig plötzlich zur Seite gekippt. In meinen Ohren dröhnte das Geschrei Hunderter kreischender Vögel. Waren es die Raben? Ich taumelte ein paar Schritte vorwärts, stolperte aufs Gras und fiel auf den Hintern.

»Lauft!«, schrie ich Lu und Theo zu.

»Was? Warum denn?«, rief Lu. Theo rannte zu mir herüber.

Ich saß im Gras, mir war schwindlig vom ununterbrochenen Kreischen der unsichtbaren Vögel. Ich vergrub den Kopf in den Armen und hoffte, sie würden verschwinden.

»Runter! Geht in Deckung!«, rief ich. Von der Anstrengung wurde mir noch schwindliger. Ich hatte das Gefühl, als müsste ich mich gleich übergeben.

»Geht es dir nicht gut?« Theo war ganz verzweifelt. »Marcus! Was ist denn los?«

Es endete so schnell, wie es begonnen hatte. Das Krächzen verstummte, der Schwindel ebbte ab. Ich sah vorsichtig hoch: Alles war wieder normal. Ich konnte sogar klar denken. Als ob nichts gewesen wäre.

»Helft mir hoch«, bat ich.

Theo und Lu packten mich an den Armen und stellten mich auf die Füße.

»Was war denn los?«, fragte Lu nervös.

»Mir ist total schwindlig geworden«, erklärte ich. »Alles hat sich plötzlich gedreht und ich konnte nicht mehr stehen.«

»Vielleicht hast du einen Gehirntumor«, vermutete Theo.

Ich versetzte ihm einen Stoß. »Ich habe doch keinen Gehirntumor. Mir fehlt überhaupt nichts, außer …« Ich konnte den Satz nicht beenden.

»Außer was?«, fragte Lu.

»Ich habe Vögel gehört. Sie klangen genau wie die weißen Raben, die mich drüben in Coppell angegriffen haben.«

Lu sah sich nach allen Seiten um. »Ähm … hier sind keine Vögel.«

»Ich denke mir das nicht aus«, sagte ich mit Nachdruck. »Ich habe sie gehört. Es muss die Hexe sein. Sie treibt ihre Spielchen mit mir.«

Lu und Theo tauschten sorgenvolle Blicke.

»Wenn das stimmt«, sagte Theo, »dann bedeutet es, dass sie dich durch die Bibliothek hindurch angreifen kann.«

Meine Knie wurden weich, und diesmal nicht, weil ich Vogelstimmen gehört hätte.

»Vielleicht sollten wir mal an was anderes denken«, schlug Lu vor.

»Schön wär's«, sagte ich.

Wir drei machten uns wieder auf den Weg zur Schule … zu unserer Schule, die mir plötzlich viel sympathischer war als jemals zuvor.

Aber es war ein harter Schultag. Ich konnte mich auf nichts konzentrieren, was meine Lehrer erzählten. Ich konnte nur noch an den Moment denken, in dem die Welt zur Seite gekippt war, an das Gekreische der weißen Raben. Würde es erneut passieren? Würde mich die Hexe ohne jede Vorwarnung angreifen und mir den Verstand rauben? Ich fühlte mich wie an eine Zeitbombe gefesselt, ohne eine Ahnung, wann sie hochgehen würde.

In der letzten Stunde war die Zündschnur dann bis zur Bombe heruntergebrannt. Donnerstags war im Sportunterricht immer Lauftraining angesagt. Jeder musste auf der Bahn 1800 Meter laufen. Je schneller man es schaffte, desto besser wurde man benotet, was meiner Meinung nach keinen Sinn ergab. Im Sportunterricht sollte bewertet werden, ob sich jemand anstrengt, nicht ob er sportlich ist. Aber ich habe die Regeln ja nicht gemacht, also … egal.

Außerdem war ich schnell. Nach der halben Strecke lag ich weit vor allen anderen. Ich glaube, vor lauter Angst und Ratlosigkeit lief ich noch schneller als sonst. Ich bog gerade um die Schlusskurve, war kurz vor der Zielgeraden, als ich es hörte. Es war leise, aber es war echt. Kreischende Vögel. Die weißen Raben waren wieder da.

Ich sah mich panisch um, versuchte zu erkennen, aus welcher Richtung der Angriff kommen würde. Aber am Himmel waren keine Vögel zu sehen. Dennoch wurde das grässliche Geschrei immer lauter, als würde sich ein riesiger Schwarm auf mich stürzen. Einen Augenblick später begann die Welt wieder zu schwanken. Es fühlte sich an, als stünde ich auf dem Deck eines kenternden Schiffs. Ich konnte mich nicht mehr halten und fiel auf das Gras im Innenfeld.

Ein paar Mitschüler spurteten an mir vorbei, aber das war mir egal. Ich schloss die Augen und versuchte, den Schwindel in den Griff zu bekommen, legte mir die Arme über den Kopf, um mich gegen den Angriff der Vögel zu schützen. Aber es erfolgte kein

Angriff. Einen Augenblick später kehrte die Welt wieder zur Normalität zurück. Der Schwindel war verflogen. Der Sportlehrer, Mr Darula, kam zu mir gerannt.

»O'Mara? Alles okay? Bist du ohnmächtig geworden?«

Ich setzte mich auf und sah mich um. Die anderen Schüler rannten in Richtung Ziellinie.

»Alles in Ordnung«, sagte ich. »Mir ist vom schnellen Laufen schwindlig geworden.«

Ich stand vorsichtig auf und rechnete damit, dass mir wieder flau würde, aber es war alles bestens.

»Bist du dir sicher?«, fragte Mr Darula besorgt.

»Klar, mir geht's gut«, behauptete ich und lieferte den Beweis, indem ich bis zur Ziellinie weiterrannte.

»Gut« ging es mir allerdings überhaupt nicht. Ich war mir hundertprozentig sicher, dass die Hexe aus Coppell ihre Hand nach mir ausstreckte und mir den Verstand rauben wollte. Am Ende des Schultags hatte ich zwei Schwindelattacken und zwei Angriffe von Geistervögeln überstanden, aber ich hatte immer noch keine Ahnung, wie ich mich wehren konnte. Nur eines stand unbestreitbar fest: Ich hatte Angst.

»Wir müssen zurück in die Bibliothek und nachfragen, was Everett herausgefunden hat«, sagte Lu, als wir uns nach der Schule auf dem Nachhauseweg befanden. Ich ging mit ihnen, aber mit jedem Schritt schwand meine Zuversicht. Falls die Hexe mich davon abbringen wollte, ihren Hexenplänen in die Quere zu kommen, indem sie mir Angst einjagte … hatte sie ihr Ziel erreicht!

Ich wollte nicht zurück an die Schule von Coppell. Ich wollte mich nicht mit einer wütenden alten Hexe anlegen. Ich wollte die Geschichte nicht zu Ende bringen, denn ich hatte Angst davor, wie dieses Ende aussehen würde.

Everett erwartete uns in der Bibliothek. Vor ihm auf der Ausleihtheke lagen mehrere aufgeschlagene Bücher. In seinen Augen entdeckte ich ein schelmisches Funkeln, als könne er nicht erwarten, uns seine neuen Erkenntnisse mitzuteilen. Theo, Lu und ich holten uns jeder einen Hocker aus Holz, wie Schüler im Klassenzimmer, die auf einen Vortrag warten.

»Ich habe gute und schlechte Nachrichten«, fing Everett an. »Die gute Nachricht ist: Ich weiß mit ziemlicher Sicherheit, was sich in dieser Schule abspielt und warum. Und was noch besser ist: Ich weiß, wie ihr es verhindern könnt.«

»Und was ist die schlechte Nachricht?«, fragte Lu.

»Wenn es euch nicht gelingt, könnten Hunderte von Menschen sterben«, sagte er geradeheraus.

Ich wollte jetzt nicht mit der besonders schlechten Nachricht kommen, dass die Hexe mich verflucht hatte. Das hätte im Vergleich zu dieser Neuigkeit, dass »Hunderte von Menschen sterben« könnten, doch eher lahm geklungen.

»Aber wer ist sie?«, fragte Theo

»Das weiß ich nicht genau«, erklärte Everett und zeigte auf eines der vollendeten Bücher. »Aber ich bin auf eine Geschichte gestoßen, in der von einer Gruppe von Hexen die Rede ist, die sich selbst ›Zirkel des Schwarzen Mondes‹ nannte. Diese Hexen waren um 1692 herum in der Nähe von Salem aktiv. Eine ziemlich arrogante Hexengruppe, nach allem, was ich gelesen habe. Sie empfanden sich als den Sterblichen weit überlegen und waren der Ansicht, aufgrund ihrer Zauberkräfte müssten sie über die Menschen herrschen.

»Dann wollten sie die Stadt regieren?«, fragte ich.

»Das war noch das Wenigste! Sie planten landauf, landab die Herrschaft zu übernehmen. Diese Hexen gaben sich nicht damit zufrieden, ein ruhiges Leben zu führen und ihre Fähigkeiten heimlich zu nutzen. O nein, sie wollten die Macht an sich reißen.«

»Aber die Menschen in Salem haben ihnen das vermasselt, nicht wahr?«, fragte ich.

»Irgendwie schon. Die Hexen konnten sich retten und flohen ins westliche Massachusetts. Dort fanden sie in den Wäldern eine ruhige Ecke, wo sie sich niederlassen konnten. Mit der Zeit entstand daraus die Stadt Coppell.«

»Eine Hexenstadt!«, rief Lu.

»Wissen die Leute, die dort wohnen, dass ihre Stadt von Hexen gegründet wurde?«, fragte Theo, der schon wieder an seinem Ohrläppchen zupfte.

»Offenbar nicht«, erwiderte Everett. »Aber seht her.«

Er schob uns einen Stapel von vier Büchern zu.

»Abgeschlossene Geschichten, die alle vom Zirkel des Schwarzen Mondes erzählen. Es sieht so aus, als hätten diese Hexen so etwa alle hundert Jahre versucht, denselben Trick auszuführen, den sie auch jetzt planen.«

»Und wie sähe der aus?«, fragte Lu.

»Sie möchten, dass die Welt sie als überlegene Wesen anerkennt, die mächtiger sind als die Natur. Stellt euch vor, ihr habt die Gewalt über das Wetter, über das Verhalten der Tiere, den Wind, sogar über die Schwerkraft. Es ist eine beängstigende Vorstellung, dass jemand über eine derartige Macht verfügen könnte. Und deswegen haben sich die Menschen immer vor Hexen gefürchtet.«

»Sie reden immer von Hexen«, sagte ich. »Mehrzahl. Ich habe nur eine gesehen.«

»Du kannst dir sicher sein«, erwiderte Everett, »dass noch mehr beteiligt sind. Hexen sind keine Einzelgänger. Sie schöpfen Kraft aus ihren Hexenzirkeln.«

»Na toll«, sagte ich mit tiefster Ironie.

»Also, wie sehen die Pläne der Hexen in Coppell jetzt aus?«, fragte Theo.

Everett legte die Hände auf den Stapel vollendeter Bücher. »Morgen Abend gibt es einen Schwarzen Mond zu Samhain. Das ist der vierte Neumond in derselben Jahreszeit. Wenn diese beiden Ereignisse zusammenfallen, eignet sich diese Nacht besonders gut für die Ausübung eines mächtigen Zaubers – besonders wenn er von einer Hohepriesterin des Hexenzirkels ausgeführt wird.«

»Dann ist also diese Frau im Wald eine Hohepriesterin?«

Everett schüttelte den Kopf. »O nein. Sie nicht.«

»Wer dann?«

»Offenbar ist es … Ainsley.«

»Was?«, schrie Theo.

»Auf keinen Fall«, widersprach ich. »Sie ist vollkommen ahnungslos.«

Everett nahm eins der Bücher in die Hand und blätterte es durch.

»Ahnungslos? Mag sein. Fähig? Das steht auf einem ganz anderen Blatt. Der Hexenzirkel hat schon viermal probiert, dieses Ritual durchzuführen. Sie suchen sich ein kleines Mädchen aus. Ein Baby. Einen besonderen Menschen, der stark und klug, aber offen für ihren Einfluss ist. Die Hexen versammeln ihren ganzen Zirkel und führen eine uralte Zeremonie durch, in der jede von ihnen ihre mächtigste Zauberkraft auswählt und diese auf den Säugling überträgt.«

»Und die Eltern machen da mit?«, fragte Theo ungläubig.

»Die Eltern wissen nichts davon«, erwiderte Everett. »In der Vergangenheit haben sich Hexen als Kindermädchen ausgegeben oder ihren Zauber in einem Moment ausgeführt, in dem das Kind von seinen Eltern getrennt war, bei einer Tagesmutter zum Beispiel.«

»Das ist ja total gruselig«, rief Lu. »Eine böse Mary Poppins!«

»Die Frau hat behauptet, sie sei Ainsleys Mutter und sie habe viele Mütter«, sagte ich.

»So sieht sie es vielleicht, aber das hat mit Ainsleys biologischen Eltern nichts zu tun. Ainsley wurde nicht als Hexe geboren. Sie wurde auserwählt. Immer wenn das geschieht, schlummern die Kräfte des Hexenzirkels in einem kleinen Mädchen, bis zu dem Moment, in dem es die Pubertät erreicht. Dann reift die magische Kraft heran, stärker als je zuvor. Sie zeigt sich erst nach und nach.«

»Genau das ist passiert«, erklärte ich. »Seit einigen Wochen passieren Ainsley seltsame Dinge. Die Magie steckt schon die ganze Zeit in ihr drin und hat nur darauf gewartet, dass Ainsley erwachsen wird.«

»Und all diese Unglücksfälle hat sie mit Kräften bewirkt, von deren Existenz sie überhaupt nichts wusste.« Lu schüttelte entsetzt den Kopf. »Man könnte doch annehmen, dass die ihr das wenigstens sagen!«

»Das haben sie heute getan«, sagte ich.

»Und was passiert jetzt morgen Abend?«, fragte Theo.

»Morgen nimmt das Unglück seinen Lauf«, erklärte Everett. »Die Hohepriesterin wird die Kräfte des Hexenzirkels bündeln und es wird eine grauenvolle Machtdemonstration geben. Es wird Blut fließen. So steht es in allen Büchern. In der Vergangenheit hat der Zirkel schon versucht, einen Staudamm zu zerstören, um die Stadt zu fluten. Sie haben Blitzschläge heraufbeschworen, um damit ganze Straßenzüge in Schutt und Asche zu legen. Eine Heuschreckenplage sollte die ganze Ernte vernichten. Einmal haben sie tatsächlich eine riesige Schar Ratten herbeigelockt.«

»Das sind wirklich schreckliche Leute«, sagte Lu beeindruckt.

»Es sind keine Leute, Lu. Es sind Hexen.«

»Und worauf läuft das jetzt hinaus?«, wollte ich wissen.

»Den Hexen geht es um zwei Dinge«, erwiderte Everett. »Mit ihrer grauenvollen Darbietung beweisen sie, dass es sie noch gibt, und gleichzeitig rufen sie damit die Hexen aus der ganzen Welt herbei. Wenn die verschiedenen Zirkel sich zusammentun, ist die Menschheit ihnen hilflos ausgeliefert.«

»Das wäre die Geburt einer überlegenen Art von Wesen«, sagte Theo betroffen. »Ziemlich unfreundlichen Wesen.«

»Und worum geht es noch?«, fragte Lu.

»Rache. Sie machen die Menschheit dafür verantwortlich, dass sie im Schatten leben und ihre wahre Natur verbergen müssen.«

Wir tauschten nervöse Blicke.

»Das könnte Ainsleys Geschichte sein«, sagte Lu. »Aber die ganze Sache ist viel größer.«

»O ja, das ist sie.« Everett trommelte mit den Fingerspitzen auf den Tisch. »Alles, was ich euch erzählt habe, wird in den Büchern beschrieben.«

»Aber die Hexen sind jedes Mal gescheitert«, sagte Theo.

»Und genau das ist die gute Nachricht!«, rief Everett. »Jedes Mal, wenn sie versucht haben, ihren bösen Plan umzusetzen, sind sie aufgehalten worden.«

»Von wem?«

Everett lächelte. »Was glaubst du? Natürlich von einem Agenten der Großen Bibliothek.«

Mir rutschte das Herz in die Hose. Alle sahen mich an. Wir waren wieder da, wo wir angefangen hatten.

»Deswegen hat sie gesagt, ich würde sie nicht *noch einmal* aufhalten«, sagte ich.

»Offenbar ist sie hinter dir her, Marcus«, sagte Everett. »Sie weiß, dass du für die Bibliothek arbeitest.«

»Und wie sie hinter mir her ist«, stammelte ich. »Heute bin ich zweimal einfach umgefallen. Es fühlte sich an, als würde die Welt zur Seite kippen, während mich ein Schwarm unsichtbarer Monstervögel angegriffen hat. Sie hat mich verflucht, Everett. Sie will mich aus dieser Geschichte entfernen.«

Everett kratzte sich nachdenklich am Kinn.

»O ja. Ich vermute, deswegen hat sie sich deine Haare besorgt.«

»Ähm … was?«

»Der Rabe, der dich angegriffen hat. Er hat dir doch ein paar Haare ausgerissen. Die könnte sie benutzt haben, um dich zu verhexen.«

Mir war zum Heulen. Ehrlich.

»Das könnte sich als Problem erweisen.« Everett runzelte die Stirn.

»Problem!«, schrie ich fassungslos. »Das ist aber eine heftige Untertreibung!«

»Lass uns mal positiv denken«, sagte Theo. »Wie haben die anderen Agenten denn die Hexen aufgehalten?«

»Sie haben die Störung gestört«, erwiderte Everett eifrig. »Die Hohepriesterin spielt die Hauptrolle. Morgen Abend versammelt sich der Hexenzirkel und vereint alle seine Zauberkräfte in ihr.«

»Nein«, sagte ich sehr bestimmt. »Auf keinen Fall. Ainsley macht da nicht mit.«

»Sie hat wahrscheinlich gar keine Wahl, Marcus«, sagte Everett. »Es ist ein sehr mächtiger Hexenzirkel. Vielleicht leistet sie Widerstand, aber die Hexen können sie genauso leicht steuern wie die Vögel, die dich angegriffen haben.«

Ich dachte daran, wie Ainsley dem weißen Hund in den Wald gefolgt war. Sie war wie hypnotisiert gewesen, hatte keinerlei Kontrolle über ihr Handeln gehabt. Die Sache sah von Sekunde zu Sekunde schlechter aus.

»Dann ist sie Schurke und Opfer gleichzeitig?«, fragte Lu.

»Jawohl. Jetzt wo die Hexe schon hinter dir her ist, musst du erst recht vorsichtig sein.«

»Und was soll ich tun?«, fragte ich verzweifelt. »Ich kann mich doch nicht gegen Hexerei wehren. Schon gar nicht, wenn bereits ein Fluch auf mir liegt.«

Everett hielt eins der abgeschlossenen Bücher in die Höhe. »Du musst«, sagte er. »Mach ihre Höhle ausfindig, den Platz, wo sich der Zirkel versammelt. Dort steht ein Altar, den sie benutzen, um ihren

Zauber auszuführen. Finde ihn und zerstöre ihn. So haben es die früheren Agenten gemacht.«

Ein langes Schweigen entstand. Wir alle mussten diese schreckliche Geschichte erst einmal verdauen.

»Und was planen die Hexen Ihrer Meinung nach diesmal?«, fragte Theo.

»Schwer zu sagen«, meinte Everett. »Wenn man danach geht, was sie in der Vergangenheit versucht haben, muss man damit rechnen, dass sie etwas Dramatisches, Entsetzliches aushecken. Fest steht nur, dass es an Samhain unter dem Schwarzen Mond stattfinden wird.«

»Ich weiß, wo sie zuschlagen werden«, sagte Lu mit zitternder Stimme.

Alle sahen sie an.

»Wo denn?«, fragte ich.

»Bei der Halloween-Disco morgen Abend. Dann wird die Schule gerammelt voll sein. Ainsley hat die ganze Sache organisiert. Dort hält sie sich während der Halloween-Nacht auf – und außer ihr sind Hunderte Schüler und Eltern anwesend.«

Everett seufzte gequält. »Du könntest auf der richtigen Spur sein, Lu. Diesen Kindern etwas anzutun – so etwas Schreckliches, Grauenvolles würde genau zum Hexenzirkel passen. Es sei denn natürlich, sie werden aufgehalten.«

Jetzt waren wieder alle Blicke auf mich gerichtet. Plötzlich hatte ich das Gefühl, mit dem Rücken zur Wand zu stehen.

»Ich kann nicht«, sagte ich. »Die Hexe hat meine Haare. Sobald ich wieder auftauche, zieht sie mich im selben Augenblick aus dem Verkehr.«

»Was auch immer für ein Fluch auf dir liegt«, sagte Everett, »wahrscheinlich wurde er vor dem Altar in der Hexenhöhle ausgesprochen. Zerstöre ihn und du wirst dich gleichzeitig selbst befreien.«

Ich sprang nervös vom Hocker.

»Ich kriege das nicht hin, wenn ich auf dem Boden liege und mich übergeben muss«, argumentierte ich. »Das kann ich nicht.«

»Und was ist mit uns?«, fragte Lu. »Über Theo und mich hat sie keine Macht.«

»Ihr versteht das nicht«, sagte ich. Meine Stimme versagte, so angespannt war ich. »Ich habe es gesehen. Diese Hexe kann alles kontrollieren. Bäume. Vögel. Und da war ein Wolf. Ich habe mir eingeredet, es sei ein Hund, aber das stimmt nicht. Es war ein Wolf. Wir werden es niemals schaffen, diesen Altar zu finden, und schon gar nicht, ihn zu zerstören.«

»Und was ist mit den Kindern bei der Halloween-Disco?«, fragte Theo. »Es könnte zu einer Katastrophe kommen.«

»Und die Schule ist erst der Anfang«, sagte Lu. »Wenn ihnen das gelingt, sind sie danach vielleicht erst recht hinter dir her. Hinter uns allen.«

Ich kämpfte gegen ausgewachsene Panik. Die Vorstellung, nach Coppell zurückzukehren und dort gegen schwarze Magie zu kämpfen, war mir einfach zu viel.

»Tut mir leid.« Ich schnappte meinen Rucksack. »Ich verschwinde. Ich kann nicht mehr.«

»Ja, du musst dich ausruhen«, sagte Everett. »Das müsst ihr alle. Aber ich hoffe, ihr kommt wieder. Wenn nicht, dann ...« Er führte den Satz nicht zu Ende.

Ich stolperte zur Tür. Theo und Lu folgten mir auf den Fersen.

»Man kann sie aufhalten!«, rief Everett uns nach. »Die Geschichte hat es gezeigt!«

Ich riss die Tür auf, die in mein Zimmer führte, und ließ zuerst Theo und Lu eintreten. Als wir alle drin waren, zog ich den Paradoxschlüssel aus dem Schlüsselloch und hängte mir das Lederband wieder um den Hals.

»Ich kann verstehen, dass du Angst hast«, sagte Lu. »Das habe ich auch.«

»Ich habe keine Angst«, sagte Theo. »Ich glaube, wir können das schaffen.«

»Also dann bist du bekloppt«, sagte ich. »Du steckst ja auch nicht so tief in der Patsche wie ich.«

»Genau«, sagte Theo. »Und deswegen mache ich mir keine Sorgen. Mit uns wird sie nicht rechnen.«

»Geht nach Hause.« Ich machte die Tür wieder auf, diesmal ohne den Paradoxschlüssel. Dahinter lag unser Treppenhaus.

»Wir sind morgen früh wieder da«, sagte Theo. »Direkt bevor die Schule anfängt.«

»Ja, ja …«

»Versuch zu schlafen, Marcus«, sagte Lu. »Du bist einfach müde.«

»Ich habe einfach Panik«, sagte ich.

Die beiden gingen ohne ein weiteres Wort. Ich machte die Tür zu und fiel mit dem Gesicht voran auf mein Bett. Ich hatte nicht mehr geheult, seit ich im Kindergarten gegen eine Stange gerannt war und mir einen Teil meines Schneidezahns abgebrochen hatte. Na gut, vielleicht habe ich bei Toy Story 3 ein bisschen geweint, aber das war's dann auch. Gegen einen Jahrhunderte alten Hexenzirkel zu kämpfen, schien so unmöglich wie, na ja, gegen einen Jahrhunderte alten Dämon zu kämpfen. Wir hatten den Boggin besiegt, aber es war sehr knapp ausgegangen. Und jetzt hatten wir es wieder mit einem Schreckgespenst zu tun. Mit mehreren Schreckgespenstern. Das war einfach zu viel. Also gut, ja, ich heulte.

Ich hatte überhaupt keinen Hunger, also ließ ich das Abendessen sausen und erklärte meinen Eltern, ich würde eine Runde joggen gehen. Ich sagte, ich bräuchte das, weil der Druck in der Schule im Moment so groß sei. Ich sagte natürlich nicht, von welcher Schule ich redete und was genau den Stress auslöste. Ich schlüpfte in meinen Jogginganzug und die Laufschuhe und sauste los.

Draußen war es schon dunkel und kalt, aber durch das Laufen kam ich schnell ins Schwitzen. Das Tolle am Laufen ist, dass ich dabei einen klaren Kopf kriege und besser denken kann. Ich habe schon viele Probleme gelöst, indem ich auf den Gehwegen von Stony Brook gejoggt bin. Das ist mein kleiner Privatzauber, der immer funktioniert.

Meine übliche Strecke führt an der Schule vorbei. Normalerweise drehe ich eine Runde um den Fußballplatz und laufe dann wieder nach Hause. Als ich die Schule erreichte, stellte ich zu meiner Überraschung fest, dass Licht brannte und Leute unterwegs waren. Da fand wohl eine Veranstaltung statt. Ich hatte ganz vergessen, dass heute die Band und der Chor ihr Herbstkonzert gaben. Ich war weder Chor- noch Bandmitglied, daher wollte ich auf keinen Fall hingehen. Ich musste langsamer laufen, als ich näher kam, weil so viel los war. Autos fuhren heran und parkten. Leute kamen aus allen Richtungen und waren unterwegs in die Aula.

Ich hielt gegenüber des Haupteingangs an und beobachtete, wie die Menschen in das Gebäude strömten. Es waren Eltern mit Kindern jeden Alters, alle schon ganz aufgeregt, weil sie das Konzert hören oder für ihre Freunde und Angehörigen spielen und singen würden. Ich sah nur strahlende, glückliche Gesichter. Ich dagegen lächelte nicht und war überhaupt nicht glücklich.

Ich stellte mir vor, wie es wäre, wenn es während des Konzerts zu einem Unglück käme und die fröhliche Veranstaltung sich unvermittelt in einen entsetzlichen Albtraum verwandeln würde. Ich stellte mir vor, wie diese Menschen aus dem Gebäude flohen und um ihr Leben rannten. Wie viele von ihnen würden sich retten können? Wie viele würden überleben und ein Leben lang von den grauenvollen Bildern verfolgt werden, dem Anblick jener, die es nicht geschafft hatten? Bei diesem Gedanken drehte sich mir fast der Magen um. Mir war nicht mehr nach Laufen und Nachdenken zumute. Also machte ich kehrt und schlug den Heimweg ein.

Als ich wieder in meinem Zimmer war, schlief ich ein. Ich fiel in einen traumlosen Schlaf und wachte erst am nächsten Morgen wieder auf, als jemand an meine Zimmertür klopfte. Ich fuhr hoch und fürchtete, gleich würde ein Schwarm weißer Raben meine Tür durchbrechen.

»Was ist?«, rief ich verschlafen.

Meine Mutter steckte den Kopf ins Zimmer. Als sie mich sah, verzog sie das Gesicht.

»Hast du in deinen schmutzigen Sportsachen geschlafen?«, fragte sie.

»Meine Sportsachen sind nicht schmutzig«, antwortete ich verschlafen. »Sie sind nur ein bisschen verschwitzt.«

»Na, dann steh auf. Du hast Besuch.«

Theo und Lu betraten das Zimmer.

»Dad und ich fahren zur Arbeit«, sagte Mom. »Kommt nicht zu spät in die Schule. Das gilt für euch alle.«

»Werden wir nicht, Mrs O'Mara«, sagte Lu höflich. »Ich achte darauf, dass wir rechtzeitig in der Schule sind.«

»Gut«, sage Mom. »Dann tschüs, Kinder.« Sie schloss die Tür.

Lu grinste verschmitzt. »Ich habe natürlich nicht gesagt, in welche Schule wir gehen. Hahaha.«

»Was ist heute los mit dir?«, fragte mich Theo.

Ich setzte mich auf die Bettkante, fuhr mir mit den Fingern durch die Haare und versuchte wach zu werden und mich zu konzentrieren.

»Ich habe nicht darum gebeten, diese Verantwortung zu bekommen«, sagte ich. »Mein Vater hat beschlossen, mir den Paradoxschlüssel zu geben, als ich noch ein Baby war. Was wäre, wenn ich mich zum totalen Loser entwickelt hätte?«

»Hast du aber nicht«, sagte Lu.

»Bis jetzt jedenfalls nicht«, fügte Theo hinzu. Lu boxte ihn dafür in den Arm. »Au!«

»Sie erkennt mich doch von Weitem«, sagte ich. »Es kann sein, dass ich überhaupt nichts hinkriege.«

»Deswegen brauchst du uns«, sagte Lu.

»Heißt das, dass wir es versuchen?«, fragte Theo eifrig.

So sehr ich es leugnen wollte oder eine Ausrede finden: Ich wusste, es gab darauf nur eine Antwort. Ich hatte es die ganze Zeit gewusst. Dass ich gestern Abend beobachtet hatte, wie diese fröhlichen Menschen in unsere Schule geströmt waren, hatte es nur bestätigt. Ich stand auf und reckte mich.

»Habt ihr ernsthaft gedacht, dass wir es nicht versuchen?«, fragte ich.

»Yippie!«, rief Theo.

»Nur eine Bedingung«, sagte Lu.

»Was denn?«

»Es ist mir egal, ob du deine Sportsachen anlässt, aber wenn ja, dann benutz bitte ein Deo.«

»Ja, bitte«, bestätigte Theo.

Ich musste lachen. Meine Freunde hatten ihre Grundsätze.

Ich ging ins Bad, zog Jeans und ein T-Shirt an, schlüpfte in eine saubere Kapuzenjacke und sprühte ein bisschen Deo in meine Achselhöhlen. Dann packte ich den Paradoxschlüssel, ging auf meine Zimmertür zu und steckte den Schlüssel ins Schloss.

»Und ihr seid euch ganz sicher?«, fragte ich Lu und Theo.

»Ich wünschte, wir hätten die Wahl«, sagte Lu ungewohnt gelassen »Haben wir aber nicht.«

»Haben wir wirklich nicht«, ergänzte Theo.

»Dann los«, sagte ich. Ich öffnete die Tür und trat zur Seite, um die beiden durchzulassen.

»Fröhliches Halloween.«

Kapitel 9

Everett erwartete uns direkt hinter der Tür der Bibliothek. Er hatte gewusst, dass ich zurückkommen würde.

»Fühlst du dich besser?«, fragte er.

»Ich kann nur hoffen, dass ich keinen großen Fehler mache«, antwortete ich barsch.

Ich marschierte einfach an ihm vorbei zum anderen Ende der Bibliothek. Theo und Lu folgten mir auf den Fersen. Everett schloss sich der Parade an. Sie würde an der Tür enden, die uns wieder in die Geschichte von Ainsley Murcer führte … und der Hexen aus dem Zirkel des Schwarzen Mondes.

»Ist im Buch etwas Neues aufgetaucht?«, fragte Lu.

»Kein Wort«, erwiderte Everett. »Ich glaube, man könnte das die Ruhe vor dem Sturm nennen.«

»Hoffentlich kommen wir nicht zu spät«, sagte Theo.

»Bestimmt nicht«, sagte Everett. »Ich tippe darauf, dass ihr genau um die Uhrzeit in Coppell ankommt, zu der ihr von zu Hause weggegangen seid.«

»Das verstehe ich nicht«, sagte Theo. »Sie haben doch gesagt, die Zeit hat hier keinerlei Bedeutung.«

»Hat sie auch nicht«, sagte Everett. »Die Bücherei existiert dann, wenn sie für die Geschichte wichtig ist. Im Moment ist es erforderlich, dass sie am Morgen des Samhain-Tages existiert.«

»Und woher weiß die Bibliothek das?«, fragte Lu.

Everett hielt das rote Buch in die Höhe. »Weil Marcus das Buch ausgeliehen hat.«

»Das ist ja die reinste … Zauberei«, sagte Lu.

Everett zwinkerte ihr zu. »Das ist die magische Bibliothek.«

Ich erreichte die Tür am anderen Ende und drehte mich zu Everett um.

»Das ist mir ein bisschen zu ungenau«, sagte ich. »Wie viel Zeit bleibt uns denn, bevor die Sache richtig unerfreulich wird?«

»Wenn Lu recht hat, und das vermute ich auch, wird bis zu den Festlichkeiten am Abend nichts geschehen.«

»Also erst wenn die ganzen Schüler sich an einem Ort zum Tanzen treffen«, sagte Theo düster.

»Der reine Albtraum.«

»Sucht den Altar und zerstört ihn«, sagte Everett. »Das verhindert den Aufstieg der Hohepriesterin und bricht den Fluch, mit dem der Hexenzirkel Marcus belegt hat.«

»Und was wird mit Ainsley?«, fragte Lu.

»Wenn die Macht des Zirkels gebrochen wird, stehen die Chancen gut, dass auch ihre Verbindung durchtrennt wird.«

»Es bestehen nur gute Chancen?«, fragte Lu.

»Hexerei ist keine Naturwissenschaft, Lu. Wir können nur die Störung beheben und das Beste hoffen.«

»Und wo sollen wir nach diesem Altar suchen?«, fragte ich.

»Er muss sich in der Nähe der Schule befinden«, sagte Everett. »Sie steht im Mittelpunkt der ganzen Vorfälle. Sucht nach einem

Ort, der so groß ist, dass sich ein Hexenzirkel dort versammeln kann, aber auch so verborgen ist, dass kein Unbefugter versehentlich darüberstolpert.«

»Das Schulgebäude ist uralt«, sagte Theo. »Und riesig. Er könnte in einem abgelegenen, ungenutzten Flügel des Gebäudes verborgen sein.«

Wir vier sahen einander an. Es gab nichts hinzuzufügen.

»So viele unvollendete Geschichten stehen in dieser Bibliothek«, sagte ich zu Everett. »Sind sie alle so gefährlich?«

»Nicht alle«, sagte Everett.

»Das höre ich gern«, sagte Theo.

»Nur die meisten«, fügte Everett hinzu.

Ich bedachte ihn mit einem bösen Blick. Er zuckte unschuldig mit den Schultern.

Dann öffnete ich die Tür, die zur Jungentoilette der Mittelschule von Coppell führte.

»Leer«, sagte Theo. »Das ist gut. Ich weiß nicht, wie wir erklären könnten, warum wir gemeinsam in einem Besenschrank stehen.«

»Das ist unsere geringste Sorge«, sagte ich. »Los, dann gehen wir jetzt auf Hexenjagd.«

Ich trat in den Toilettenraum. Lu und Theo folgten mir. Wir befanden uns wieder in der Geschichte.

»Wie spät ist es?«, fragte ich, als ich mit den beiden hastig die Toilette verließ.

Im Flur drängten sich Schüler, die gerade Pause hatten. Einen Moment lang blieben wir verwirrt stehen. Die Schule hatte sich in ein abgedrehtes Gruselkabinett verwandelt. Uns begegneten Landstreicher und Zombies, Prinzessinnen und riesige Katzen, die auf den Hinterbeinen liefen. Und ja, darunter befanden sich auch einige Hexen mit grünen Gesichtern und spitzen Hüten.

Lu kapierte es zuerst. »Es ist Halloween«, sagte sie. »Süßes oder Saures.«

Das beruhigte mich. Ein bisschen.

»Es ist halb zwölf.« Theo deutete auf eine Uhr an der Wand. »Mittagspause.«

»Such Ainsley«, sagte ich zu Lu. »Bleib dicht an ihr dran. Wenn wir den Altar nicht finden, müssen wir sie notfalls daran hindern, zum Ball zu gehen.«

»Und was ist mit mir?«, fragte Theo.

»Du und ich suchen die Schule nach dem Altar ab. Nach dem Unterricht treffen wir uns alle vor dem Haupteingang der Schule.«

»Verstanden.« Lu verschwand ohne ein weiteres Wort.

Ich sah Theo an. »Wenn mir etwas zustößt, suchst du einfach weiter.«

Theo wirkte viel nervöser als am Abend zuvor. Vielleicht dachte er doch noch einmal über dieses Abenteuer nach. Theo war ja ein Denker.

Wir drängten uns rasch durch den Strom kostümierter Schüler, bis wir eine Schwingtür entdeckten, die in ein Treppenhaus führte.

»Alles klaro«, sagte Theo nervös. »Rauf oder runter?«

»Erst in den Keller«, bestimmte ich. »Wir fangen unten an und arbeiten uns hoch.«

Theo holte tief Luft und wir gingen die Treppe hinunter. Als wir unten ankamen, befanden wir uns erst im Erdgeschoss. Wir mussten eine andere Möglichkeit finden, in den Keller zu gelangen. Der Flur war fast leer, denn die meisten Schüler befanden sich beim

Mittagessen. Trotzdem waren noch ein paar Kinder unterwegs, sodass Theo und ich nicht auffielen. Wir hasteten weiter, am Sekretariat, am Sanitätsraum und zuletzt an der Schulbücherei vorbei. Ich spähte durchs Fenster und stellte fest, dass eine größere Gruppe von Schülern sich dort aufhielt. So wie an unserer eigenen Schule war auch hier die Bücherei ein wichtiger Treffpunkt.

Kayla saß in der Bücherei. Das schüchterne, stille Mädchen hatte ich fast vergessen. Sie stand mit einem Buch an der Ausleihtheke und legte es vor der Bibliothekarin hin und … ich hätte beinahe laut aufgeschrien. Ich packte Theos Hemd wie eine Rettungsleine, die mich in der Wirklichkeit festhielt.

»Was denn?«, flüsterte er überrascht.

Mein Herz raste, in meinem Kopf drehte sich alles. Ich stieß Theo zurück, sodass keiner von uns durch das Fenster der Bibliothek sichtbar war.

»Wird dir wieder schwindlig?«, fragte Theo.

Ich öffnete den Mund, brachte aber kaum die Worte heraus.

»Sie ist es«, sagte ich. »Die Bibliothekarin.«

Theo warf einen vorsichtigen Blick durchs Fenster.

»Was ist mit ihr?«, fragte er.

»Das ist die Hexe aus dem Wald.«

Theo warf sich nach hinten und drückte sich an die Wand neben mir.

»Bist du dir sicher?«, fragte er. Seine Stimme klang zwei Oktaven höher als sonst.

Vorsichtig riskierte ich einen weiteren Blick. Die Frau lächelte Kayla zu, nahm ihr Buch und scannte es in den Computer ein. Es wirkte alles ganz normal. Sie sah überhaupt nicht wie eine Hexe aus, aber sie war es. Sie trug nicht das altmodische weiße Kleid, sondern einen karierten Rock und marineblauen Pullover, aber ich erkannte sie an ihrem pechschwarzen Haar und den goldenen Augen.

Als sie Kayla abgefertigt hatte, winkte die Hexe einer anderen Frau hinter der Theke zu.

»Ich hole mir in der Cafeteria etwas zu essen«, sagte sie. »Soll ich Ihnen etwas mitbringen?«

»Danke, nein, Miss Tomac«, antwortete die Frau.

»Gut, dann bis gleich.«

Miss Tomac. So hieß sie also. Ob sie sich den Namen ausgedacht hatte oder ob sie ihn seit dem 17. Jahrhundert trug? Sie kam um die Ausleihtheke herum und näherte sich der Tür, von der Theo und ich nur wenige Meter entfernt waren.

»Sie kommt«, sagte ich und schob Theo ein paar Schritte zurück.

Hier konnte man sich nirgends verstecken. Wenn die Hexe sich in unsere Richtung wandte, würde sie mich entdecken.

Theo blieb am Trinkbrunnen stehen.

»Trink!«, sagte er, drückte meinen Kopf nach unten in Richtung Wasserstrahl und stellte sich so vor mich, dass Miss Tomac mich nicht sehen konnte. Die Hexe verließ die Bücherei und marschierte von uns weg.

»Alles klar«, flüsterte Theo.

Ich wagte es, mich aufzurichten und ihr nachzusehen.

»Sie wollte sich doch etwas zu essen holen«, sagte ich. »Zur Cafeteria geht es aber in die andere Richtung.«

Ich wollte ihr folgen, aber Theo hielt mich fest.

»Vorsicht! Wenn sie dich entdeckt, verdreht sie dir wieder den Verstand.«

Ich riss mich los. »Schon, aber wir müssen wissen, wohin sie geht.«

Theo folgte mir zögernd.

Die Frau hatte jetzt nichts Hexenhaftes an sich. Sie sah wie ein ganz normaler Mensch aus. Ich fragte mich schon, ob ich mich nicht getäuscht hatte. Sie erreichte einen Notausgang am Ende des Korridors und stürmte ohne zu zögern hindurch.

»Los«, sagte ich und wir rannten los, um sie einzuholen.

Als wir die Tür erreichten, öffnete ich sie vorsichtig. Hoffentlich lauerte Miss Tomac nicht auf der anderen Seite auf uns.

»O Mann«, sagte Theo.

Hinter der Tür lag eine Treppe, die nach unten führte.

»Sieht so aus, als hätten wir gerade herausgefunden, wie man in den Keller kommt«, sagte Theo mit zitternder Stimme.

Miss Tomac war schon unten. Ohne einen Moment nachzudenken, hastete ich hinter ihr her. Theo schloss leise die Tür und blieb dann direkt hinter mir. Je tiefer wir kamen, desto kühler wurde die Luft. Ganz offensichtlich drangen wir gerade tief in das Innerste der Schule vor. Der Boden des nächsten Stockwerks war aus Beton, nicht aus Linoleum. Wir waren ganz unten angelangt. Es gab nur eine Möglichkeit, von hier aus weiterzukommen: durch eine weitere schwere Brandschutztür. Vorsichtig öffnete ich eine der Doppeltüren und spähte dahinter.

Auf der anderen Seite befand sich ein großer Raum, in dem sich alle möglichen Dinge stapelten – alles vom Klopapier über Reinigungsmittel bis zur Neonröhre. Hier lagerten die Hausmeister jene

Vorräte, die den Schulbetrieb am Laufen hielten. Es war ein Labyrinth aus Pappkartons, die sich bis zur Decke stapelten.

Ich machte vorsichtig einen Schritt vorwärts, aber Theo packte mich an der Schulter, um mich aufzuhalten. Er schüttelte den Kopf. Ich kann nicht behaupten, dass ich ihm das zum Vorwurf machte. Es war ein dunkler Keller und es war unmöglich zu erkennen, ob hinter der nächsten Ecke eine Hexe lauerte.

Ich schob Theos Hand sanft von meinem Arm und bedeutete ihm, hier zu warten. Wieder schüttelte er den Kopf. Offenbar hatte er noch mehr Angst vor dem Alleinsein als davor, mich zu begleiten. Also gingen wir zusammen weiter. Licht spendeten nur ein paar nackte Glühbirnen, die von der Decke hingen. Die Abstände zwischen ihnen waren so groß, dass es mehr dunkle Stellen im Raum gab als helle. Ich lauschte. Vielleicht konnte ich Schritte hören, die uns verrieten, wie weit die Hexe vor uns war. Aber es war ganz still. War das eine Falle? Wusste sie schon die ganze Zeit, dass wir ihr folgten? Verbarg sie sich irgendwo im Schatten und wartete nur darauf, dass wir an ihr vorbeistolperten, um uns dann mit einem neuen Fluch zu belegen?

Ich ging sehr langsam vorwärts, Theo war mir dicht auf den Fersen. Keiner von uns redete ein Wort, aus Angst, die Hexe könnte uns hören. Obwohl es im Keller kalt war, schwitzte ich wie in der Sauna. Wir mussten ein paar Kistenstapel umrunden. Immer spähte ich erst einmal vorsichtig um die Ecke. Ich fürchtete, Miss Tomac würde uns direkt dahinter in Empfang nehmen.

Theo hörte etwas und zupfte an meinem T-Shirt, um mich aufzuhalten. Er deutete auf sein Ohr, als wolle er sagen: »Hör mal!« Ich hörte es auch. Es war ein leises, knirschendes Geräusch, wie wenn jemand seine Knöchel knacken lässt. Und es dauerte an, das längste Knöchelknacken der Menschheitsgeschichte. Ich hörte ein Wimmern, als litte der Knöchelknacker Schmerzen. Theo und ich wagten uns etwas näher heran, schlichen um ein paar weitere Ecken herum. Der Ton wurde lauter und kräftiger. Auch das schmerzliche Wimmern. Ich verstand nicht, was hier los war, aber es klang nicht gut. Schlimmer noch: Es klang grauenvoll.

Ich umrundete einen weiteren Kistenstapel und blieb so plötzlich stehen, dass Theo von hinten gegen mich prallte. Vor uns lag eine größere Werkstatt. Auf langen Tischen lagen verstreut Zangen, Hämmer, Sägen und Schraubenzieher. Vermutlich arbeitete hier das Wartungspersonal der Schule. Die Tische hatten keinerlei Ähnlichkeit mit einem Hexenaltar … aber was wir neben den Tischen erblickten, hatte eindeutig etwas Hexenhaftes.

Die Bibliothekarin stand mit dem Rücken zu uns mitten im Raum. Zuerst dachte ich, sie würde tanzen, weil sie sich in einem langsamen Rhythmus bewegte, die Schultern wiegte und den Kopf hin und her drehte. Aber es war keine Musik zu hören und ihre Bewegungen ähnelten keinem Tanz, den ich schon mal gesehen hatte. Bei jeder Bewegung hallten diese knirschenden Geräusche durch den Raum. Es war faszinierend und widerlich zugleich.

Theos Augen waren groß wie Suppenteller, als wir die Frau dabei beobachteten, wie sie sich wand und zuckte, ihren Körper schmerzlich verrenkte und bei jedem erneuten Knacken und Knirschen leise stöhnte. Das Ganze dauerte mehrere Minuten, bis wir verstanden, was sich hier abspielte.

Miss Tomacs Körper veränderte sich. Es begann langsam, aber nachdem die Verwandlung einmal angefangen hatte, ging es plötzlich ganz schnell. Sie kauerte sich auf den Boden und presste das Kinn an die Brust. Mit einem letzten schmerzvollen Keuchen verwandelte sich die menschliche Gestalt der Hexe in etwas anderes. Jeder menschliche Zug war verschwunden. In ihrem Körper knirschte es jetzt wild. Er zuckte, als versuchten kleine Tiere von innen durch ihre Haut zu brechen. Ihre dunkle Kleidung verblasste, wurde weiß, und wenige Sekunden später war die Bibliothekarin verschwunden. An ihrer Stelle stand der weiße Wolf mit dem schwarzen Fleck zwischen den Augen.

Theo wimmerte vor Schreck kurz auf. Ich hielt ihm schnell den Mund zu. Das Letzte, was wir jetzt brauchen konnten, war, mit einer bösen Wolfshexe in diesem Keller gefangen zu sein.

Das Tier schüttelte sich wie ein Hund, der aus dem Wasser kommt, dann huschte es davon, trabte tiefer hinein in den dunklen Keller.

Ich sah Theo an. Meine Hand lag immer noch auf seinem Mund. Er hatte die Augen vor Angst weit aufgerissen, aber sein Körper entspannte sich. Er nickte, als wollte er sagen: *Alles klar.* Also ließ ich die Hand sinken.

»Wir müssen ihm nachgehen«, flüsterte ich. »Er könnte uns zum Altar führen.«

Theo starrte in die Dunkelheit vor uns, als würde er noch abwägen, ob er wirklich ins Unbekannte vordringen wollte. Er holte tief Luft, atmete aus und nickte. Ohne ein weiteres Wort hasteten wir dem Wolf hinterher. Wir mussten unbedingt leise sein. Falls die Hexe jetzt das Gehör eines Wolfs besaß, war das Risiko, entdeckt zu werden, noch größer. Ich wollte nicht darüber nachdenken, ob sie uns jetzt auch wittern konnte oder nicht.

Theo und ich durchquerten rasch die Werkstatt, vorbei an alten Stahltanks voller Ventile und Druckmesser. Vermutlich waren es die Heizkessel für die Schule. Sie sahen aus, als stünden sie schon seit 50 Jahren hier. Die Metallkessel knacksten und pfiffen und oben drang Dampf aus Rohren, die ins darüberliegende Schulgebäude führten. Der Weg durch den Keller glich einer Reise in die Vergangenheit. Als wir die aktiven Heizkessel hinter uns gelassen hatten, entdeckten wir weit ältere Kessel, die nicht mehr in Gebrauch waren. Rotbrauner Rost zeigte sich an jeder Schweißnaht und eine dicke Staubschicht klebte auf den Oberflächen. Diese Dinger waren seit Jahren nicht benutzt worden. Aber wahrscheinlich war es umständlicher, sie aus dem Gebäude zu schaffen, als sie einfach verrotten zu lassen.

Theo und ich gingen immer weiter geradeaus, denn der Wolf konnte nirgendwo abgebogen sein. Immer weniger Glühbirnen hingen in immer größeren Abständen von der Decke, aber wenigstens funktionierten sie. Auch die Luft wurde immer kälter. Ich wusste nicht, ob es daran lag, dass wir uns von den Heizkesseln entfernten, oder daran, dass wir tiefer unter die Erde vordrangen.

Der Gang wurde enger und die Heizrohre endeten vor einer Tür mit hölzernem Rahmen. Dahinter war es dunkel.

Ich hielt an. Zwar wollte ich unbedingt den Altar finden, aber ich war trotzdem nicht bereit, einem übernatürlichen Wolf in die Dunkelheit zu folgen.

»Hier endet das Fundament der Schule«, flüsterte Theo, der sich am Ohr zupfte.

»Und was liegt dahinter?«, fragte ich.

»Vielleicht die Reste eines älteren Gebäudes. Dieses Haus steht schon sehr lange hier. Wahrscheinlich haben sie es über etwas drübergebaut, was früher schon da war.«

Ich streckte den Kopf in den dunklen Raum und hoffte, meine Augen würden sich an die Dunkelheit gewöhnen. Es roch nach altem, nassem Holz.

»Es ist wie auf einer archäologischen Ausgrabungsstätte«, sagte Theo.

»Oder vielleicht der perfekte Ort, um einen Hexenaltar zu verstecken«, fügte ich hinzu.

Ich zog mein Telefon heraus. Ich hatte hier unten zwar keinen Empfang, aber die Taschenlampe funktionierte. Ich richtete den Strahl auf den Boden, achtete darauf, dass das Licht nicht zu weit vor uns fiel.

»Komm, wir finden ihn«, sagte ich.

Theo hatte Angst, aber seine Neugier gewann die Oberhand. Er folgte mir ohne zu zögern durch die Tür und noch tiefer hinein in die Vergangenheit. Wir stießen auf einen langen dunklen Tunnel mit Lehmboden. Die Wände bestanden nicht mehr aus Beton, sondern aus Tausenden von Natursteinen, die lückenlos ineinandergefügt waren. Die niedrige Decke war mit modrigen Holzbrettern und weiteren Steinen gesichert. Es sah so aus, als müsste man nur einmal niesen und schon würde das Ganze über uns zusammenbrechen.

»Jetzt sind wir sicher nicht mehr unter der Schule«, flüsterte ich.

»Dieser Stollen hat nicht zum Originalgebäude gehört«, flüsterte Theo. »Vielleicht ist er aus ganz anderen Gründen gebaut worden.«

»Zum Beispiel?«

Er antwortete nicht. Das war auch nicht nötig. Diesen Tunnel hatten vielleicht die Hexen erbaut, als sie Coppell damals gegründet hatten.

Wir bewegten uns schnell, aber vorsichtig weiter vorwärts. Da ich den Strahl der Taschenlampe die ganze Zeit direkt vor uns auf den Boden richtete, konnten wir nicht weit sehen.

»Ahh!« Theo stieß einen erstickten Schrei aus.

»Was ist?«, flüsterte ich.

»Mich hat etwas gepackt«, flüsterte er in Panik.

Er kämpfte gegen etwas, das ich nicht sehen konnte. Ich griff nach hinten, um ihn festzuhalten, aber meine Hand berührte etwas anderes. Zuerst hielt ich es für eine Schlange und hätte beinahe laut geschrien, aber dann erkannte ich, was es in Wirklichkeit war, und blieb ruhig.

»Wurzeln«, flüsterte ich. »Von den Bäumen über uns.«

Die Wurzeln baumelten herab wie dicke Haarsträhnen. Ich schob einige davon vor Theo zur Seite und lose Erde regnete auf uns herab. Wir hielten beide die Hände über den Kopf, weil wir damit rechneten, dass der Stollen einstürzen würde. Ich hielt die Luft an und wartete, aber es fiel nichts weiter von der Decke.

»Dämliche Wurzeln«, sagte Theo. Er schüttelte den Schmutz aus den Haaren. Theo hasste es, schmutzig zu werden.

»Konzentrier dich«, flüsterte ich. »Und sei still!«

Wir gingen vorsichtig weiter, hielten die Hände vor uns ausgestreckt, um weitere Wurzeln, die uns in den Weg geraten konnten, zur Seite schieben zu können. Mein Herz schlug ganz laut. Ich wollte es ja nicht sagen, aber ich fürchtete, das Nächste, was ich berühren würde, könnte ein Wolfspelz sein.

»Sieh mal!«, flüsterte Theo. Er deutete in den Tunnel hinein, der sich noch etwa 30 Meter weiter erstreckte. An seinem Ende schimmerte ein schwaches, warmes Licht. Ich schaltete die Taschenlampe aus und unsere Augen gewöhnten sich schnell an die Dunkelheit, sodass wir ohne die Lampe weitergehen konnten. Jetzt musste die Schule schon Hunderte von Metern hinter uns liegen. Aber wo waren wir?

Wir wurden langsamer, als wir eine weitere Tür entdeckten. Auch sie hatte einen Rahmen aus vermoderten Holzbalken. Theo und ich warfen einander sorgenvolle Blicke zu. Es gab kein Zurück. Wir gingen vorsichtig weiter, steckten den Kopf durch die Tür und entdeckten … einen riesigen, unterirdischen Saal.

Er sah aus wie ein unterirdisches Gewölbe unter einem uralten Gebäude. Die Wände waren aus demselben Gestein, wie wir es schon im Tunnel gesehen hatten. Die Decke war viel höher als die des Tunnels, allerdings wirkte sie nicht wirklich stabil. Sie lag mindestens vier Meter über dem Lehmboden und sah so aus, als würde sie herunterbröckeln, wenn man nur mal pupste. Tageslicht drang durch Risse in der ungleichmäßigen Kuppel und tauchte den Raum in ein unheimliches Leuchten.

Die morschen Deckenbalken wurden von mehreren Säulen aus einem schweren, dunklen Holz gestützt. Sie sahen so aus, als seien sie einem Schiffswrack entnommen. Mindestens 20 dieser Säulen bildeten einen Kreis. Dicht an den Wänden und nur knapp fünf Meter voneinander entfernt verbanden sie den Boden mit der Decke wie die Rippen eines Brustkorbs.

Das Gewölbe war sicher mehrere Hundert Jahre alt, aber was wir im Zentrum des Saals erblickten, war deutlich jüngeren Datums. Es war ein moderner Drahtzaun, wie man ihn beispielsweise um einen Spielplatz baut. Er bildete einen Kreis mit einem Durchmesser von etwa fünf Metern und erstreckte sich beinahe bis zur Decke. Ein schweres Schloss sicherte eine Tür. Der Zaun diente dazu, Leute auszusperren, sie von dem fernzuhalten, was sich dahinter befand.

Es war ein Tisch. Ein alter Steintisch. Ein Altar. Wir hatten die Höhle des Hexenzirkels gefunden. Der Altar bestand aus einem schweren Granitblock, etwa so groß wie eine Tür, der flach auf zwei großen steinernen Pfeilern ruhte. Der Felsblock war gewaltig. Es musste einiges an Muskelkraft gekostet haben, ihn hierherzubringen. Oder einiges an Hexenkraft. Die Tischplatte befand sich etwa einen Meter über dem Boden. Darauf standen Kerzen in allen Größen und Formen. Keine brannte, aber sie waren wohl schon einmal angesteckt worden, denn Wachs war heruntergetropft und auf der Tischplatte erstarrt. Auf dem Altar lagen mehrere aufgeschlagene, uralt aussehende Bücher und einige Gegenstände, die Theo und ich von da, wo wir standen, nicht erkennen konnten.

Ich machte einen Schritt vorwärts, aber Theo hielt mich zurück. Er deutete auf das andere Ende des Höhlenraums. Der weiße Wolf strich dort herum. Wir zogen uns schnell in den Tunnel zurück, um nicht entdeckt zu werden.

Die Wölfin ging ein paarmal hin und her, dann tapste sie zu einem Torbogen am hinteren Ende des Höhlenraums. Dort blieb sie einen Moment lang stehen und starrte in die Dunkelheit.

Ich sah Theo an. *Was machte sie da?* Theo konnte nur mit den Schultern zucken.

Plötzlich warf die Wölfin ihren Kopf zurück und stieß ein durchdringendes Geheul aus, das das alte Gemäuer erschütterte. Es erschütterte auch mein Selbstvertrauen. Es kam so überraschend und klang so unheimlich, dass ich mir die Ohren zuhalten musste. Dieses lang gezogene, anhaltende Klagen klang so, als könne es die Stützpfeiler in Schwingung versetzen und die Decke zum Einstürzen bringen.

Der Wolf unterbrach sein Geheul, um Luft zu holen, dann fing er wieder an. Ich fürchtete, den Verstand zu verlieren. Das Gejaule klang so geisterhaft, als stamme es von einem Wesen, das nicht von dieser Welt war. Es bohrte sich in eine dunkle Stelle meines Gehirns und weckte in mir den Wunsch, selbst mitzuheulen. Vielleicht hätte ich das sogar gemacht, wenn das Tier nicht plötzlich verstummt wäre. Jetzt war es wieder ganz still in der Höhle. Die Wölfin sah gespannt auf den Torbogen, als warte sie auf etwas.

Plötzlich waren andere Geräusche zu hören. Im Durchgang bewegte sich etwas und kam immer näher.

»Ich will nicht hier sein«, flüsterte Theo.

Einen Augenblick später waren am Eingang des Stollens aufgeregte Bewegungen zu erkennen. Jetzt war klar, warum die Wölfin geheult hatte. Sie hatte die anderen herbeigerufen. Eine Meute weißer Wölfe strömte in den Saal. Die Tiere sprangen übereinander, knurrten und winselten.

Theo machte einen Schritt rückwärts und ich musste mich dazu zwingen, es ihm nicht gleichzutun. Ich wollte unbedingt sehen, was geschehen würde.

Die Wölfe stürzten aus dem Stolleneingang wie eine wilde Meute. Ich rechnete fast damit, dass sie sich gegenseitig angreifen würden. Sie knurrten und schnappten nach einander wie wütende Hunde. Aber als sie im Saal angekommen waren, bildeten sie sofort einen ordentlichen Kreis um den Altar, als hätten sie dieses Ritual schon mehrfach durchgeführt. Sie warteten, bis auch der letzte Wolf seinen Platz gefunden hatte. Dann setzten sie sich alle wie auf Kommando auf den Boden, mit dem Blick nach außen. Wir hatten den Rest des Hexenzirkels zum Schwarzen Mond gefunden.

Ich war von der Ankunft der Wölfe so gebannt, dass ich die Bibliothekarin-Hexe-Wölfin Miss Tomac nicht beachtet hatte. Während die Tiere ihr Ballett aufgeführt hatten, hatte sie wieder ihre Menschen- bzw. Hexengestalt angenommen. Sie trug das lange weiße Kleid, in dem ich sie zum ersten Mal gesehen hatte.

Die Tiere saßen brav da, während Miss Tomac langsam um den Kreis herumspazierte, jedem in die Augen sah, das eine oder andere am Kinn kraulte, anderen den Kopf tätschelte, jedes einzeln begrüßte. Die Wölfe sahen zu ihr auf wie folgsame Hunde. Riesige, furchterregende Hunde.

»Willkommen zu Hause!«, rief sie der Gruppe zu. Ihre Stimme klang sanft und ruhig, als würde sie dieser ausgeflippten Wolfsmeute gleich eine Gutenachtgeschichte vorlesen.

»Viel Zeit ist vergangen, seit wir uns das letzte Mal zusammengefunden haben. Dreizehn Jahre. Einerseits nur ein kurzer Augenblick. Andererseits eine Ewigkeit. Vor so vielen Jahren haben wir uns versammelt, um das Ritual zu beginnen, den Anfang des großen Aufstiegs. Heute wird sich dieser Aufstieg vollenden.«

Sie marschierte langsam und sehr bedacht zu einem kleineren Steintisch, der an der Wand aufgestellt war. Es war eine Miniausgabe des großen Altars, inklusive Kerzen.

»Ich weiß, manche von euch haben Zweifel«, sagte sie zur Meute beziehungsweise dem Zirkel. »Wir haben bereits viermal versucht, dieses Ritual durchzuführen. Aber am Ende standen Enttäuschung und Scheitern. Ich schwöre euch, dass es dieses Mal anders ausgehen wird.«

Sie streckte die Hand aus und nahm etwas vom Tisch, was wie eine kleine Puppe aussah.

»Diesmal wird es keine Einmischung von außen geben. Wenn der schwarze Mond aufgeht, werden unsere Brüder und Schwestern sich erheben und ihr Licht hinaussenden in eine Welt, die uns zu einem versteckten Leben in der Dunkelheit gezwungen hat. Das ist jetzt vorbei. Wenn der Schatten des schwarzen Mondes sich über ihr vergossenes Blut legt, wird unsere Rache vollendet sein.

Ich warf einen Blick auf Theo. Er war grün im Gesicht. Auch mir war übel. Alles, was wir befürchtet hatten, würde passieren. So wie es in den Büchern stand. Heute Nacht würde etwas Grauenvolles geschehen.

»Und jetzt lauft mit mir«, befahl Miss Tomac. »Aber kehrt bei Sonnenuntergang hierher zurück, denn wenn die Nacht endet, wird der Zirkel des Schwarzen Mondes wieder frei sein.«

Es knackte ein paarmal, während sie sich wieder in die weiße Wölfin verwandelte. Als die Verwandlung abgeschlossen war, sprangen die anderen Wölfe bereitwillig auf. Die Miss-Tomac-Wölfin trabte in den Stollen hinein. Kläffend und heulend folgten ihr die anderen Wölfe. Sie verschwanden in einem wilden Gewimmel aus Pelz und Reißzähnen hinter dem Torbogen. Das Knurren und Grollen wurde leiser, während sie sich immer weiter entfernten.

Theo und ich standen stocksteif da. Ich weiß nicht, ob wir geschockt waren oder fürchteten, einer der Wölfe könnte zurückkommen. Wir standen mindestens fünf Minuten nur da, bevor ich es wagte, einen Schritt in den Saal hineinzugehen.

»Nicht!«, warnte Theo.

Ich beachtete ihn nicht und ging zum Zaun, um das Zielobjekt näher in Augenschein zu nehmen. Den Altar.

»Das ist er«, sagte ich. »Den müssen wir zerstören.«

Jetzt konnte ich die Gegenstände auf dem Altar besser erkennen. Außer den Kerzen entdeckte ich verschiedene Teller und Bücher, außerdem einen sehr gefährlich aussehenden Dolch mit einer mindestens zwanzig Zentimeter langen Klinge. Es war genau die Waffe, in die sich der Rote Kardinal verwandelt hatte. Ich wollte nicht daran denken, wozu er vielleicht dienen würde. Miss Tomac hatte »vergossenes Blut« erwähnt, und am Tag zuvor hatte sie so ausgesehen, als würde sie auf Ainsley einstechen. Wenn ich daran dachte, wollte ich die Umzäunung mit bloßen Händen einreißen. Ich krallte meine Finger in die Maschen des Zauns und rüttelte daran. Er bewegte sich kaum. Ich zog am Vorhängeschloss, in der Hoffnung, es sei nicht eingerastet. War es aber.

»Wir kommen hier nicht rein«, sagte ich. »Deswegen hat sie gesagt, diesmal wird es keine Einmischung geben. Der Altar ist bestens gesichert.«

»Ähm, Marcus …« Theos Stimme zitterte. »Ich glaube nicht, dass sie das gemeint hat.« Er stand vor dem kleineren, an die Wand gebauten Tisch. »Das hier musst du dir ansehen.«

Auf dem Tisch standen weitere heruntergebrannte Kerzen, daneben lagen ein paar kleinere Messer und eine grob gearbeitete Stoffpuppe. Sie erinnerte an eine Bastelarbeit von Kindern, eine

Puppe aus einer ausgestopften Socke. Es war die Puppe, die Miss Tomac vorher den anderen Hexen gezeigt hatte.

»Sie hat gesagt, es wird keine Einmischung von außen geben«, sagte Theo. »Sie hat nicht von diesem Zaun geredet.«

»Ich kann dir nicht folgen«, sagte ich.

Er nahm die Puppe in die Hand und deutete auf eine dunkle Haarsträhne, die mit einer Nadel dort festgesteckt war, wo der Kopf der Puppe sein sollte.

»Kommt dir das bekannt vor?« Theo hielt mir die Puppe dicht vor die Nase.

Ich brauchte einen Moment, um zu verstehen, was er meinte. Dann fiel der Groschen.

»Sind das meine Haare?«, rief ich entsetzt und riss Theo die Puppe aus der Hand.

»Es ist eine Voodoo-Puppe«, sagte Theo. »Auf diese Weise hat sie dich verflucht. Du bist derjenige, den sie daran hindern will, sich einzumischen.«

»Warum hat sie so große Angst vor mir?«, fragte ich verblüfft.

»Weiß nicht«, sagte Theo. »Vielleicht, weil du der Einzige bist, der über Ainsley Bescheid weiß, und über das, was sich hier abspielt? Und weil der Plan der Hexen bislang nur deswegen nie aufgegangen ist, weil Agenten der magischen Bibliothek ihn durchkreuzt haben? Meinst du nicht, das könnte der Grund sein, warum sie sich vor dir fürchtet?«

Leider klang das, was Theo sagte, allzu logisch.

»Ja, okay, aber jetzt kann sie nicht mehr mit mir spielen«, sagte ich trotzig und zog die Nadel aus der Puppe. Mit zwei Fingern entfernte ich die Haare und stopfte sie in meine Hosentasche.

»Erledigt«, sagte ich. »Und jetzt überlegen wir, wie wir dieses Ding hier plattmachen können.«

Wir hörten ein Geräusch aus dem Tunnel, der in Richtung Schule führte. Es war ein unverkennbares Winseln, ein kurzes Heulen.

»Noch ein Wolf!«, keuchte Theo.

Ich sah mich panisch nach einem Versteck um. Es gab nur einen Ausweg.

»Hier entlang!« Ich rannte auf den Torbogen zu, durch den auch die Wölfe verschwunden waren.

»Den Wölfen hinterher?« Theo war entsetzt.

»Oder wir nehmen es mit dem Wolf auf, der jetzt gleich hier sein wird.«

Es gab keine weitere Diskussion. Er rannte hinter mir her. Wir sprinteten in Richtung des Bogengangs, als aus dem Tunnel hinter uns neuerliches Geheul zu hören war. Der Wolf kam allmählich näher. Ich hoffte nur, dass er uns nicht gewittert hatte.

Der Stollen führte zu einer Steintreppe. Rasch stieg ich sie hoch und stolperte dabei über die unregelmäßigen Stufen. Die Treppe machte eine Wendung, führte dann noch höher und entließ uns schließlich hinaus in die Sonne. Wir kletterten aus dem dunklen Loch und befanden uns zwischen einem Haufen von Felsbrocken, die mit Unkraut und Ranken überwuchert waren. Für jemanden, der nicht wusste, was sich da unten verbarg, war das Loch, das zur Treppe führte, nichts weiter als ein enger Höhleneingang. Den einzigen Hinweis lieferte ein rostiges Schild, das an einem der Felsbrocken befestigt war: »Betreten verboten! Lebensgefahr!«, stand darauf. Das Schild war so alt, dass man die einzelnen Buchstaben kaum noch erkennen konnte. Erst als ich über die Felsbrocken geklettert und auf den Boden gesprungen war, wurde mir klar, wo wir uns befanden.

»O Mann«, sagte ich atemlos. »Das ist es.«

Theo sprang neben mir auf den Boden und wischte sich Erdkrümel von seinem Hemd. »Was meinst du?«

»Hier haben Ainsley und ich Miss Tomac kennengelernt.«

Der von Efeu überwachsene Steinhaufen lag im Zentrum einer Lichtung, die vom restlichen Wald durch eine dichte Brombeerhecke abgeschirmt war. Das Gebüsch war so dicht, dass niemand versehentlich auf diesen Ort stoßen konnte.

»Vermutlich schützen sie ihre Höhle seit Jahrhunderten so«, fügte ich hinzu.

»Schwierige Sache, Marcus«, sagte Theo. »Ich sehe nicht, wie wir diesen Altar zerstören könnten.«

Ich betrachtete den Felshaufen, der sich wie eine Festung vor uns erhob und die Höhle des Hexenzirkels zum Schwarzen Mond beschützte. Mein Verstand arbeitete auf Hochtouren. Ich brauchte dringend einen Plan. Aber mir fiel nichts ein.

»Sieh mal!« Theo deutete in den Himmel.

Ich sah nach oben. Mir war zuerst nicht klar, worauf er zeigte. Der Himmel war hellblau, ohne eine einzige Wolke.

»Was?«, fragte ich.

»Siehst du das nicht?«

Es dauerte noch ein paar Sekunden, aber als ich es einmal entdeckt hatte, konnte ich den Blick gar nicht mehr abwenden. Im weiten blauen Himmelsmeer schimmerte ein drohender dunkler Kreis – schwach, aber unverkennbar.

»Das ist der schwarze Mond«, sagte Theo ehrfürchtig.

Er hing über uns wie ein unheilvolles Loch im Himmel, eine düstere Warnung vor dem, was kommen würde.

»Wir müssen verhindern, dass Ainsley zur Party geht«, sagte ich. Meine Stimme war kaum lauter als ein Flüstern.

Kapitel 10

Theo und ich mussten unbedingt nach Coppell zurück. Ich ging direkt auf das Brombeergestrüpp zu, das die düstere Lichtung des Hexenzirkels umgab.

»Hey, Mann, bist du dir sicher?«, rief Theo mir nach, als ich mich kopfüber ins Dickicht stürzen wollte.

Ich nahm mir nicht die Zeit, ihm zu antworten. Ich hielt die Arme vor mir ausgestreckt und drückte die Ranken zur Seite, um mir nicht das Gesicht zu zerkratzen. Der Zugang der Hexen war nicht zu erkennen, aber das Gebüsch war nicht mehr als einen Meter fünfzig breit. Innerhalb kürzester Zeit würden wir es durchquert haben. Dachte ich zumindest.

Aber je mehr Ruten ich zur Seite bog, desto dichter schien das Gestrüpp zu werden. Ich hatte mir offenbar die ungünstigste Stelle ausgesucht, aber jetzt konnte ich auch nicht mehr umkehren. Wir hatten ungefähr die Hälfte geschafft.

»Es muss doch einen besseren Weg geben«, jammerte Theo.

Er war dicht hinter mir und musste sich ständig ducken, um nicht von den Ruten erwischt zu werden, die hinter mir zurückschnellten. Das Gestrüpp war so dicht, dass es sich anfühlte, als kämpften wir uns durch einen Topf voller Spaghetti. Ich hielt an, rang nach Luft und sah mich nach einer einfacheren Route um.

»Ich weiß nicht mehr, welchen Weg ich gestern genommen habe«, sagte ich atemlos. »Es kann nicht weit sein. Wahrscheinlich ist es nur noch ein Meter bis zur anderen Seite und …«

Die Worte blieben mir im Hals stecken, als mir plötzlich klar wurde, was hier geschah. Ich hatte keinen Fehler gemacht. Dies hier war die Stelle, an der ich auch gestern das Gebüsch durchquert hatte. Aber alles hatte sich verändert. Nein … alles veränderte sich genau in diesem Moment, direkt vor meinen Augen!

Die Ruten vor uns wuchsen mit unerklärlicher Geschwindigkeit. Aus den frischen Ranken brachen Laub und Dornen hervor. Hunderte neuer Triebe bildeten sich, verflochten sich miteinander und bildeten eine undurchdringliche Wand. Ich beobachtete das unnatürliche Schauspiel fassungslos.

»Sie weiß, dass wir hier sind«, murmelte ich düster.

»Was?«

Eine lange schwarze Ranke näherte sich Theo von hinten wie eine hungrige Würgeschlange und wickelte sich um seinen Bauch. Noch bevor einer von uns reagieren konnte, packte sie ihn und zog ihn mit einem gewaltigen Ruck dorthin zurück, wo wir hergekommen waren.

»O Mann!«, rief Theo fassungslos, als seine Füße vom Boden gehoben wurden.

Die Ranke zerrte so kräftig an ihm, dass er schon nach wenigen Sekunden im Dickicht verschwunden war. Es dauerte nur einen Augenblick und schon schlossen sich die Ranken hinter ihm wieder.

»Theo!«, rief ich und stürzte hinter ihm her ins Gestrüpp. Ich zerrte die verschlungenen Ranken aus dem Weg und versuchte verzweifelt, Theo einzuholen. Dabei kümmerte ich mich nicht um die Zweige, die mir ins Gesicht peitschten und es zerkratzten. Ich musste Theo erreichen, bevor Miss Tomac ihn erwischte.

Als ich endlich wieder auf die Lichtung taumelte, lag Theo auf dem Boden. Er war starr vor Schreck. Die Ranke, die ihn eingefangen hatte, glitt langsam wie eine Schlange in die Hecke zurück.

Ich kniete mich neben ihn. »Alles okay bei dir?«

»Blöde Frage«, antwortete Theo. »Nein. Nicht alles okay. Hast du gesehen, was passiert ist?«

»Ja.« Ich zog ihn auf die Füße. »Wir finden einen anderen Ausgang.«

»Es gibt keinen anderen Ausgang«, sagte eine ruhige Frauenstimme.

Blitzschnell drehten wir uns beide um. Miss Tomac stand neben den aufgetürmten Felsen. Mit ihren goldfarbenen Augen blickte sie uns hasserfüllt an.

»Du hättest meine Warnung ernst nehmen und dich fernhalten sollen«, sagte sie so unbeteiligt, als würde sie übers Wetter reden.

»Wir werden nicht zulassen, dass Sie heute Abend den Kindern etwas antun«, sagte ich mutig.

Miss Tomac schüttelte den Kopf, als gingen ihr gerade zwei anstrengende Blagen gründlich auf die Nerven.

»Ihr Leute aus der Bibliothek seid wahrhaftig ein hartnäckiges Völkchen.«

Ich warf Theo einen Blick zu. Sein Mund stand offen. Es stimmte also: Sie wusste von der magischen Bibliothek.

»Ihr Missgeburten habt jahrhundertelang verhindert, dass unser Zirkel das erreicht, wofür er eigentlich bestimmt ist. Ich weiß nicht, wen ich mehr hasse: euch oder diese elenden Bewohner von Salem, die versucht haben, uns zu vernichten.«

Hoffentlich merkte sie nicht, dass ich meine Haare von der Voodoo-Sockenpuppe entfernt hatte!

»Was in Salem passiert ist, ist ja lange her«, sagte ich. »Dafür können Sie die heutigen Menschen nicht verantwortlich machen.«

Die goldfarbenen Augen der Hexe blitzten wütend. Offenbar hatte ich einen wunden Punkt getroffen.

»Denkst du etwa, die Verfolgung endete in Salem?«, fragte sie und Bitterkeit lag in ihrer Stimme. »Durch alle Zeiten hindurch haben die Menschen uns verfolgt und gejagt. Ihr habt Lügen über uns verbreitet und euch melodramatische Geschichten über uns erzählt. Und das alles nur, weil ihr selbst so unwissend seid. Ich habe das durch die Jahrhunderte hindurch beobachtet. Was ihr nicht versteht, das zerstört ihr. Das ist viel einfacher, als sich mit etwas Unbekanntem auseinanderzusetzen. Ihr vernichtet unsere Zauberkraft, damit ihr euer jammervolles Menschenleben in glückseliger Dummheit verbringen könnt, damit ihr euch einbilden könnt, ihr hättet die Natur unter Kontrolle. Nun, ihr habt versagt. Jämmerlich versagt. Der Hexenzirkel ist noch immer sehr lebendig und jetzt schlagen wir zurück.«

»Einfach nur aus Rache?«, fragte Theo.

»Um zu überleben!«, fauchte sie und in ihre Augen trat ein irres Funkeln. »Sobald die Hohepriesterin eingesetzt und das Opfer vollzogen ist, wird sich die Macht aller Hexenzirkel vereinen. Die Geschichten über Hexerei, die ihr euch zum Spaß erzählt habt, werden wahr werden. Das Menschenblut, das heute Nacht fließen wird, wird zum Herzblut des neuen Zirkels.«

Die Hexe kam auf uns zu … halb ging sie, halb schwebte sie, als würde der Wind sie heranwehen.

»Marcus?«, flüsterte Theo nervös. »Was machen wir jetzt?«

Hätte ich bloß eine Antwort darauf gewusst!

Miss Tomac stand nur wenige Zentimeter vor Theo und starrte ihm direkt in die Augen. Theo tat sein Bestes, um mutig zu wirken, aber er zitterte wie ein verängstigtes Kaninchen.

»Und was machen wir jetzt mit dem hier?«, fragte sie, hob die Hand und berührte seine Haare.

»Nichts«, sagte ich schnell. »Er hat mich nur begleitet. Ich bin der Agent der Großen Bibliothek.«

Die Hexe warf mir einen Seitenblick zu, schwebte dann zu mir und sah mir direkt in die Augen. Ich hatte genauso große Mühe, ihrem Blick standzuhalten, wie Theo, aber ich versuchte, es mir nicht anmerken zu lassen. Es war nicht einfach. In ihre goldfarbenen Augen zu schauen, fühlte sich so an, als blicke man in einen Abgrund verrückter Magie.

»Na, so ein edler junger Herr.« Sie grinste spöttisch. »Wie schafft es die Bibliothek, dich unter Kontrolle zu halten? Sendet man von dort aus Raben, die deinen Geist heimsuchen?«

»Nein, das kenne ich nur von Ihnen. Ist ziemlich nervig, ehrlich gesagt.«

Ich hoffte von ganzem Herzen, dass die Voodoo-Puppe nicht mehr funktionierte.

Sie kam noch einen Schritt näher. Unsere Nasenspitzen berührten sich schon fast.

»Wenn du den Aufstieg der Hohepriesterin störst«, sagte sie mit einer so wilden Entschlossenheit, dass mir beinahe schwindlig wurde. »Werde ich dir das Hirn im Kopf verdrehen, dass du um die Gnade des Wahnsinns bettelst, nur damit der Schmerz aufhört!«

Das lief nicht besonders gut.

»Alle Mann in Deckung!«, rief eine Stimme von irgendwoher.

Ein kleines Objekt flog über die Hecke hinweg in unsere Richtung. Es sah aus wie eine Rolle roter Bonbons, allerdings zog sie eine Rauchfahne hinter sich her. Links neben mir fiel sie Funken sprühend zu Boden.

»Das ist eine Zündschnur!«, schrie Theo.

Eine Sekunde später explodierte das Ding mit einem lauten Knall, der an einen Gewehrschuss erinnerte. Sowohl die Hexe als auch ich sprangen erschrocken zur Seite.

»Kurze Lunte!«, rief jetzt die Stimme und zwei weitere Geschosse von außerhalb der Lichtung segelten in unsere Richtung.

Ich hatte keine Ahnung, was da vor sich ging, aber es war eine Chance. Ich packte Theo und zerrte ihn in Richtung Brombeerhecke. Die beiden neuen Flugobjekte fielen hinter uns zu Boden und explodierten mit ohrenbetäubendem Knall.

»Das sind Böller!«, rief ich.

Wir hechteten ins Gestrüpp. Ich sah über meine Schulter. Die Hexe war verschwunden. Lief sie vor den Feuerwerkskörpern davon oder steuerte sie auf den kleinen Altar in ihrem unterirdischen Saal zu, um mich von dort aus wieder mit einem Voodoo-Zauber zu belegen? Egal wie, wir mussten die Chance nutzen, uns aus dem Staub zu machen. Während Theo und ich uns einen Weg durchs Gebüsch bahnten, hallten zwei weitere Explosionen durch den Wald.

»Greift jemand die Hexe an?«, rief Theo.

»Schön wär's!«, rief ich zurück.

Diesmal wucherte das Gestrüpp vor uns nicht ineinander. Die Hexe war anderweitig beschäftigt. Falls sie sich auf dem Weg zur Höhle befand, würde sie in Kürze feststellen, dass die Voodoo-Puppe eine Glatze hatte. Ich wollte so weit weg wie möglich sein, wenn sie das bemerkte.

Es gab noch eine Explosion, gefolgt von aufgeregtem Triumphgeheul aus dem Waldstück, auf das wir uns zubewegten. Wir hatten die Brombeerhecke beinahe hinter uns gelassen, als ich einen Motor aufheulen hörte. Als wir aus dem Gebüsch brachen, erkannten wir, wer den ganzen Lärm hier verursacht hatte. Ein Quad schoss durch den Kiefernwald davon. Am Lenker saß Nate Christmas. Einer seiner Kumpel hockte hinter ihm und schwenkte triumphierend die Faust. Beide johlten und brüllten vor Begeisterung. Wir sahen, wie sie in einer Wolke aus Staub und Kiefernnadeln davonrasten.

»Die wussten gar nicht, dass wir auf der Lichtung hinter der Hecke waren«, sagte Theo atemlos. »Sie haben einfach nur ein paar Böller abgefeuert.«

»Alle Mann in Deckung!«, brüllte Nate jetzt.

Neben dem Quad explodierte ein weiterer Böller. Sie waren noch nicht fertig.

»Ja, die ahnen gar nicht, dass sie uns gerade das Leben gerettet haben«, sagte ich.

Theo und ich rannten los, zwischen den Bäumen hindurch, in Richtung Schule. Ich wollte unter Leuten sein … nicht unter Hexen.

»Und wenn sie uns verfolgt?«

»Ich glaube nicht, dass sie das macht. Bald ist ja Showtime.«

»Und was, glaubst du, wird sie tun?«, fragte Theo. »Ich meine, das ganze Gerede über Opfer und Rache und Blutvergießen, bäh.«

»Zweifellos wird sie versuchen, Menschen Schaden zuzufügen.«

»Und alles hat mit Ainsley zu tun«, sagte Theo. »Wir müssen sie von der Party fernhalten.«

Wir waren erschöpft und rangen nach Luft, aber wir rannten weiter, bis wir die Schule erreicht hatten. Der Unterricht war noch nicht zu Ende. Deswegen suchten wir uns einen Platz in der Nähe der Tennisplätze, wo wir uns bis Unterrichtsschluss verstecken konnten. Um fünf nach zwei läutete es. Die Eingangstüren flogen auf und Kinder strömten in den Hof.

Theo und ich rannten auf die Schule zu. Als wir das Gebäude erreichten, entdeckten wir das Quad, das Nate und sein Kumpel direkt vor dem Haupteingang abgestellt hatten.

»Horrornacht«, sagte Theo.

»Was?«

Er zeigte auf ein riesiges schwarz-oranges Transparent, das über der Eingangstür hing und die Halloweenparty ankündigte.

»Das trifft es auf jeden Fall.«

Wir schoben uns durch die Menge der Schüler, die aus dem Gebäude strömten, und hielten dabei Ausschau nach Lu und Ainsley. Als wir die Türen erreichten, hatten wir noch keine der beiden entdeckt.

»Sie können überall sein«, sagte Theo enttäuscht.

»Bleib hier und halte die Augen offen. Wenn sie das Gebäude verlassen wollen, kommen sie durch diese Türen.«

»Wohin gehst du?«

»Ich suche sie drin.«

»Beeil dich. Ich will nicht alleine sein.«

Ich ließ Theo inmitten des Gedränges stehen und setzte meine Suche fort. Dann kam mir der Gedanke, dass ich Ainsley leichter ausfindig machen konnte, wenn ich wusste, wo ihre letzte Unterrichtsstunde stattgefunden hatte. Ich ging ins Sekretariat, um mir diese Information zu besorgen. Vielleicht ein bisschen kompliziert, aber warum nicht?

Das Sekretariat der Schule befand sich unweit der Eingangstür. Hinter der Empfangstheke arbeitete jedoch niemand mehr. Wenn der Unterricht vorbei war, machten sich die Sekretärinnen offenbar noch schneller aus dem Staub als die Schüler.

»Hey!«, hörte ich jemanden rufen.

Ich erstarrte. Als ich mich im Sekretariat näher umsah, entdeckte ich Nate Christmas. Er saß allein vor der verschlossenen Bürotür des stellvertretenden Direktors. Ohne seine Kumpel. Gerade eben hatte er noch im Wald mit Böllern herumgeballert. Es hätte mich nicht überrascht, wenn er genau aus diesem Grund mit düsterer Miene hier sitzen würde. Ich winkte ihm kurz zu und wandte mich zur Tür.

»Murcer hat gewonnen«, sagte er.

Das weckte meine Aufmerksamkeit. Ich wandte mich um und ging zu ihm.

»Was gewonnen?«

»Sie hat mir den ganzen Mist, der hier passiert ist, in die Schuhe geschoben. Sieht so aus, als würden sie ihr jetzt endlich glauben.«

Nates Augen waren rot gerändert, als hätte er geweint. Der harte Brocken erschien plötzlich gar nicht mehr so hart.

»Warum? Was ist passiert?«

Er nickte in Richtung Büro des stellvertretenden Direktors.

»Jemand muss ja an allem schuld sein, und dafür eigne ich mich natürlich sehr gut. Ich bin an dieser Schule nicht besonders beliebt, das ist mir klar. Aber ich habe keine von diesen verrückten Sachen gemacht.«

»Dann sag ihnen das doch«, sagte ich.

»Hab ich ja. Sie meinen, ich lüge. Weißt du, warum?«

Ich hatte so eine Ahnung, wollte aber den Gegner, der schon am Boden lag, nicht noch zusätzlich demütigen, indem ich erklärte, ich wüsste es: weil alle ihn für einen Stinkstiefel hielten.

»Warum?«, fragte ich also unschuldig.

»Weil es einfacher ist, mir die Schuld zu geben, als herauszufinden, was hier wirklich läuft.«

Unwillkürlich musste ich an das denken, was Miss Tomac gesagt hatte – dass die Menschen das vernichten, was sie nicht verstehen, weil das einfacher ist, als sich mit etwas auseinanderzusetzen. Sie hatte nicht ganz unrecht.

»Und was passiert jetzt?«, fragte ich.

»Sie schmeißen mich in hohem Bogen raus. Meine Eltern erfahren es gerade da drin.« Nate zuckte mit den Schultern. »Ist nicht das erste Mal. Ich bin dran gewöhnt. Aber diesmal habe ich wirklich nichts angestellt.«

Es sah so aus, als kämpfe er mit den Tränen.

»Ich weiß, dass du es nicht warst«, sagte ich und bereute es sofort.

Nate setzte sich gerade hin: »Dann geh da rein und sag ihnen das!«

»Kann ich nicht«, sagte ich. »Ich habe keine Beweise. Aber sie kommen auch noch drauf. Sobald wieder was passiert und du bist gar nicht in der Nähe, wird es ihnen klar.«

Leider war das nur allzu wahr. Es würde noch mehr passieren. Üble Dinge. Und zwar bald.

Nate sank in sich zusammen.

»Sie werden mir niemals glauben«, sagte er vollkommen niedergeschlagen. »Na, egal. Dann geht es eben weiter. Neue Schule, neues Glück. Das alte Spiel.«

Ich hatte tatsächlich Mitleid mit Nate. Er war ein Mobber und dafür verdiente er seine gerechte Strafe, aber in diesem Moment wirkte er so hilflos, dass ich das Gefühl hatte, einem sehr unglücklichen Menschen gegenüberzustehen. Wenn er von Schule zu Schule geschickt wurde und immer wieder von vorne anfangen musste, dann war dieses coole Gehabe vielleicht nur seine Art, mit der Situation umzugehen. Es war kein guter Weg, aber wie kam ich dazu, über ihn zu urteilen? Außerdem konnte ich mich ein wenig in ihn hineinversetzen.

»Ich verstehe das«, sagte ich. »Da, wo ich herkomme, bin ich auch nicht so wahnsinnig beliebt. Ich tue nicht gern etwas, nur weil man mir sagt, dass ich es tun soll. Das treibt viele Leute in den Wahnsinn, zum Beispiel meine Eltern. Aber deswegen werde ich mich nicht ändern. Ich bin so, wie ich bin.«

Nate blickte mich an und zum ersten Mal sah ich den Jungen hinter der Show.

»Ja, ich bin auch, wie ich bin«, sagte er. »Ganz schön nervig.«

»Es wird sich zeigen, dass du unschuldig bist«, sagte ich. »Lass dich nicht unterkriegen.«

Nate schnaubte. »Überall wird es irgendwelche Ainsleys geben, die sich unglaublich überlegen fühlen und andere Leute schlecht machen. Das wird sich nie ändern.«

Ainsley.

»Ist sie da drin?«, fragte ich.

»Nee, aber den Schaden hat sie schon angerichtet.«

Er hatte keine Ahnung, wie sehr er sich irrte.

Ich wandte mich in Richtung Ausgang.

»Sag ihnen einfach die Wahrheit«, sagte ich.

Nate zuckte mit den Schultern und senkte den Blick.

Ich verließ das Büro und trat in den jetzt leeren Flur. Als ich in Richtung Eingangstür sah, stellte ich fest, dass Theo aufgeregt winkte. Neben ihm standen Lu und Ainsley. Ich rannte sofort zu ihnen und kam mit quietschenden Sohlen zum Stehen.

»Alles klar bei dir?«, fragte ich Ainsley.

»Ähm, ja«, antwortete sie ganz unschuldig. »Warum? Was sollte sein?«

Ich sah Lu an, sie zuckte ratlos mit den Schultern.

»Na ja«, sagte ich geduldig, »nach allem, was gestern im Wald passiert ist, hätte es ja sein können, dass du heute … ich weiß nicht … etwas schlecht drauf bist.«

Ainsley sah mir direkt in die Augen, schenkte mir ein freundliches Lächeln und sagte: »Ich habe keine Ahnung, wovon du redest. Was ist denn gestern im Wald passiert?«

Theo und mir fielen die Unterkiefer herunter. Ainsley wartete auf eine Antwort. Ihre Miene drückte ehrliche Verwirrung aus. Ich warf Lu einen fragenden Blick zu.

»Ainsley sagt, sie sei zuletzt als Kind in diesem Wald gewesen«, sagte Lu.

»Lu hat erzählt, du hättest dort etwas Unheimliches gesehen«, sagte Ainsley. »Was war es denn? Kann ich dir irgendwie helfen?«

»Du erinnerst dich nicht daran, dass wir einen weißen Wolf gesehen haben?«, fragte ich fassungslos.

Ainsley legte den Kopf zurück und lachte.

»Ach, du machst Witze! Ich freue mich wirklich, dass du zu uns an die Schule kommst, Marcus. Du hast so eine lebhafte Fantasie.« Sie drehte sich um und steuerte auf die Eingangstür zu. »Aber ehrlich, wenn ich was für dich tun kann, sag mir Bescheid, ja?« Sie ging die Stufen hinunter und betrat den Schulhof. »Aber nicht heute Abend!«, rief sie noch über die Schulter. »Ich bin mit den Party-Vorbereitungen noch nicht fertig. Ihr kommt doch alle, oder?« Sie zeigte auf das riesige »Horrornacht«-Transparent, das an langen Seilen über der Tür befestigt war. »Er wird ein *unheimlicher* Spaß werden.«

Sie sauste davon. Wir drei waren so verblüfft, dass wir vollkommen erstarrt dastanden. Wir sahen, wie sie glücklich über den Schulhof hüpfte, als hätte sie überhaupt keine Sorgen … und als würde sie nicht heute Nacht noch den Thron der Hohepriesterin eines mörderischen und rachedurstigen Hexenzirkels besteigen.

»Entweder kann sie unglaublich gut schauspielern oder sie hat tatsächlich keine Erinnerung an das, was passiert ist«, sagte Theo.

»Sie müssen sie mit einem Zauber belegt haben«, sagte ich. »Wie sollten die Hexen sie sonst dazu bringen, für sie die Drecksarbeit zu erledigen?«

»Und was machen wir jetzt?«, fragte Lu.

»Genau das, wofür wir hergekommen sind«, sagte ich. »Wir sprengen ihre Party.«

Kapitel 11

Theo, Lu und ich beobachteten, wie Ainsley in Richtung Schultor am anderen Ende des Hofs ging und unterwegs einigen entgegenkommenden Schülern freundlich zuwinkte. Für sie war es ein Schultag wie jeder andere. Dass sie im Zentrum eines jahrhundertealten Plans stand, der einem Hexenzirkel zu seiner Rache an der Menschheit verhelfen sollte, schien sie nicht zu kümmern.

Lu kam wieder zur Besinnung. »Wir müssen die Party verhindern«, sagte sie.

»Gut, dann verhindere sie«, sagte ich.

»Im Ernst jetzt?«, beschwerte sich Theo. »Mehr fällt dir dazu nicht ein?«

Ich achtete nicht auf die beiden, denn ich wollte Ainsley nicht aus den Augen lassen. Was hatte sie vor? Was ging ihr durch den Kopf? Wohin war sie unterwegs? Ich beobachtete sie, als sie das schmiedeeiserne Tor durchschritt und sich nach rechts wandte.

»Wir bräuchten schon ein bisschen Hilfe von dir, Marcus«, sagte Lu.

Ich gab mir einen Ruck. »Ich weiß nicht, wie wir die Party verhindern können. Denkt euch was aus. Lügt etwas zusammen. Erzählt ihnen, es gäbe eine Bombendrohung oder dass jemand einen tödlichen Virus in sich trägt oder dass ein Hexenzirkel die Macht über die Menschheit übernehmen will. Ist mir egal. Bringt sie einfach dazu, das Fest abzusagen.«

Ich wollte losgehen, aber Lu packte mich am Arm.

»Moment mal, wo willst du hin?«

»Ihr verhindert die Party«, sagte ich. »Ich halte Ainsley auf.«

Ich sprang die Stufen hinunter und rannte hinter Ainsley her.

Ainsley konnte auf keinen Fall bei klarem Verstand sein. Sie war ebenso ein Opfer wie alle anderen. Vielleicht war sie verflucht? Vielleicht war sie ja ihr ganzes Leben lang auf diese Nacht vorbereitet worden? Vielleicht ruhte in ihr ja, hübsch und ordentlich verpackt, die Macht von 1000 Hexen. Aber sie hatte sich das alles nicht ausgesucht, und ich war mir ganz sicher: Hätte sie klar denken können, hätte sie da nie mitgespielt. Ich hoffte darauf, zu ihrer eigentlichen Persönlichkeit durchzudringen und damit die herannahende Katastrophe zu stoppen.

Ich rannte durch das Tor und sah in die Richtung, in die Ainsley gegangen war. Als ich sie entdeckte, wurde mir schwer ums Herz. Sie ging nicht nach Hause. Jedenfalls nicht, wenn sie nicht hinter der Schule wohnte. Anstatt weiter den Gehsteig hinunterzugehen und in einen der SUVs zu steigen, die aufgereiht am Straßenrand standen, ging sie um das alte Backsteingebäude herum Richtung Wald. Den Wald, aus dem Theo und ich gerade entkommen waren.

»Verdammt«, murmelte ich vor mich hin und rannte ihr nach.

Ich legte einen Zahn zu und rannte bis ans Ende des Gebäudes. Als ich um die Ecke bog, stellte ich fest, dass Ainsley sehr schnell ging und mindestens 100 Meter Vorsprung hatte. Ich hatte keine Chance, sie einzuholen, bevor sie die Bäume erreichen würde.

»Ainsley!«, rief ich.

Entweder hörte sie mich nicht oder sie beachtete mich absichtlich nicht. Jedenfalls ging sie weiter, ohne sich auch nur einmal umzusehen, genau wie beim letzten Mal, als sie der weißen Wölfin gefolgt war. Ich konnte nur hinter ihr herlaufen. Ich sprintete über den jetzt leeren Parkplatz, holte schnell auf, aber auf jeden Fall würde sie den Wald betreten, bevor ich bei ihr war.

»Ainsley, warte!«

Sie wartete nicht. Was auch immer es für ein Fluch war, er bewirkte, dass sie nichts mehr hörte.

Ich erreichte den breiten Grasstreifen zwischen Parkplatz und Wald. In dem Moment, in dem meine Füße vom Pflaster aufs Gras traten, hielt Ainsley an. Sie war jetzt etwa 30 Meter vor mir, stand direkt am Waldrand. Auch ich hielt an und schöpfte Atem.

»Hey!«, rief ich keuchend. »Warte auf mich!«

Sie regte sich nicht. Hatte sie mich gehört? Langsam drehte sie sich um und sah in meine Richtung.

»Wir müssen reden!«, rief ich ihr zu.

Ainsley schenkte mir ein sanftes Lächeln, winkte mir zu, wandte sich um und verschwand zwischen den Bäumen. Nein!

Gerade wollte ich meine Verfolgungsjagd wieder aufnehmen, als ich etwas Seltsames spürte. Zunächst verstand ich nicht, was es war. Ich spürte einfach nur … Bewegung unter mir. Es schien so, als würde sich alles um mich herum ein wenig verschieben. Ich hörte ein leises Rascheln, das ich nicht einordnen konnte. Ich bekam Angst, Miss Tomacs Voodoo-Puppe könnte doch noch funktionieren und die weißen Raben wären schon zu mir unterwegs. Aber mir war nicht schwindlig und Vogelschreie hörte ich auch nicht.

Es dauerte zehn Sekunden, bis mir klar wurde, was vor sich ging. Das Gras wuchs. Schnell. Und überall um mich herum. Tausende dunkelgrüner Halme schossen in unfassbarem Tempo aus dem Boden. Es war wie in einem Zeitraffervideo. Ich stand erstarrt da und war gebannt von diesem Anblick, bis ich an meinen Knöcheln ein Kitzeln wahrnahm.

Hunderte langer Grashalme wickelten sich um meine Füße und zogen sich fest. Sie waren hinter mir her! Ich versuchte, mich wegzubewegen, aber das Gras packte mich noch fester, sodass ich gar nicht mehr die Füße heben konnte. Meine Panik wuchs, aber dann wirkte das Adrenalin und ich hob meinen Fuß kraftvoller in die Höhe. Diesmal riss ich das Gras aus dem Boden. Es mochte ja verhext sein, aber es war immer noch Gras. Mit einiger Anstrengung hob ich ein Knie und riss Hunderte von Grashalmen aus der Erde. Ich setzte den Fuß ab und tat dasselbe mit dem anderen Bein. Es war mühsam, aber es gelang mir, auch dieses zu befreien. Doch jedes Mal, wenn ich wieder einen Fuß abstellte, wurde der sofort wieder vom Gras angegriffen.

Am liebsten wäre ich zurück auf den Aphalt gesprungen, wo ich in Sicherheit gewesen wäre. Wenn ich das aber tat, würde ich niemals rechtzeitig durch den rasch wachsenden Dschungel zu Ainsley vordringen. Also stapfte ich auf die Bäume zu. Jedes Mal, wenn einer meiner Füße den Boden berührte, wickelten sich sofort Grashalme um meinen Knöchel und versuchten, mich aufzuhalten. Aber ich war schnell. Die gierigen grünen Halme hatten gerade

Zeit genug, nach mir zu fassen und mich zu packen, dann war mein Fuß schon wieder in der Luft und außer Reichweite.

Dann änderte das Gras seine Taktik. Es schnappte nicht mehr nach meinen Füßen. Stattdessen wuchsen die Halme vor mir zusammen und versuchten, mich zum Straucheln zu bringen. Meine Fußspitzen verfingen sich in einer Art straff gespanntem Seil und ich stolperte. Ich stieß einen Angstschrei aus. Wenn ich hinfiel, würde mich das Gras einwickeln, bis ich zu einer Art grüner Mumie wurde, reglos auf dem Boden gefesselt. Dann würde ich mich auf keinen Fall mehr losreißen können. Oder noch schlimmer, ich würde ersticken. Dieses Bild schoss mir durch den Kopf und half mir, nicht aus dem Gleichgewicht zu geraten, während ich vorwärtstaumelte, dabei die Knie in die Höhe riss und vom verwunschenen Gras riesige Büschel ausriss.

Endlich hatte ich den Waldrand erreicht. Mit einem Satz sprang ich von der wildgewordenen Wiese herunter. Meine Füße standen sicher auf dem Waldboden. Als ich mich umdrehte, stellte ich fest, dass sich das Gras zurückzog. Es schrumpfte. Wurde kürzer. Es dauerte nicht mehr als zehn Sekunden, dann hatten die Grashalme wieder ihre normale Länge, und das Ganze sah aus wie ein ordentlich gemähter Rasen. Die einzigen Zeugnisse meines Kampfes waren einige kahle Stellen, wo ich ganze Grassoden ausgerissen hatte.

Dies war keine Illusion gewesen, wie damals beim Kampf gegen das Schreckgespenst, den Boggin. Die Hexen besaßen die Kontrolle über die Natur. Das Gras war gewachsen, um mich einzufangen. Wenn der Zirkel zum Schwarzen Mond so etwas bewerkstelligen konnte, wollte ich gar nicht wissen, zu welchen Horrortaten sie imstande wären, wenn ihr Plan aufging und ihre Zauberkräfte durch Ainsleys Vermittlung gebündelt würden.

Ainsley befand sich zwar vor mir, war aber aus meinem Blickfeld verschwunden. Dennoch wusste ich ja genau, wo sie hinwollte. Ich holte tief Luft und rannte zwischen den Bäumen hindurch in Richtung des Brombeerwalls, der die Lichtung des Hexenzirkels umgab. Nichts auf der Welt wünschte ich mir weniger, als an diesen Ort zurückzukehren, aber ich wusste einfach nicht, was ich sonst tun sollte. Ich duckte mich unter den hohen Bäumen hindurch, meine Füße stampften über den mit welkem Herbstlaub und braunen Kiefernnadeln gepolsterten Boden. Keine Spur von Ainsley.

»Ainsley!«, schrie ich. »Bitte hör auf!«

Die Antwort auf diese Bitte war alles andere als positiv. Überall um mich herum erzitterte der Boden. Es war kein heftiges Rütteln wie bei einem Erdbeben. Es fühlte sich eher so an, als würde der Waldboden lebendig. Ich hörte ein Knistern, das ständig lauter wurde. Es war unmöglich zu erkennen, woher es kam, denn es klang so, als entstünde es überall gleichzeitig.

Ich rannte wieder schneller. Ich musste Ainsley unbedingt einholen, bevor ein weiterer Pflanzenangriff erfolgte. Endlich sah ich sie zwischen den Bäumen stehen, nicht allzu weit vor mir.

»Ainsley!«, rief ich.

Mein Erfolg war von kurzer Dauer. Ein gewaltiges Rauschen erhob sich und der Waldboden um mich herum schien zu explodieren. Tausende und Abertausende von dürren Blättern flogen hoch, wirbelten um mich herum. Ich befand mich mitten in einem Tornado aus Laub und Kiefernnadeln, der das Sonnenlicht fast vollkommen verdunkelte. Ich konnte nur noch braune, gelbe und rote

Streifen erkennen. Sie peitschten mir so heftig ins Gesicht und auf die Hände, dass ich mir die Arme vor den Kopf halten musste, denn ich fürchtete, sie würden mir die Augen auskratzen. Die Kiefernnadeln stachen mir in die Hände. Ich versuchte, wieder vorwärtszukommen, aber der Angriff war zu heftig. Ich fiel auf die Knie, rollte mich zu einem Knäuel zusammen und hielt mir die Arme über den Kopf, um mich vor der Attacke zu schützen. Der Schmutz knisterte und knackte, drang in meine Kapuzenjacke ein und kroch in meinen Ausschnitt. Das Heulen des dämonischen Sturms war beinahe ebenso laut wie das Knistern der Blätter, die auf mich einpeitschten. Als ich Luft holen wollte, war mein Rachen plötzlich voller Schmutz und ich musste würgen und husten. Ich befand mich mitten im Wald, aber ich bekam allmählich Platzangst … und Panik. Ich rang nach Luft.

Ich stützte mich mit einer Hand auf dem Boden ab und versuchte, vorwärtszukriechen. Jedenfalls dachte ich, dass es vorwärts war – ich hatte vollkommen die Orientierung verloren. Ich hoffte, einen Baumstamm zu erreichen und diesen als Schutzschild gegen den Beschuss zu benutzen. Nach mehreren quälenden Sekunden berührte ich etwas Festes, Raues. Es musste Baumrinde sein. Ich presste mein Gesicht dagegen und zog mir die Kapuze über den Kopf. Auf diese Weise war ich ein bisschen geschützt und konnte wenigstens ein paarmal flach einatmen. Das war nicht viel, aber immerhin konnte ich mich beruhigen und überlegen, was ich als Nächstes tun sollte.

Plötzlich verebbte das Sturmgeheul. Ich spürte das sanfte Schweben der welken Blätter, die überall um mich herum zu Boden sanken. Der Motor, der sie in die Luft gewirbelt hatte, war ausgeschaltet. Ich wagte es, verstohlen unter meiner Kapuze hervorzuspähen, und stellte fest, dass ich mich inmitten einer Wolke fallenden Laubs befand. Nur wenige Sekunden später waren die Blätter gelandet und der Wald sah wieder normal aus. *Normal?*

Der Baumstamm, an den ich mich gelehnt hatte, begann zu beben. Erst war es nur ein leichtes Zittern, aber es wurde heftiger. Ich wich zurück und krabbelte auf Händen und Füßen vorwärts. Es gab einen leichten Knacks. Die riesige Eiche erzitterte und schwankte. Und wieder ein Knacks. Der Baum neigte sich langsam in meine Richtung, als habe ein Holzfäller seinen Stamm bearbeitet. Noch ein paarmal knackte es laut und der uralte Baum brach nahe der Wurzel und fiel in meine Richtung.

Immerhin war ich so schlau, ihn weiter im Blick zu behalten. Ich versuchte, mir auszurechnen, wo genau er landen würde. Ich wollte nicht einfach auf gut Glück zur Seite hechten und dann womöglich direkt in seiner Bahn landen. Zuerst sah es so aus, als bewege sich der Baum im Zeitlupentempo, aber je tiefer er sank, desto mehr beschleunigte sich sein Tempo. Ich war mir sicher, dass er versuchte, mich zu erwischen. Ich wartete bis zum allerletzten Augenblick, dann rollte ich mich nach rechts. Der mächtige Baumstamm verfehlte mich knapp und die Kraft seines Aufpralls war so gewaltig, dass ich ein kleines Stück hochflog.

Ich rappelte mich auf die Füße, wirr und mehr als nur ein bisschen orientierungslos. Da ich schon ein paarmal im Wald gewesen war, hatte ich geglaubt, den Weg zur Lichtung des Hexenzirkels genau zu kennen, aber der Laubsturm hatte mich so gründlich umhergewirbelt, dass ich vollkommen die Richtung verloren hatte.

Knack. Die Bäume waren noch nicht fertig mit mir. Die riesige

Kiefer, neben der ich stand, würde ebenfalls jeden Moment umstürzen. Ich wich schnell zurück, aber schon hörte ich dasselbe Knackgeräusch von einem anderen Baum. So viele Bäume standen so dicht beieinander, dass ich nicht genau erkennen konnte, woher die Geräusche kamen. Jeder dieser Bäume konnte umstürzen. Es war, als stünde ich mitten auf einem Minenfeld. Ich musste mich für eine Richtung entscheiden und losrennen.

Bamm. Eine stämmige Kiefer fiel krachend direkt in meine Bahn. Ich bremste scharf ab und konnte gerade noch verhindern, dass mich der Stamm zerquetschte. Es war so knapp, dass ich den Luftzug des fallenden Baums spüren konnte. Ich wechselte die Richtung, nur um festzustellen, dass auch hier wieder eine dicke Kiefer schwankte und fiel. Das sandte mich in eine dritte Richtung. Ich hatte keine Ahnung, wohin ich lief. Jetzt zählten nur noch die wenigen Meter vor meinen Füßen – und dass nicht genau an dieser Stelle ein Baum fiel und mir den Schädel zertrümmerte.

Ein weiterer Baum fiel um. Es war nicht berechenbar, welcher Baum als Nächstes dran war. In diesem Moment verschwendete ich keinen Gedanken mehr an Ainsley oder den Zirkel zum Schwarzen Mond oder die magische Bibliothek oder sonst etwas – ich wollte nur mit heiler Haut aus diesem Wald herauskommen.

Ich sprang über eine von Menschenhand errichtete Steinmauer, die wahrscheinlich aus der Zeit stammte, in der die Hexen aus Salem hier angekommen waren. Ich stand vor einer gewaltigen Kiefer, die alle anderen Bäume überragte, und musste gar nicht auf das Knackgeräusch warten – es war klar, dass sie in meine Richtung fallen würde. Ich stand breitbeinig da und wartete ab bis zum allerletzten Moment, um zu entscheiden, in welche Richtung ich fliehen musste Der Baum fiel jetzt schneller. Er fiel direkt auf mich zu. Ich musste meine ganze Willenskraft aufbieten, um bis zum letzten Moment abzuwarten. Als der Baum etwa einen Winkel von 45 Grad erreicht hatte, sprang ich nach links … und stand direkt vor Ainsley.

»Was machst du denn, Marcus?«, fragte sie ruhig.

Bamm! Der Baum krachte hinter mir herab, der Boden bebte. Ich muss ungefähr einen halben Meter in die Luft gesprungen sein.

Ainsley zeigte keinerlei Reaktion. Sie sah mich mit neugieriger Miene an, als hätte sie nicht die geringste Ahnung, warum ich überhaupt hier war. Oder als wäre ihr noch gar nicht aufgefallen, dass rund um uns alle Bäume umstürzten.

»Was ich hier mache?«, schrie ich. »Was du hier machst, ist die Frage!«

Ich sah mir ständig über die Schulter, nur für den Fall, dass gleich noch mehr Bäume umkippen würden.

»Du bist ja ganz nassgeschwitzt«, sagte Ainsley mit Unschuldsmiene. »Bist du gerannt?«

»Machst du Witze?«, rief ich. »Ich bin hinter dir hergelaufen und musste umstürzenden Bäumen ausweichen und …«

Ainsleys Gesichtsausdruck verriet mir, dass sie keine Ahnung hatte, wovon ich redete.

»Was machst du denn hier draußen, Ainsley?«, fragte ich.

In Ainsleys Blick trat etwas Versonnenes, als müsse sie über diese Frage erst einmal genau nachdenken. Sie runzelte die Stirn und setzte zum Sprechen an, verstummte aber, da sie die richtigen Worte nicht finden konnte. Dann plötzlich veränderte sich ihr

Blick. Entsetzt musterte sie unsere Umgebung, als würde sie diese zum ersten Mal sehen.

»Ich … ich weiß es ehrlich gesagt nicht.« Sie klang verwirrt. In diesem kurzen Moment hatte ich das Gefühl, zu ihr durchzudringen – vielleicht war der Bann ja gebrochen.

»Ist schon in Ordnung«, beruhigte ich sie. »Alles bestens. Komm, wir gehen zurück zur Schule, dann können wir …«

Ich hörte die Vögel, noch bevor ich sie sah. Ein Schwarm weißer Raben stieß vom Himmel herunter. Die Vögel segelten dicht über unsere Köpfe hinweg, krächzten dabei unablässig. Auch Ainsley sah sie. Sie duckte sich. Diesmal handelte es sich nicht um einen Voodoo-Zauber, der sich nur gegen mich richtete. Die Vögel waren echt. Sie flogen wie ein einziges Wesen, segelten über den hohen Brombeerwall hinweg, der nur wenige Meter vor uns lag. Als wären sie nur in diese Richtung geflogen, um unsere Aufmerksamkeit zu wecken.

»O Mann«, murmelte ich.

Wir standen direkt vor der Lichtung des Hexenzirkels. Ein Abschnitt des Gestrüpps erbebte und schien dann einfach wegzuschmelzen. Das Dickicht riss auf und es entstand ein Durchgang, der in die Lichtung hineinführte. Innerhalb dieses Rings aus dicht belaubtem Gestrüpp, zwischen der Öffnung im Wall und den aufgehäuften Felsblöcken, die den Zugang zur Hexenhöhle verbargen, stand Miss Tomac.

Diesmal war sie nicht allein. Eine Gruppe von Männern und Frauen standen hinter ihr und alle starrten uns an. Manche sahen aus, als wären sie so alt wie meine Eltern. Andere waren grauhaarig und mindestens eine Generation älter. Es waren sogar ein paar

Kinder dabei, die nicht älter wirkten als Ainsley und ich. Sie trugen alltägliche, moderne Kleidung und unterschieden sich auf den ersten Blick nicht von normalen Menschen, denen man im Supermarkt oder im Kino begegnen konnte. Dabei war an dieser Gruppe überhaupt nichts normal. Es war der Hexenzirkel zum Schwarzen Mond.

»Hallo, Ainsley«, sagte Miss Tomac freundlich. »Wir haben auf dich gewartet.«

»Wir müssen los.« Ich nahm Ainsleys Hand und zerrte daran.

Ainsley entriss mir die Hand. Sie starrte die Hexe an. Vielleicht hatte ich es ja ganz kurz geschafft, zu ihrer eigentlichen Persönlichkeit durchzudringen, aber wenn ja, dann war dieser Moment längst wieder vorbei. Die Hexe hatte wieder alles unter Kontrolle.

»Ich hoffe, ich bin bereit«, sagte Ainsley zu Miss Tomac. Jetzt klang ihre Stimme wieder verträumt. »Ich möchte euch nicht enttäuschen.«

Es war frustrierend. Selbst im Bann eines Hexenfluchs blieb Ainsley sich selbst treu. Sie wollte ihre Sache unbedingt gut machen.

»Du würdest uns doch niemals enttäuschen«, sagte Miss Tomac tröstend und streckte ihre Hand aus. »Komm.«

Wie in Trance trat Ainsley auf die Öffnung in der Hecke zu.

»Ainsley, nicht!«, rief ich.

Es war reine Energieverschwendung. Sie sah sich nicht einmal nach mir um. Nichts was ich sagen oder tun konnte, würde sie daran hindern, den Kreis zu betreten und Mitglied des Hexenzirkels zu werden – egal ob freiwillig oder unfreiwillig.

Es blieb nur eine Lösung: Wir mussten die Party verhindern. Ich wich einen Schritt zurück. Ich würde mich jetzt einfach umdrehen und zur Schule zurücklaufen.

»Nein!«, rief Miss Tomac. Es klang ziemlich ärgerlich.

Ich blieb stehen. Vielleicht hätte ich weglaufen können, aber ich wollte nicht riskieren, erneut einen Hindernislauf in der verhexten Natur erleben zu müssen.

»Das dürfen Sie nicht tun!«, schrie ich Miss Tomac an. »Sie dürfen nicht all diese Menschen bestrafen, nur weil man Ihnen vor Jahrhunderten Unrecht zugefügt hat!«

»Für uns war das gerade erst gestern«, erwiderte sie eiskalt.

»Aber es ist nicht ihre Schuld!«

»Es ist die Schuld der gesamten Menschheit«, fauchte Miss Tomac mich an.

Ainsley durchschritt die Öffnung im Dornenwall, trat direkt vor die Hexe, dann drehte sie sich um und stellte sich neben sie. Ihr leerer Blick verriet, dass sie ein willenloses Werkzeug des Hexenzirkels war.

Ich konnte nichts für sie tun und musste versuchen, meine eigene Haut zu retten, also wandte ich mich um. Ich würde jetzt losrennen und es mit allem aufnehmen, was mir der Wald entgegenhalten würde.

Ich kam nicht weit. Zwei riesige weiße Wölfe standen vor mir. Der Blick ihrer hellen Augen ruhte auf mir. Sie zeigten drohend die Reißzähne. Beide stießen ein tiefes, unheimliches Grollen aus.

»Du hast die Wahl!«, rief Miss Tomac. »Du kannst hierbleiben und an unserer Zeremonie teilnehmen. Es würde mir große Freude bereiten, einen Agenten der Bibliothek als Zeugen dabeizuhaben.«

»Und was wäre die andere Möglichkeit?«

»Du kannst dich zerfleischen lassen.«

Die Wölfe schlichen auf mich zu, lauernd, mit gesenkten Köpfen. Ich wich vor ihnen zurück und näherte mich auf diese Weise rückwärts der Öffnung im Dickicht und damit der Lichtung des Hexenzirkels. Ich wagte nicht, mich umzudrehen, aus Angst, die Tiere würden mich genau dann anspringen. Noch ein paar Schritte … und ich stand im Inneren des Kreises. Die Wölfe blieben draußen, hoben die Köpfe und heulten. Während ihre gespenstische Klage durch den Wald hallte, schlossen sich die Sträucher zu beiden Seiten des Durchgangs wieder. Die Ranken griffen ineinander und bildeten einen grünen Dornenwall, der die Lichtung von der Außenwelt abschloss – und ich befand mich auf der Innenseite.

Ich hatte vollkommen versagt. Ich konnte nicht mehr verhindern, dass der Zirkel Ainsley zur Ausführung ihres bösen Plans zwang. Jetzt mussten Lu und Theo die Party sprengen. Hätte ich das Buch aus der Bibliothek mitgenommen, könnte ich jetzt nachsehen, ob es ihnen gelungen war oder ob sie so kläglich versagt hatten wie ich. Irgendwo hoch in den Bäumen hörte ich das Krächzen der weißen Raben. Es klang, als würden sie mich auslachen.

Kapitel 12

Theo McLean und Annabella Lu waren auf sich gestellt. Sie hatten die Aufgabe, die Halloweenparty zu verhindern. Als der Unterricht vorbei war, machten sich alle Schüler auf den Heimweg. Das Gebäude leerte sich und Lu und Theo blieben allein zurück.

»Komm, wir sehen uns mal an, wo die Party überhaupt stattfinden soll«, sagte Theo. »Vielleicht bringt uns das auf eine Idee, wie wir sie verhindern können.«

Die beiden rannten auf direktem Weg in die Sporthalle. Dort trafen sie auf eine Gruppe von Schülern, die gerade damit beschäftigt waren, den ganzen Raum in eine überbordende Halloweenkulisse zu verwandeln. Dicke, aus schwarzem und orangem Krepppapier gewebte Spinnennetze hingen von den Dachbalken. Dutzende Kürbisgesichter aus Plastik baumelten an unsichtbaren Drähten. Blinkende Lichterketten waren dicht unter der Decke gespannt und schufen die Illusion eines Sternenhimmels. Weiße Spinnweben schmückten die Basketballkörbe und die Anzeigetafel und so ziemlich alles andere, was den Kindern in die Quere gekommen war. Die ganze Dekoration zielte darauf ab, Halloween zu einem spaßigen Ereignis zu machen. Nichts davon ließ auch nur im Geringsten den Horror erahnen, der die Schüler erwartete.

»Das wird ganz leicht«, sagte Lu. »Sobald die Party losgeht, löse ich den Feueralarm aus. Dann kommt die Feuerwehr und evakuiert das Gebäude.«

»Und was soll das bringen?«, fragte Theo. »Sie kriegen raus, dass es ein Fehlalarm war und lassen alle wieder rein. Und was ist, wenn die Hexen genau dann Unheil anrichten, wenn alle draußen sind? Nein, die Party darf überhaupt nicht erst losgehen.«

»Na, Kinder, wollt ihr hier mithelfen?«, rief ihnen eine freundliche Stimme zu.

Der beliebte Gemeinschaftskundelehrer Mr Martin kam auf sie zu. Mühsam schleppte er etwa ein Dutzend Plastik-Kürbisköpfe.

»Je mehr Helfer, desto besser«, ergänzte er noch.

»Ähm, nein, danke«, sagte Lu. Ihre Gedanken überschlugen sich. »Wir wollten nur sagen, dass es vielleicht besser wäre, die Party zu verschieben.«

Mr Martin runzelte die Stirn. »Warum denn das?«, erkundigte er sich.

Lu wusste nicht, was sie darauf antworten sollte. Sie warf Theo einen verzweifelten Blick zu. Hoffentlich konnte er die Situation retten! Theo zuckte überrascht zusammen. Er hatte nicht damit gerechnet, so plötzlich eine Antwort liefern zu müssen.

»Ähm, ja ...« Er zupfte an seinem Ohrläppchen. »Das Wetter soll heute Abend sehr schlecht werden. Jede Menge Regen und Gewitter, der reinste Weltuntergang. Es wäre sicherer, die Party auf morgen zu verschieben.«

Er sah Lu Hilfe suchend an. Lu war von Theos Einfall überhaupt nicht beeindruckt.

Mr Martin schmunzelte. »Darüber würde ich mir jetzt keine

Gedanken machen. Hier drin sind ja alle sicher und im Trockenen. Na kommt schon, helft mir grade mal.« Er wandte sich um und wollte wieder in Richtung Bühne gehen.

»Und was ist mit der Bombendrohung?«, platzte Lu heraus.

Mr Martin blieb stehen, als wäre er gegen eine unsichtbare Wand geprallt. Das fröhliche Lächeln in seinem Gesicht war wie weggewischt.

»Was für eine Bombendrohung denn?«, fragte er ernsthaft besorgt.

»Davon wissen Sie gar nichts?«, fragte Lu. Sie sah Theo an. »Sag's ihm.«

Theo wäre schon wieder beinahe zusammengezuckt. Er warf Lu einen genervten Blick zu und zupfte noch heftiger an seinem Ohrläppchen.

»Na ja, wir haben gedacht, das wissen schon alle«, sagte er. »Es gab diesen Post. Auf Instagram. Jemand hat geschrieben, auf der Party würde es gefährlich werden, und wenn die Leute schlau wären, sollten sie lieber wegbleiben, sonst würden sie eine Explosion erleben.«

»Das hat jemand auf Instagram geschrieben?«, fragte Mr Martin ungläubig.

»Ja«, sagte Lu. »Inzwischen ist es wahrscheinlich gelöscht, aber trotzdem, das ist doch ziemlich gruselig. Sie müssen die Party verschieben, damit die Polizei rausfinden kann, ob es echt war oder ein dämlicher Scherz.«

»Ihr habt den Post gesehen?«, fragte Mr Martin.

»Klar«, sagte Lu.

»Nein«, sagte Theo gleichzeitig.

Martin legte die Kürbisköpfe auf dem Boden der Sporthalle ab.

»Wenn es auf Instagram war, was für ein Bild war dabei?«, fragte Martin. Er sah Lu direkt in die Augen.

Theo grinste. Jetzt war Lu diejenige, die ins Schleudern kam.

»Es war ein … ein … Totenkopf! Genau. Ein ganz unheimliches, böses, grinsendes Ding. Sehr gruselig. Bedrohlich, wenn Sie so wollen.«

»Zeig es mir«, verlangte Mr Martin, dem die Sache ganz offensichtlich immer unheimlicher wurde.

Lu zog ihr Telefon aus der Tasche und scrollte durch ihre Instagram-Bilder.

»Ich habe Ihnen doch gesagt, es ist weg«, sagte sie. »Es war ja vielleicht nur ein dummer Scherz. Aber können wir so ein Risiko eingehen?«

Mr Martin streckte die Hand aus und Lu gab ihm sein Telefon. Er scrollte ihre Instagram-Bilder hastig durch, fand aber nichts.

»Ihr habt recht, wir können es nicht riskieren«, sagte Mr Martin schließlich. Er hatte Lus Telefon noch immer in der Hand.

»Im Ernst?«, fragte Lu überrascht.

Mr Martin wandte sich an die Schüler in der Sporthalle und rief laut: »Arbeitet mal ohne mich weiter. Ich bin in ein paar Minuten zurück.«

Er sah Theo und Lu an und fügte mit ruhiger Stimme hinzu: »Ich möchte hier keine Panik auslösen. Kommt mit.«

Er sauste direkt an den beiden vorbei in Richtung Ausgang. Theo und Lu warfen einander erstaunte Blicke zu. Sie konnten gar nicht glauben, wie gut ihr improvisierter Plan aufgegangen war. Gehorsam trotteten sie hinter Mr Martin her.

»Wohin gehen wir denn?«, fragte Lu.

»Wir müssen das hier zu Mr Jackson bringen, dem Schuldirektor«, erwiderte Mr Martin. »Die letzte Entscheidung kann nur er treffen, aber ich werde ihm empfehlen, die Veranstaltung abzusagen und die Sache der Polizei zu übergeben.« Er warf Theo einen kurzen Blick zu. »Kann ich mal dein Handy sehen? Vielleicht steckt der Post da ja irgendwo im Speicher.«

»Ich habe keins«, sagte Theo.

»Egal«, sagte Mr Martin sehr sachlich. »Selbst wenn die Meldung jetzt gelöscht ist, sollte Mr Jackson meiner Meinung nach die Party absagen.«

Theo und Lu tauschten aufgeregte Blicke. Theo streckte die Hand aus und erwartete ein High Five von Lu, aber sie ging nicht darauf ein.

»Ähm … müssen wir Sie zum Schulleiter begleiten?«, fragte Lu. »Ich meine, es reicht doch, wenn er es von Ihnen hört.«

»O nein«, sagte Mr Martin. »Ihr habt es gesehen, also müsst ihr es auch berichten. Hoffen wir mal, dass alles nur ein Scherz war, aber wenn nicht, dann seid ihr vielleicht Helden.«

»Wir wollen gar keine Helden sein«, sagte Theo. »Wir wollen nur verhindern, dass jemand verletzt wird.«

»Dann sitzen wir im selben Boot. Hier entlang.«

Mr Martin führte Theo und Lu eine Treppe hinauf und an leeren Klassenräumen vorbei.

»Glauben Sie wirklich, dass der Schulleiter die Party absagt?«, fragte Lu.

»Meiner Meinung nach kann er gar nicht anders«, sagte Mr Martin. »Er muss eine Rundmail an alle Eltern schicken. Das wird ein ziemliches Chaos, aber es ist besser, auf Nummer sicher zu gehen.«

Sie erreichten eine Tür am Ende des Korridors. Mr Martin öffnete sie und bedeutete Theo und Lu, einzutreten. Sie folgten ihm in den Raum und stellten fest … dass dies gar nicht das Büro des Schulleiters war. Es war überhaupt kein Büro, sondern ein leeres Klassenzimmer, das als Lagerraum genutzt wurde. Alte Schultische waren an den Seiten übereinandergestapelt, Kisten mit ausrangierten Büchern standen herum und altmodische Schultafeln lehnten an einer Wand. Lu und Theo sahen sich verwirrt um.

»Das hier ist das Büro des Schulleiters?«, fragte Lu und wandte sich Mr Martin zu, der noch in der Tür stand.

»Hilferufe könnt ihr euch sparen«, sagte Mr Martin lächelnd. »Vor Montag früh wird hier niemand vorbeikommen, der euch hören könnte. Wenn ich es mir recht überlege, kann es gut sein, dass nach dem, was heute Nacht passiert, nie wieder jemand hierherkommt.«

»Aber … was?« Lu war fassungslos.

»Ihr habt recht, was die Party heute Abend angeht«, sagte Mr Martin. »Eine Bombe wird hochgehen. Bloß ist es eine andere Art von Bombe als die, die ihr euch ausgedacht habt.«

Die Wahrheit traf sie wie ein Eimer mit kaltem Wasser.

»Sie sind ein Hexer«, keuchte Theo. »Aber Sie sind doch Lehrer. Die Schüler mögen Sie.«

»Verrückt, was?«, spottete Mr Martin. »Ich habe es unglaublich satt, so zu tun, als hätte ich für euch Rotznasen was übrig. Heute Abend ist Schluss damit. Oder es fängt erst an. Kommt drauf an, wie man es betrachtet.«

Er wandte sich um und hielt Lus Handy in die Höhe. »Das behalte ich mal.«

»Sie alle sind einfach böse!«, schrie Lu den Hexer an.

»Gar nicht.« Mr Martin ging durch die Tür. »Ihr solltet mir dafür dankbar sein, dass ich euch hier einschließe. Das ist heute wahrscheinlich der sicherste Ort der ganzen Schule. Fröhliches Halloween noch.«

»Nein!«, schrie Lu und rannte zur Tür, aber Mr Martin hatte sie schon zugeschlagen. Lu rüttelte daran, aber sie war abgeschlossen.

»Wie ist das denn möglich?«, schrie sie wütend. »Man kann uns doch nicht einfach in ein Klassenzimmer einsperren!«

Auch Theo versuchte die Tür zu öffnen. Er drückte mit der Schulter dagegen, aber sie bewegte sich nicht.

»Na ja, offenbar doch«, sagte er niedergeschlagen. »Wir sitzen fest.«

Lu sah aus dem Fenster. Der schwarze Mond hatte sich den Baumwipfeln genähert. Eine dünne silberne Sichel war an seinem Rand zu sehen. Es wirkte wie ein spöttisches Grinsen. Bald würde der Mond untergehen, und mit ihm, am anderen Ende des Horizonts, die Sonne. Dann würde eine finstere Samhain-Nacht beginnen.

»Es ist schon ziemlich spät«, sagte Lu. »Ich kann nur hoffen, dass Marcus an Ainsley rankommt.«

Kapitel 13

Ich konnte nur hoffen, dass es Lu und Theo gelingen würde, die Party zu verhindern. Meine Handgelenke waren mit groben Seilen an einen der alten Holzpfeiler gefesselt, welche die Decke des unterirdischen Hexenzirkel-Treffpunkts stützten. Es war ein Logenplatz, von dem aus ich mir die Vorbereitungen für die übernatürliche Katastrophe ansehen konnte.

Das Tor im Stahlzaun um den Hexenaltar stand weit offen. Ein Dutzend Hexen hatten sich um den steinernen Tisch im Kreis aufgestellt. Eine einzige Kerze brannte mitten auf dem Altar. Ihr warmer Schein erhellte den gesamten Saal. Das Licht tanzte auf den Gesichtern der Hexen, die Schulter an Schulter um den Altar herumstanden und in die Flamme starrten. Der restliche Saal lag im Schatten. Ich stand im Schatten. Allein außerhalb der Umzäunung. Hilflos.

Die Hexen trugen keine Gewänder, keine Spitzhüte oder andere Hexenkostüme. Sie sahen aus wie normale Menschen, und das wirkte noch viel unheimlicher als bucklige grüne Dämonen. Es bedeutete, dass sie unter den Menschen gelebt hatten, ganz unauffällig, während sie im Verborgenen seit Jahrhunderten ihren Racheplan ausheckten. Wie viele von ihnen existierten in anderen

Teilen der Welt noch? Wenn es ihnen gelang, diese Horrorshow durchzuziehen, würde sich vielleicht bald herausstellen, wie viele es waren. Das alles hatte überhaupt nichts Gutes.

Es sah so aus, als befänden sich die Hexen im Trancezustand. Ohne zu blinzeln, starrten sie in die lodernde Flamme und murmelten dabei im Chor verschiedene Sprüche, die ich nicht verstand.

Neben dem Altar, im Zentrum des Hexenzirkels, stand Ainsley. Sie hatte die Augen geschlossen und wiegte sich im Takt des hypnotisierenden Sprechgesangs hin und her. Das war nicht mehr das Mädchen, das ich kannte. Ainsley besaß einen messerscharfen Verstand und wollte immer alles unter Kontrolle haben. Sie strotzte vor Lebenskraft und Energie. Der Zauber, den die Hexen über ihr ausgesprochen hatten, musste sehr stark sein, wenn er sie so verändern konnte.

Miss Tomac umkreiste die Hexen mit langsamen Schritten. Sie hielt jenen Silberdolch in der Hand, der auf dem Altar gelegen hatte, und wedelte damit herum, als würde sie Kreise aus der Luft schneiden. Offenbar spielte diese Waffe in ihrem Ritual eine ziemlich wichtige Rolle.

»Mehr als 300 Jahre lang«, verkündete Miss Tomac mit eisiger Genugtuung, »haben wir ausgeharrt. Trotz mehrerer Fehlschläge haben wir die Hoffnung niemals aufgegeben. Heute Nacht, unter dem Schutz des schwarzen Mondes von Samhain, erfüllt sich unser Schicksal und eine glorreiche Zukunft wird anbrechen.«

Die Hexen murmelten weiter vor sich hin, ein leiser, unheilvoller Sprechgesang. Sie benutzten Worte, die ich nicht verstand. War es Latein? Englisch? Oder eine komische Hexensprache?

»Jeder von uns hat dieser Prinzessin einen Teil seiner selbst geschenkt«, sagte Miss Tomac. »Unsere Gaben schlummerten, während sie heranwuchs und die bereits gewaltigen Zauberkräfte des Zirkels weiter ausbrütete.«

Ausbrütete? Benutzten sie Ainsley als eine Art Gefäß, in dem sie ihre Kräfte heranwachsen ließen?

»Sobald der Aufstieg vollendet ist, werden wir unsere Gaben von ihr zurückerhalten, und sie werden hundertmal mächtiger sein als zuvor. Wir werden die Achse sein, um die sich die Hexenzirkel der Welt vereinen.«

Das Gemurmel wurde lauter und eindringlicher. Woher wussten sie, was sie tun sollten? Wurde das irgendwie eingeübt?

»Dies ist die Nacht unserer Wiedergeburt. Man wird uns fürchten, man wird uns nachfolgen. Wir werden uns erheben und wir werden gerächt werden. Die Herrschaft der Hohepriesterin wird kurz, aber äußerst bedeutsam sein. Alle, die nach uns kommen, werden ihres Opfers gedenken. Ihren Namen werden wir für alle Zeiten voller Ehrerbietung aussprechen.«

Oha, was? Ihr Opfer? Es sah ja so aus, als würden sie Ainsley zur Hohepriesterin befördern, aber ihre Herrschaft würde von kurzer Dauer sein. Was auch immer bei der Party passieren sollte, Ainsley stand im Zentrum des Ganzen und sie würde danach nicht unbehelligt davonspazieren können.

Ich zerrte an den Seilen, die sich in meine Handgelenke gruben, und versuchte verzweifelt, mich zu befreien. Ainsleys Geschichte war beinahe abgeschlossen. Das Buch würde ein Ende bekommen – aber es würde für niemanden ein Happy End sein.

Im westlichen Massachusetts setzt früh die Dämmerung ein. Theo und Lu saßen noch nicht lange im Klassenzimmer fest, als die Sonne gemeinsam mit dem schwarzen Mond bereits hinter dem Horizont versank und die Nacht hereinbrach.

»Es wird alles gut gehen«, sagte Lu, während sie zum hundertsten Mal versuchte, die Tür zu öffnen. »Marcus wird Ainsley davon abhalten, das zu tun, was die Hexen von ihr wollen. Oder?«

Es klang so, als versuche sie, sich selbst zu überzeugen und machte ihre Sache nicht besonders gut.

»Darauf würde ich mich nicht verlassen«, erwiderte Theo. »Ich habe gesehen, wozu die Tomac fähig ist.«

»Dann müssen wir hier raus!«, rief Lu verzweifelt.

Sie rannte zum Fenster, von dem aus man über das Gelände hinter der Schule bis zum Waldrand sehen konnte.

»Wenn ich nur wüsste, was sich da draußen gerade abspielt!«, sagte sie.

Sie drückte ihre Handflächen gegen den alten hölzernen Fensterrahmen. Lu betrachtete ihn genauer, ließ ihre Handflächen über die abgeblätterte Farbe des Rahmens gleiten und pochte dann ein-, zweimal gegen die Glasscheibe, als klopfe sie an eine Tür. Sie lächelte.

»War es so ein Fenster, das rausgefallen ist und Kayla beinahe erschlagen hätte?«

»Wahrscheinlich«, meinte Theo.

Lu ließ ihre Hand über die Kanten gleiten, an denen das Glas in den Rahmen eingelassen war.

»Das ist kein so dickes Glas wie bei modernen Fenstern«, sagte sie.

Theo ging zum Fenster und untersuchte es.

»Du hast recht, es ist kein Sicherheits-Doppelglas. Meinst du, wir kriegen es kaputt?«

Lu machte ein paar Schritte rückwärts und behielt das Fenster im Auge, als würde sie intensiv darüber nachdenken. Ohne Vorwarnung schnappte sie sich einen alten Holzstuhl, holte aus und schleuderte ihn gegen das Fenster.

»Hey!« Theo duckte sich.

Kracks! Der Stuhl zerschmetterte das Glas und flog nach draußen, als wäre überhaupt keine Scheibe dazwischen gewesen.

»Ja, ich glaube, wir kriegen sie kaputt«, sagte Lu.

»Ich hoffe bloß, da unten steht niemand«, sagte Theo.

Die beiden spähten durch den leeren Fensterrahmen. Der Stuhl war auf dem Gehweg drei Stockwerke tiefer gelandet.

»Und jetzt?«, fragte Theo.

Lu musterte die Backsteinfassade und entdeckte einen engen Betonsims, der direkt unter den Fenstern an der gesamten Fassade entlangführte. Zwanzig Meter weiter auf derselben Höhe befand sich ein Balkon.

»Jetzt gehen wir über den Sims bis zu diesem Balkon«, antwortete sie. »Kein Problem.«

»Im Ernst jetzt?«, rief Theo »Der ist doch nur fünfundzwanzig Zentimeter breit! Wenn wir runterfallen, sind wir tot.«

»Wir fallen aber nicht«, sagte Lu zuversichtlich. »Es wirkt nur bedrohlich, weil wir so hoch oben sind. Wenn er direkt über dem Boden wäre, würden wir überhaupt nicht drüber nachdenken.«

»Er ist aber nicht direkt über dem Boden.«

Lu beugte sich aus dem Fenster und betrachtete den Sims

genauer. Sie sah hinunter auf den zerschmetterten Stuhl, der unten auf einem Haufen Glasscherben lag, und schluckte schwer.

»Ja, gut. Ist schon ein bisschen beängstigend, aber wir haben ja keine andere Wahl.«

Theo sah auf den Sims, wischte sich nervös den Schweiß von der Stirn und holte tief Luft.

»Okay. Ich mach's.« Seine Stimme zitterte.

»Wir gehen beide«, erwiderte Lu sofort.

»Nein. Es gibt keinen Grund, warum wir es beide riskieren sollten. Ich gehe rüber zum Balkon, klettere dann ins Haus und schließe die Tür auf.«

»Vergiss es. Ich gehe«, sagte Lu. »Es war meine Idee.«

Sie schickte sich an, aus dem Fenster zu klettern, aber Theo hielt sie auf.

»Ich schaffe das«, sagte er zuversichtlich. »Außerdem, ich kann mir nicht vorstellen, wie ich allein mit diesen Hexen fertigwerden soll, wenn dir etwas passiert.«

»Bist du sicher?«, fragte Lu.

Anstelle einer Antwort steckte Theo den Kopf aus dem Fenster und sah hinunter auf die Straße. Weit hinunter.

»Wenn man hier runterfällt, tut man sich echt weh«, stellte er mit schwindender Zuversicht fest.

»Dann gehe ich«, sagte Lu.

Theo beachtete sie nicht. Er setzte sich auf den Fensterrahmen und drehte sich, bis seine Beine im Freien baumelten. Seine Fersen ruhten jetzt auf dem engen Betonsims.

»Sieh immer zur Wand«, sagte Lu. »Nicht nach unten.«

»Alles klaro«, sagte Theo mit zitternder Stimme.

Er packte den Fensterrahmen wie ein Ertrinkender das Seil, senkte den Kopf und schob sich nach draußen. Die frostige Oktoberluft schlug ihm entgegen und gleichzeitig packte ihn lähmende Angst. Während er den Klammergriff der einen Hand am Fensterrahmen keinen Moment lockerte, drehte er seinen Körper so weit, dass er mit dem Gesicht zur Mauer stand.

»Mein ganzer Fuß passt auf den Sims«, sagte er. »Das ist doch gut, oder?«

»Perfekt. Du musst dich nur an der Hauswand entlangschieben.«

»Alles klar. Kapiert. Kinderspiel.«

»Gut, dann los.«

Theo rührte sich nicht.

»Alles klar?«, fragte Lu.

»Nein«

»Dann komm wieder rein.«

»Nein. Ich krieg das hin.«

Theo ließ seinen linken Fuß am Gebäude entlanggleiten, bis er breitbeinig dastand. Dann zog er den rechten Fuß nach, bis die Lücke geschlossen war.

»So ist es gut!«, sagte Lu aufmunternd.

»Ja. Ganz einfach, solange ich mich am Fensterrahmen festhalte.«

»Kannst du dich nicht mit den Fingern an den Ziegelsteinen festkrallen? So wie ein Freeclimber im Fels?«

Theo legte vorsichtig eine Handfläche auf die Backsteinmauer links vom Fenster. Als er den Arm beinahe ausgestreckt hielt, tastete er nach der Mörtelschicht zwischen den Steinen, griff mit seinen Fingern dann um einen einzelnen Stein und probierte aus, wie gut er sich halten konnte.

»Viel Halt bietet das ja nicht«, sagte er. »Aber besser als nichts.«

»Super. Lass dir Zeit. Aber beeil dich.«

Theo warf Lu einen wütenden Blick zu.

»Entschuldigung.« Lu zuckte mit den Achseln. »Nimm dir so viel Zeit wie nötig.«

Theo holte ein paarmal nervös Luft, dann ließ er seine Hand vom Fensterrahmen gleiten und umfasste einen weiteren Backstein. Jetzt stand er auf dem Sims und nur sein Gleichgewichtssinn und das Festklammern an der nur Zentimeter breiten Mörtelschicht zwischen den Backsteinen bewahrten ihn vor dem Absturz. Er schob seinen linken Fuß wieder vor, bewegte sich vorsichtig nach links und zog den rechten Fuß nach.

»Ich krieg das hin«, sagte er mit steigender Zuversicht.

»Ist mir klar«, sagte Lu. Sie sah hinunter auf den zertrümmerten Stuhl und schluckte.

Theo bewegte sich langsam, aber stetig weiter. Er fand seinen Rhythmus: linker Fuß, linke Hand, rechter Fuß, rechte Hand. Er bewegte immer nur eine Hand oder einen Fuß gleichzeitig und sah nicht nach unten. Fast die ganze Zeit hielt er seinen Blick auf die Backsteinwand dicht vor seiner Nase geheftet, nur ab und zu sah er kurz nach links, um zu überprüfen, wie weit es noch bis zu diesem Balkon war, der plötzlich in weiter Ferne zu liegen schien.

Lu sagte kein Wort mehr. Sie wollte Theos Konzentration nicht stören.

Es waren nur noch ein paar Stunden, bis der November anfing – der typische Halloween-Frost hing in der Luft – aber Theo schwitzte heftig. Salzige Tropfen perlten über seine Stirn und gerieten ihm in die Augen. Er wagte nicht, sie wegzuwischen. Keinen Moment lang wollte er den Kontakt zur Wand verlieren.

Er kam an keinem anderen Fenster vorbei. Es war eine durchgehende Backsteinwand und es gab nur diesen einen Balkon. Nach guten fünf Minuten wagte er, nach seinem Ziel zu sehen, und stellte fest, dass nur noch wenige Meter fehlten. Das machte ihm Mut. Er würde es schaffen.

»Bin fast da!«, rief er.

Er machte noch einen Schritt, verlagerte sein Gewicht auf den linken Fuß und der Sims bröckelte ab. Lu schrie auf. Theos linker Fuß hing in der Luft, aber er konnte sich an den Backsteinen so gut festhalten, dass er nicht fiel. Er presste seinen Körper so dicht an die Wand, dass er spüren konnte, wie sein Herz gegen die Backsteine klopfte.

»Hör auf!«, schrie Lu. »Komm zurück!«

Theo sah hinunter auf den Sims. Fast auf einem halben Meter war er abgebrochen.

»Ich kann nicht«, sagte er. »Das ist zu weit.«

»Aber was ist, wenn das nächste Stück auch abbricht?«

»Ich … ich weiß nicht«, gab Theo zurück.

»Riskier's bloß nicht«, rief Lu. »Rutsch einfach zurück und …«

Theo hob den linken Fuß, streckte ihn über die Lücke und setzte ihn auf der anderen Seite auf. Er testete den Sims, so gut er konnte, und legte vorsichtig mehr Gewicht auf den Fuß. Der Sims hielt. Schnell ließ er seinen Fuß noch weiter gleiten. Jetzt stand er breitbeinig über der Lücke, um Platz für den rechten Fuß zu schaffen.

»Alles klaro«, sagte er.

Er hielt die Luft an, verlagerte sein ganzes Gewicht auf das linke Bein und … Kracks! Der Beton bröckelte. Zeit zum Überlegen blieb nicht. Theo grub seine Fingerkuppen in die Ritzen zwischen den Backsteinen, stieß sich mit dem rechten Fuß ab und schwang sich seitlich auf den Balkon. Der Sims unter ihm brach ab, aber Theo war schon abgesprungen. Er verdrehte seinen Körper, streckte verzweifelt die Hände aus … und konnte gerade noch die weiße Balkonbrüstung packen. Beide Füße hingen in der Luft. Lange blieb er aber nicht so hängen. Mit einer Kraft, die wohl zu gleichen Teilen einem heftigen Adrenalinschub und seiner Todesangst zu verdanken war, zog er sich hoch und schwang sich über die Balkonbrüstung. Er war in Sicherheit.

»Jaaaa!«, schrie Lu. Sie war unendlich erleichtert.

Theo fiel auf den Boden des Balkons. Er lag auf dem Rücken und atmete schwer.

»Alles klar bei dir?«, rief Lu ihm zu.

»Nein! Ich habe einen Herzanfall!«

»Echt?«

Theo holte tief Luft, um seine Atmung wieder unter Kontrolle zu bekommen.

»Nein, natürlich nicht.«

»Na gut, aber ich. Du hast mich zu Tode erschreckt.«

»Ja, und ich wäre beinahe in den Tod gestürzt. Von mir hast du kein Mitleid zu erwarten.«

Theo erhob sich. Eine Doppeltür führte vom Balkon ins Innere des Schulgebäudes. Er ging hin und packte den Türknauf.

»Bitte sei nicht abgeschlossen«, sagte er vor sich hin. Er drehte den Knauf und die Tür öffnete sich. »Ja!«

Ohne zu zögern, rannte er den Korridor entlang bis zu dem Klassenraum, in dem Lu festsaß. Als er die Tür erreichte, erkannte er, womit Mr Martin sie verriegelt hatte. Eine Metallstange klemmte zwischen der unteren Ecke des Türrahmens und dem Türgriff. Theo konnte die Stange mit einem Ruck entfernen. Im selben Moment flog die Tür auf und Lu sprang heraus. Sie fiel Theo um den Hals und drückte ihn an sich.

»Das war das Tollste, was ich je gesehen habe«, sagte sie. »Ich nenne dich nie wieder Feigling. Jedenfalls heute nicht mehr.«

Theo stand verlegen da, als wäre er noch nie von einem weiblichen Wesen umarmt worden. Nach ein paar Augenblicken entspannte er sich.

»Ich hatte ganz schön Angst«, sagte er.

»Umso tiefer bin ich beeindruckt«, sagte Lu. Sie ließ Theo los. »Komm, jetzt sprengen wir diese Party.«

Kapitel 14

Miss Tomac stellte sich hinter Ainsley und ließ die Spitze des geheimnisvollen Dolchs über ihre Wange gleiten. Ich erschauderte vor Angst, dass sie Ainsley verletzen würde. Oder noch Schlimmeres.

Ainsley lächelte nur. Sie hatte ganz offensichtlich keine Angst, weil ihr gar nicht klar war, in welcher Gefahr sie schwebte. Ich war mir nicht sicher, ob sie überhaupt wahrnahm, was um sie herum passierte.

»Unsere Kräfte sind in dir erstarkt«, sagte Miss Tomac. »Ich weiß, dass du es spüren kannst.«

»Ja, das kann ich«, sagte Ainsley wie im Traum.

»Bis jetzt war es für dich, als müsstest du einen wilden Sturm bändigen. Du hattest deine Gefühle ebenso wenig unter Kontrolle wie deine heranreifende Zauberkraft. Aber jetzt, im Antlitz des schwarzen Mondes von Samhain, wirst du endlich die Kontrolle über sie erlangen.«

Miss Tomac nahm Ainsleys Hand und hob sie hoch, bis ihr bloßer Arm zwischen ihnen ausgestreckt war.

Die ganze Zeit über zerrte ich an dem Seil, das meine Handgelenke aneinanderfesselte und sich um den hölzernen Stützpfeiler schlang. Ich weiß nicht, warum, denn es war unwahrscheinlich, dass es reißen würde. Aber als Miss Tomac Ainsleys Arm nahm und den Dolch hob, geriet ich in Panik und ruckte noch heftiger. Und diesmal passierte etwas.

Das Seil riss nicht, aber als ich zerrte, bewegte sich das untere Ende des Pfeilers ein ganz kleines bisschen. Das Holz war morsch. Wer weiß, in welchem Jahrhundert das Ganze erbaut worden war, aber auf jeden Fall war es nicht mehr so stabil wie einst. Der Fuß der Holzstrebe, der direkt auf dem Felsboden stand, war faulig und weich. Ich zerrte noch heftiger, benutzte das Seil als Säge. Teile von morschem Holz und Sägespäne lösten sich. Keiner beobachtete mich. Alle Blicke waren auf die Hauptdarsteller gerichtet: Miss Tomac und Ainsley.

Der Sprechgesang wurde lauter. Jetzt fiel Miss Tomac mit ein.

»*Araba … sinquentus … dehmino … saet …*«

Was auch immer das jetzt hieß. Miss Tomac hob den Dolch. Ich unterbrach meine Sägerei und sah zu. Ich wollte nicht, aber ich musste einfach. Mit einer einzigen raschen Bewegung schnitt Miss Tomac in Ainsleys Unterarm. Obwohl ich mich am liebsten abgewendet hätte, zwang ich mich, weiter hinzusehen.

Ainsley reagierte nicht. Es war, als habe sie die Klinge gar nicht gespürt. Sie hielt den Blick auf die Kerze auf dem Altar gerichtet.

Miss Tomac nahm einen kleinen Metallteller vom Altar und hielt ihn so unter Ainsleys Wunde, dass er einige Tropfen von ihrem Blut auffing. Die ganze Zeit über fuhr sie in ihrem unheimlichen, hypnotischen Sprechgesang fort.

»*Araba … sinquentus … dehmino … saet …*«

Miss Tomac ließ Ainsleys Arm los und ging hinter den Altar.

Sie stellte den Metallteller ab und griff nach der Kerze. Der Chor wurde lauter, drängender. Es klang so, als würden die Hexen Miss Tomac anfeuern, es jetzt endlich zu tun ... aber was?

Ainsley stand da, die Hand auf ihren Arm gepresst, um die Blutung zu stillen. Sie hatte keine Schmerzen. Sie sang auch nicht mit. Miss Tomac hielt die Kerze schräg und Wachs tropfte auf die Platte mit Ainsleys Blut.

»Unsere Vergangenheit wird zu unserer Zukunft«, erklärte sie. »Sobald der Aufstieg vollzogen ist, wird das Opfer es unseren Brüdern und Schwestern ermöglichen, die Abgründe der Zeit zu überwinden und zu uns zu stoßen!«

Die Hexen wiederholten ihren Spruch immer wieder, immer lauter. Es wirkte alles wie ein alberner Hokuspokus, eine reine Show ... bis die Show dann ernster wurde.

Auf dem Tisch erwachte eine Kerze nach der anderen flackernd zum Leben. Ihr Licht verband sich mit dem der Einzelkerze zu einem intensiven rötlichen Schein, der den Altar in einen warmen, leuchtenden Kokon hüllte. Niemand vermochte seinen Blick von diesem Schauspiel abzuwenden, auch ich nicht. Innerhalb weniger Sekunden war jede Kerze entflammt. Es war ein eindrucksvoller Zaubertrick – und das sollte erst der Anfang sein.

Die Flamme der ersten Kerze wuchs, schuf eine unglaublich helle Aura von der Größe einer Grapefruit. So als hätte sie einen eigenen Willen, löste sich diese Aura vom Docht, aber die Kerze brannte noch immer. Verblüfft beobachtete ich, wie bei allen anderen Kerzen dasselbe passierte. Von jeder Flamme löste sich eine leuchtende Kugel, stieg langsam höher wie eine glühende Seifenblase. Die Hexen murmelten und murmelten und starrten auf die glühenden, schwebenden Kugeln, die die Höhle jetzt taghell erleuchteten. Jetzt, wo es so viel heller war, erkannte ich den euphorischen Ausdruck in ihren Gesichtern, als sei der fantastische Moment, auf den sie seit Jahrhunderten gewartet hatten, nun endlich gekommen. Auch Ainsley beobachtete das Geschehen. Auf ihrem Gesicht lag ein erstauntes, seliges Lächeln.

Immer höher hinauf stiegen die leuchtenden Kugeln, bis dicht unter die Decke des Saals. Ich fragte mich, was geschehen würde, wenn sie gegen die Decke aus Holz und Stein stießen. Würden sie zerplatzen wie Seifenblasen? Oder zersplittern, als wären sie aus Glas? Die Kugeln stiegen jetzt über die Höhe des Zauns hinaus. Es fehlten vielleicht noch dreißig Zentimeter bis zur Decke, als sie plötzlich wie auf Kommando alle in unterschiedliche Richtungen auseinanderstoben. Sie schossen kreuz und quer herum, stießen herab, flitzten hin und her wie durchgedrehte Glühwürmchen. Einige flogen direkt an mir vorbei und zwangen mich, den Kopf einzuziehen.

Die Bewegung erinnerte mich wieder an den morschen Pfeiler. Ich ging in die Hocke, wegen der besseren Hebelwirkung, und legte wieder los, benutzte das Seil wie eine Säge und versuchte, damit den Fuß des Pfeilers durchzuscheuern. Ich hoffte einfach, das Holz wäre am unteren Ende so weich, dass es mir gelingen würde, das Seil darunter durchzuziehen.

Während ich schuftete, beobachtete ich das Lichterspektakel. Als eine der Leuchtkugeln nah an mir vorbeiflog, konnte ich sie besser betrachten … und hätte beinahe laut aufgeschrien Es war nicht nur ein glühender Lichtball. Im Inneren der Kugel schwebte ein menschliches Gesicht. Ich konnte nur einen kurzen Blick darauf erhaschen, weil die Kugel so schnell dahinschoss, aber ich wusste, ich hatte mich nicht getäuscht. Ich konzentrierte mich auf die anderen, die vorbeikamen, und sah immer das Gleiche. In jeder Kugel steckte ein Kopf ohne Körper.

Das hier war nicht einfach ein Feuerwerksspektakel. Diese Lichter waren Geister – Geister von Hexenschwestern und -brüdern, die zu diesem Großereignis herbeigerufen worden waren. Die dunkle Macht, die der Hexenzirkel in Ainsley ausbrütete, war so stark, dass sie zusätzlich noch weitere Zauberkräfte aus der Vergangenheit beschwören konnte. Wie Miss Tomac gesagt hatte – Generationen von Hexen versammelten sich an diesem Ort, um der Zeremonie beizuwohnen. Und der Opferung.

Theo und Lu rannten die Treppe vom obersten Stockwerk der Schule hinab und stürmten aus dem Gebäude hinaus in die Herbstnacht.

»Zur Sporthalle«, kommandierte Lu und die beiden spurteten los.

Als sie um die Ecke des Schulgebäudes kamen, hielten sie abrupt an. Die Wirklichkeit traf sie wie ein Schlag: Eine lange Autoschlange wand sich vom Eingang der Sporthalle bis ganz hinten zum Parkplatz und zur Straße. Nacheinander hielten die Wagen an und ließen kleine Grüppchen aufgeregter Kinder in Halloweenkostümen aussteigen. Der Eingang war mit Lichterketten aus orangefarbenen Blinklichtern dekoriert. Sie bildeten einen Torbogen, den die Schüler beim Eintreten passierten. Von innen war stampfende Musik zu hören, lockte alle herein, mitten hinein ins gruselige Vergnügen.

»Wir kommen zu spät«, murmelte Theo niedergeschlagen.

»Noch nicht!«, rief Lu.

Die beiden rannten auf den Eingang zu. Doch in dem Moment, in dem sie das Gebäude betreten hatten, stellten sie fest, dass sie nicht weiterkamen: Ein großer Tisch stand im Weg. Hier wurden die Eintrittskarten kontrolliert.

Eine säuerlich wirkende Dame, die Schulsekretärin aus dem Vorzimmer des Direktors, saß hinter dem Tisch. Als einziges Zugeständnis an Halloween trug sie jetzt einen schwarzen Jogginganzug und einen turmhohen rot-weiß geringelten Hut. Sie musterte Lu und Theo voller Misstrauen.

»Seid ihr Schüler dieser Schule?«

»Ähm, ja«, sagte Lu. Ihre Gedanken überschlugen sich. »Ich meine, nein, noch nicht. Wir sind beide neu hier.«

»Diese Veranstaltung dürfen nur angemeldete Schüler besuchen«, knurrte die Sekretärin.

»Aber wir sind eingeladen«, beschwerte sich Theo. »Von Ainsley Murcer. Sie hat das alles hier auf die Beine gestellt.«

Die Sekretärin sah die beiden Mädchen an, die neben ihr saßen. Sie zuckten mit den Achseln.

»Geht Ainsley suchen«, befahl die Sekretärin.

Die eine sprang auf und rannte durch die Doppeltür, die in die Halle führte.

Die Sekretärin schenkte Lu und Theo ein gezwungenes Lächeln. »Das hier ist eine Halloween-Party. Wo sind eure Kostüme?«

Lu trat nervös von einem Fuß auf den anderen.

»Ähm …« Mehr brachte sie nicht heraus.

»Wir tragen doch unsere Kostüme«, sagte Theo von oben herab. »Ich gehe als Schicki-Micki-Typ aus Connecticut.«

Er zog mit beiden Händen an seiner Fliege, als wollte er sie fester ziehen.

»Und was ist mit ihr?«, fragte die Sekretärin misstrauisch.

»Ich, ähm, ich bin ein Roller Derby-Girl. Aber ich habe mir gedacht, Sie lassen mich mit den Rollschuhen nicht rein, also habe ich nur das hier. Grrr …«

Lu knirschte mit den Zähnen, ließ die Muskeln spielen und zog eine drohende Grimasse.

»Cool«, sagte das zweite Mädchen am Tisch.

Die Sekretärin verdrehte die Augen. »Na, egal. Wartet da drüben.«

Sie bedeutete Theo und Lu, dass sie aus dem Weg gehen sollten, und wandte sich den nächsten Kindern in der Warteschlange zu. Lu und Theo zogen sich in eine Ecke des Vorraums zurück.

»Dieses Mädchen wird Ainsley da drin nicht finden«, sagte Theo. »Und wenn doch, dann kommen wir zu spät.«

»Das kann nicht die einzige Möglichkeit sein, da reinzukommen«, sagte Lu. »Komm mit raus, wir suchen einen anderen Zugang.«

Lu rannte in Richtung Eingangstür. Theo wollte ihr folgen, aber dann bemerkte er etwas, was ihn zur Salzsäule erstarren ließ: Kayla war gerade angekommen. Sie sah wunderschön aus in ihrem langen Prinzessinnenkleid und dem Krönchen aus künstlichen Diamanten. Ihr langes kastanienbaunes Haar fiel ihr in Locken auf die Schultern und verlieh ihr erst recht das Aussehen einer Prinzessin, als sie durch den festlichen Lichterbogen trat.

Theo stand da wie vom Donner gerührt. Sie hatte keinerlei Ähnlichkeit mehr mit dem schüchternen Mädchen, das nicht sprechen konnte. Sie strahlte übers ganze Gesicht. Theo versuchte sich zu fassen und trat zu ihr.

»Hi«, sagte er. »Kennst du mich noch?«

Kayla nickte lächelnd.

»Ich habe nicht damit gerechnet, dich hier zu treffen. Ich meine, ich hätte nicht gedacht, dass du zu so einer Party kommen würdest. Du siehst wunderschön aus.«

Kayla errötete verlegen und schenkte Theo ein strahlendes Lächeln.

»Ich hoffe, du amüsierst dich gut und … ach so.« Jetzt hatte ihn die Wirklichkeit eingeholt. »Du gehst da nicht rein«, befahl Theo.

Kaylas Lächeln erlosch. Sie sah Theo verständnislos an.

Theo nahm sie am Arm und führte sie aus dem Gedränge der hereinstürmenden Schüler heraus.

»Da drin wird etwas Schlimmes passieren«, sagte Theo hastig. »Es könnte gefährlich werden.«

Kayla schüttelte den Kopf und runzelte die Stirn. Sie hatte keine Ahnung, wovon er redete.

»O Mann, ich kann es nicht erklären. Aber wir versuchen, die Party zu verhindern, damit niemandem etwas passiert.«

Lu kam zurück in den Vorraum.

»Ich habe gedacht, du kommst nach«, meckerte sie Theo an.

»Ich versuche, Kayla daran zu hindern, hier reinzugehen.«

Lu musterte Kayla, dachte rasch nach und sagte: »Nein. Sie muss sogar reingehen.«

»Aber …«, fing Theo an.

Ohne Umschweife wandte sich Lu an Kayla: »Nimmst du uns als deine Gäste mit rein?«

Kayla sah zwischen Theo und Lu hin und her. Sie war vollkommen verwirrt.

»Nein!«, sagte Theo.

»Theo, wir müssen da rein!«, sagte Lu.

Theo war hin- und hergerissen, aber er nickte. Er hatte verstanden.

»Kannst du uns bitte mit reinnehmen?«, fragte er Kayla. »Wir müssen verhindern, dass etwas passiert. Aber du musst dann gleich wieder gehen.«

»Bitte«, fügte Lu hinzu.

Kayla nickte.

»Super!«, rief Lu.

Sie packte Kaylas Hand und zerrte das Mädchen zu der Frau mit dem hohen Ringelhut hinüber

»Wir haben Ainsley nicht gefunden, aber wir sind als Kaylas Gäste hier«, platzte sie heraus.

Die Frau musterte alle drei voller Misstrauen.

»Sind das deine Gäste, Kayla?«, fragte sie.

Kayla nickte.

»Also gut.« Die Sekretärin schien nicht besonders erfreut, aber sie nickte. »Das macht einen Dollar für jeden.«

»Bezahl du«, sagte Lu zu Theo und schob Kayla rasch ins Innere der Sporthalle.

Theo und die Frau an der Kasse sahen einander an. Theo zuckte mit den Schultern und griff nach seinem Geldbeutel.

Die glühenden Geisterkugeln flitzten immer noch in der Höhle hin und her. Immer wieder erhaschte ich einen Blick auf eines der

Gesichter, die sich darin verbargen. Es waren sowohl Männer als auch Frauen darunter. Alle wirkten sehr ernst.

»*Araba*!«, rief Tomac.

Sie war auf den Altar geklettert und stand mit ausgestreckten Armen da, als wolle sie die kleinen, feurigen Hexenkugeln umarmen. Was auch immer *Araba* bedeutete, es war ein Signal. Die schwebenden Lichter sammelten sich über dem Altar, formierten sich zu einem Kreis über den Köpfen der Hexen. Der Hexenchor verstummte. Die Hexen sahen nach oben auf den glühenden Kreis, der ihre Gesichter in ein böses Licht tauchte. In ihren Mienen lag Stolz und auch eine gewisse Ehrfurcht. Jetzt war es im Höhlensaal plötzlich sehr still. Ich hörte nur noch das schwere Atmen der aufgeregten Hexen.

»Nun ist der Zeitpunkt für den Aufstieg unserer Priesterin gekommen!«, verkündete Tomac. Sie sah auf Ainsley und fügte hinzu: »Dieser Samhain-Tag wird für immer in unserem Gedächtnis bleiben – als Tag unseres Neuanfangs. Und jetzt geh.«

Sofort setzte der Chor der Hexen wieder ein.

Ainsley wandte sich vom Altar ab. Langsam, wie im Nebel, ging sie direkt auf den Tunnel zu, der zur Schule führte. Sie war auf dem Weg zur Party! Mit einer letzten, verzweifelten Anstrengung riss ich an dem Seil, das mich an den Pfeiler fesselte. Der Fuß der Stütze knackte. Ja! Er gab nach! Mit zwei weiteren, ruckartigen Bewegungen gelang es mir, das Seil unter dem Pfeiler hindurchzuziehen. Durch diesen Ruck bewegte sich der Pfeiler ein ganz kleines bisschen und Staub rieselte von der Decke, von der Stelle, an der die Säule das Dach hielt. Schotter hagelte auf mich herab und einen Moment lang fürchtete ich, die gesamte Decke würde einstürzen.

Ich legte mir schützend die Arme über den Kopf und rechnete mit dem Schlimmsten, aber der Balken hielt. Gerade noch so.

Die Hexen bekamen überhaupt nicht mit, was sich bei mir abspielte. Sie waren alle auf Ainsley konzentriert, die nun schon auf halbem Weg zum Tunneleingang war.

Meine Handgelenke waren immer noch vor meinem Körper aneinandergefesselt, aber ich war frei. Ich musste hier raus.

Ainsley schien genau zu wissen, was sie zu tun hatte. Sie spazierte weiterhin wie in Trance auf den Bogengang zu und verschwand durch den engen Eingang. Nächster Halt … Horrornacht. Die Kugeln schwebten über Ainsleys Kopf wie ein übernatürlicher Geleitschutz und leuchteten ihr den Weg durch den dunklen Tunnel.

Das war meine Chance. Während alle Blicke auf ihr ruhten, sauste ich rasch in die entgegengesetzte Richtung, auf die Treppe zu, die nach oben und ins Freie auf die Lichtung führte. Ich achtete darauf, hinter den Säulen in Deckung zu gehen, nur für den Fall, dass eine der Hexen zufällig in meine Richtung sah. Die Pfeiler hatten einen Abstand von jeweils zwei Metern. Das war eng genug, um sich immer wieder hinter einem von ihnen zu verbergen. Ich gelangte zur Treppe und nahm auf dem Weg nach oben zwei Stufen auf einmal. Dabei stolperte ich und fiel auf den ungleichmäßigen Steinen mehr als einmal hin, aber das hielt mich nicht auf. Ich schaffte es ins Freie, ohne von Wölfen, Raben, Glühkugeln oder Hexen verfolgt zu werden.

Als ich die Oberfläche erreichte, fiel mir als Erstes auf, dass inzwischen die Nacht hereingebrochen war und am Himmel Millionen Sterne leuchteten. Ich konnte mich nicht erinnern, je so viele gesehen zu haben. Ihr Licht war so strahlend, dass es im Wald fast so hell war wie am Tag. Vielleicht bildete ich mir das nur ein, aber es fühlte sich an, als verströme der Himmel heute eine Art Zauberkraft. Vielleicht, weil genau das der Fall war. Und es war ein böser Zauber.

Dann fiel mir auf, dass sich etwas anders anfühlte als sonst. Ich weiß nicht, warum ich etwas Zeit brauchte, um zu erkennen, woran das lag, denn eigentlich war es ziemlich offensichtlich.

Der Ring aus hohem, dichtem Brombeergestrüpp, der die Lichtung des Hexenzirkels umgeben hatte, war verschwunden. Die Steinhaufen, die den Eingang der Höhle markierten, lagen nun nicht mehr im Verborgenen. Spontan vermutete ich, dass das zum Programm des heutigen Abends gehörte. Die Hexen hatten es nicht mehr nötig, ihre Festung zu verbergen, denn wenn ihr Plan aufging, brauchten sie sich nicht mehr zu verstecken. Alle sollten wissen, dass es sie gab. Und weitere Hexen würden sich einfinden, vielleicht aus anderen Teilen der Welt, vielleicht aus anderen Dimensionen und Zeiten. Das hier war ihr Treffpunkt. Es war alles gut vorbereitet. Die Bühne war bereit. Es sei denn, wir konnten Ainsley aufhalten.

Ich rannte durch den Wald in Richtung Schule und hoffte, dass es Lu und Theo gelungen war, die Turnhalle zu räumen.

Kapitel 15

Die Halloween-Party hatte gerade erst angefangen und war schon ein Erfolg: Bei den meisten Schulpartys stehen die Mädchen und Jungen an gegenüberliegenden Wänden des Saals herum und warten nervös darauf, dass jemand das Eis bricht. Aber die Schüler der Coppell-Mittelschule stürzten sich ohne weitere Umschweife ins Vergnügen. Vielleicht verliehen ihre Kostüme ihnen das nötige Selbstvertrauen. Oder es lag daran, dass der DJ sein Publikum kannte und genau die richtige Musik auflegte, um die Party in Gang zu bringen. Oder vielleicht knisterte eine geheimnisvolle Spannung in der Luft, die die Schüler dazu brachte, sich einfach fallen zu lassen. Woran es auch immer lag, Ainsleys Party war jetzt schon eine Feier, die niemand vergessen würde.

Theo und Lu durchquerten das Gedränge in der Sporthalle. Kayla blieb direkt hinter ihnen. Sie suchten in der Menge der kostümierten Kinder nach Ainsley.

»Es sind alle maskiert«, klagte Theo. »Es wird schwierig, sie zu erkennen.«

»Das ist übel«, sagte Lu nervös. »Wir müssen diese Halle räumen.«

Sie sah sich panisch um, dann entdeckte sie etwas und drängte sich durch die Menge der Tanzenden. Sie steuerte auf die andere

Seite der Sporthalle zu. Theo wollte ihr gerade folgen, als Kayla seinen Arm packte und ihn zurückhielt. Flehend sah sie ihn an – sie wollte wissen, was hier vorging.

»Es geht um Ainsley«, sagte Theo. »Alles, was hier passiert ist, die ganzen Unfälle. Ainsley hat sie ausgelöst. Aber es ist nicht ihre Schuld. Sie wurde … benutzt.«

Die Verwirrung in Kaylas Miene wurde noch größer.

»Ich weiß, das ist schwer zu verstehen«, sagte Theo, »aber es kann sein, dass sie heute Abend versucht, etwas ganz Schlimmes zu tun. Es könnte viele Verletzte geben, wenn wir sie nicht aufhalten, und deswegen geh jetzt bitte. Sofort.«

Kayla schüttelte entschlossen den Kopf. Sie wich nicht von seiner Seite. Theo wusste nicht weiter.

»Na gut«, sagte er schließlich frustriert. »Dann bleib dicht bei mir.«

Er nahm Kaylas Hand und schleppte das Mädchen mitten in das Meer der Tanzenden hinein. Sie versuchten, Lu einzuholen. Die hatte sich bis auf die andere Seite der Halle durchgekämpft. Sie sah sich um und entdeckte sofort, was sie gesucht hatte: Den Feuermelder.

Sie straffte sich und ging direkt auf ihn zu. Das rote Kästchen mit einer Glasscheibe vor dem schwarzen Knopf hing an der Wand. Wenn man die Glasscheibe einschlug und den schwarzen Knopf drückte, wurde der Feueralarm ausgelöst. Lu stellte sich vor den Feuermelder, streckte die Hand aus, atmete tief ein und wollte gerade mit dem dafür vorgesehenen Hämmerchen die Glasscheibe einschlagen …

»Hallo, Lu.«

Lu drehte sich blitzschnell um. Vor ihr stand … Ainsley.

»Was machst du denn da?«, fragte Ainsley sehr freundlich, ohne die geringste Spur von Anspannung oder Zorn.

»Wo ist Marcus?«, fragte Lu entsetzt.

Ainsley sah sich um, als hielte sie nach ihm Ausschau.

»Ich weiß nicht – er könnte überall sein«, sagte Ainsley. »Bitte fass den Feuermelder nicht an.«

»Ich weiß, dass das alles nicht deine Schuld ist«, keuchte Lu. »Du kannst dich nicht wehren. Aber ich werde nicht zulassen, dass du hier jemandem etwas antust.«

Sie wandte sich wieder um und griff nach dem Hämmerchen, aber es gelang ihr nicht mehr, ihn zu berühren. Ihr Körper wurde plötzlich steif, als hätten sich alle ihre Muskeln gleichzeitig verkrampft. Sie riss überrascht die Augen auf. Als sie den Mund öffnen wollte, um etwas zu sagen, kamen keine Worte heraus. Sie konnte ihre Bewegungen nicht mehr steuern. Ihr Körper verdrehte sich, bis sie mit dem Rücken gegen die Wand schlug, direkt neben dem Feuermelder.

Ainsley stand da, einen Arm erhoben und ihren ausgestreckten Finger auf Lu gerichtet – sie bündelte die Zauberkraft des Hexenzirkels. Ihre Miene war ausdruckslos. Sie wirkte weder überrascht noch wütend oder mitleidig. Es war, als sei Lu ein nebensächliches Problem, mit dem man fertigwerden musste.

»Tut mir leid, Lu«, sagte Ainsley so beiläufig, als täte es ihr nicht im Geringsten leid. »Ich kann nicht zulassen, dass du das tust. Ich trage die Verantwortung.«

Lu stand reglos mit dem Rücken an der Wand. Sie konnte nichts sagen.

»Aber keine Sorge«, sagte Ainsley fröhlich. »Es wird nicht lange dauern.«

Sie wandte sich von Lu ab und richtete den Blick auf die gedrängt volle Sporthalle. Langsam hob sie den anderen Arm. Beide Handflächen hatte sie nach oben gedreht, als hebe sie ein gewaltiges Gewicht. Die Lichter in der Sporthalle flackerten. Die orangefarbenen Halloween-Lämpchen, die über die Decke gespannt waren, blinkten noch einmal, zweimal, dann erloschen sie. Ein Raunen ging durch den Raum. Die stampfende Tanzmusik brach ab. Die Deckenbeleuchtung flackerte noch einmal, dann erlosch auch sie.

Nun lag die Sporthalle vollkommen im Dunkeln. Jetzt hörte man erschreckte Rufe. Ein paar Schüler kreischten vor Angst. Einige lachten auch, aber es war ein angespanntes Lachen. Und jetzt?

Nur wenige Sekunden später begann ein Notgenerator zu brummen und die Lichter gingen wieder an. Jubel brandete auf, aber wenige Sekunden später waren alle Lichter wieder erloschen. In der Halle war es jedoch nicht stockdunkel. Über dem ganzen Raum lag ein unheimlicher weißer Lichtschein, der von den zahlreichen Sternen ausging – von den unnatürlich hellen Sternen, die durch die hohen Fenster unter der Decke auf die Schüler herabfunkelten.

Die Schüler standen reglos da, nervös, unsicher, was jetzt zu tun sei. Eine Sekunde lang schien die Welt wie eingefroren. Ein stiller Moment zwischen dem, was war, und dem, was kommen würde.

Ein leises Grollen erschütterte die Halle. Es klang wie eine ferne Kolonne von Monstertrucks. Der bedrohliche Lärm wurde rasch lauter, ließ die Fenster in ihren Rahmen erzittern. Was auch immer dieses Geräusch erzeugte – es kam schnell näher. Die Schüler sahen sich mit wachsender Besorgnis um. Sie warfen einander fragende Blicke zu, aber niemand konnte eine Antwort liefern. Sie waren alle so verblüfft, dass sie sich nicht rühren konnten.

Jetzt verwandelte sich das dröhnende Geräusch in Bewegung. Der Boden der Turnhalle begann zu vibrieren. Die Vibration ging innerhalb kürzester Zeit in heftiges Rütteln über. Es war ein Erdbeben. Das reichte aus, um die Kinder aus ihrer Starre zu reißen. Alle schrien durcheinander, rannten in Richtung der Ausgänge. Aus den Partygästen war eine panische Menschenmenge geworden, die verzweifelt fliehen wollte.

Bamm! Bamm! Bamm!

Sämtliche Ausgangstüren fielen ins Schloss. Als die ersten Schüler sie erreicht hatten und an den Türgriffen rüttelten, bewegten sie sich nicht mehr. Die Schüler saßen in der Falle.

Das Beben wurde stärker. Manche Kinder verloren das Gleichgewicht und fielen zu Boden. Andere stemmten sich gegen die Türen, aber es war sinnlos. Sie waren fest verschlossen. Viele rannten zu den anderen Ausgängen, mit demselben Ergebnis. Verschlossen. Es war überall dasselbe. Keiner würde aus der Turnhalle herauskommen.

Kracks! Kracks! Die Fenster unter der Decke zerbarsten, Glassplitter ergossen sich auf den Boden. Die Scherben schossen wie Hagelkörner herab, hüpften über den Boden und verteilten sich in der ganzen Halle. Die Kinder suchten Deckung unter Tischen oder pressten sich gegen die Wände, um dem prasselnden Scherbenregen zu entgehen. Sie weinten und schrien vor Angst und Verwirrung, aber es gab kein Entrinnen.

Im Zentrum des ganzen Geschehens stand Ainsley. Während

um sie herum das absolute Chaos herrschte, ging sie mit ruhigen Schritten in die Mitte der Halle. Ihre gelassene Haltung stand in völligem Kontrast zu dem Durcheinander um sie herum. Sie war ruhig, während alle anderen gerade durchdrehten. Einige Kinder wurden auf sie aufmerksam. Sie kannten Ainsley, die immer auf alles eine Antwort hatte. Sie gingen auf sie zu, als sei sie die Retterin, die sie in sichere Gefilde führen würde.

Ainsley blieb in der Mitte der Halle stehen und die Schüler bildeten einen großen Kreis um sie – nicht unähnlich dem Ring aus Brombeersträuchern im Wald, der den Eingang zur Höhle des Hexenzirkels umgab. Sie starrten sie Hilfe suchend an und kamen dabei gar nicht auf die Idee, dass ausgerechnet sie es war, die diese schreckliche Situation auslöste.

Theo und Kayla rannten hinüber zu Lu, die immer noch mit dem Rücken zur Wand stand, vollkommen starr, den Blick nach vorne gerichtet.

»Was ist passiert?«, schrie Theo.

Lu konnte nicht antworten. Theo packte sie an den Schultern und schüttelte sie. Lu reagierte nicht. Sie war vollkommen weggetreten. Jetzt lag die ganze Verantwortung bei Theo – er musste Ainsley aufhalten. Er warf einen kurzen Blick auf das Chaos in der Sporthalle, schloss die Augen, dann streckte er die Hand aus und führte zu Ende, was Lu angefangen hatte. Er schlug das Glas ein und drückte den Knopf des Feuermelders.

Es gab kein Geräusch. Keine Sirene. Keine Blinklichter. Theo konnte nur hoffen, dass der Alarm irgendwo ankam und in Kürze Hilfe da sein würde.

»Bleib bei ihr«, wies Theo Kayla an und rannte zu Ainsley

hinüber. Er musste sich durch die Menge der Schüler drängen, wie vorher durch das Brombeerdickicht um die Hexenhöhle. Hoffentlich erreichte er Ainsley, bevor alles noch schlimmer wurde.

Ainsley stand in der Mitte des Rings, den die Kinder um sie gebildet hatten. Sie drehte sich langsam um sich selbst und sah den Kindern in die Augen, die ihren Blick erwiderten. Sie hofften, dass Ainsley diesem Schrecken irgendwie ein Ende bereiten würde. Theo drängte sich zwischen ihnen hindurch und stand jetzt auf der Innenseite des Kreises.

»Ainsley!«, rief er. »Halt!«

Das Gerüttel endete schlagartig. Alles war ganz ruhig. In der Halle herrschte plötzlich Totenstille. Theo sah sich verwirrt um, als könne er gar nicht glauben, dass es so einfach gewesen war, Ainsley aufzuhalten.

Die Kinder atmeten wieder durch. Ein erleichtertes Seufzen durchlief die Menge. Die Katastrophe war noch einmal an ihnen vorübergegangen, das Erdbeben hatte keine größeren Schäden angerichtet. Man hörte nur vereinzeltes Wimmern und Schluchzen. Das Schlimmste schien vorüber.

Bumm!

Der Holzboden der Halle brach auf. Drei Meter vor Ainsley bohrte sich eine riesige Felsspitze von unten durch den Boden. Schüler hechteten aus ihrem Weg, drängten und schubsten, um sich in Sicherheit zu bringen.

Bumm.

Es gab ein weiteres Krachen am anderen Ende der Halle und harte, scharfkantige Granitfelsen schoben sich in Richtung Decke. Der Lärm von berstendem Holz übertönte die panischen Schreie der Kinder. Die Erde bebte von Neuem, jetzt noch heftiger als zuvor. Das Basketballfeld riss direkt unter den Füßen der Schüler auf … den Opfern des Zirkels vom Schwarzen Mond. In den nächsten Sekunden würden sie in das Chaos hinabstürzen.

Ainsley war die Einzige, die nicht in Panik geriet. Während die anderen vergebens versuchten, einen sicheren Platz zu finden, stand sie mit erhobenen Armen in der Mitte des Spielfelds. Die Kräfte des Hexenzirkels bündelten sich in ihr und stachelten die zerstörerischen Mächte der Natur weiter an.

»Ainsley, hör auf damit!«, schrie Theo. Er rannte auf sie zu.

Ainsley schnippte nur kurz mit den Fingern in seine Richtung. Im selben Augenblick barst der Boden vor Theos Füßen, brach auf und ein tiefer Abgrund entstand. Theo machte eine Vollbremsung, aber die Ledersohlen seiner Schuhe fanden keinen Halt auf dem glatten Hallenboden. Er hatte zu viel Schwung und schlitterte genau auf den tiefen Graben zu … gleich würde er das erste Todesopfer des Abends werden.

»Ich hab dich!«

Jemand hatte Theo mit festem Griff gepackt und ihn vom Abgrund weggerissen. Er schlug heftig auf dem Boden auf und blickte nach oben, um festzustellen, wer ihn gerettet hatte.

»So leicht lassen wir uns nicht unterkriegen«, sagte sein Retter. Marcus O'Mara war in der Turnhalle angekommen.

Kapitel 16

Ich ließ die Hexenhöhle hinter mir und spurtete zurück durch den Wald in Richtung Schule. Nur das Licht der geisterhaften Sterne half mir, den Weg zu finden. Ich fingerte die ganze Zeit an den Seilen um meine Handgelenke herum, aber das war in vollem Lauf nicht ganz einfach. Endlich schaffte ich es, die Knoten zu lösen. Die ganze Zeit sah ich mich ängstlich um. Würde jeden Moment ein Baum nach mir greifen und mich packen, würden Schlingpflanzen herankriechen und sich um meine Knöchel legen? Nichts dergleichen geschah. Entweder hatten die Hexen meine Flucht nicht bemerkt oder es war ihnen gleichgültig, weil ich sowieso zu spät kommen würde.

Ich stürmte aus dem Wald ins Freie und rannte in Richtung Sporthalle. Dabei musste ich nur dem stampfenden Bassrhythmus folgen. Ich umrundete das Gebäude und war beinahe angelangt, als ich sah, wie die Lichter flackerten. Dann verstummte die Musik. Mir war klar, dass das kein Zufall war. Ainsley war in der Halle und verrichtete die schmutzige Arbeit des Hexenzirkels. Ein paar Schüler in Zombiekostümen kamen ins Freie gerannt. Ihre Mienen verrieten, dass sie so schnell wie möglich von hier wegwollten. Horrornacht!

»Was ist denn los?«, fragte ich ein Kind im Supermann-Kostüm.

»Ich weiß nicht«, antwortete es mit zittriger Stimme. »Es bricht alles zusammen.«

So viel zu Supermans Auftritt als großer Retter.

Als ich auf die Sporthalle zurannte, entdeckte ich Nate auf seinem Quad in der Nähe des Eingangs. Es sah nicht so aus, als habe er auch nur versucht, Zutritt zur Party zu erhalten. Glück für ihn.

»Was zum Teufel ist hier los?«, fragte ich.

»Keine Ahnung.« In seiner Stimme lag Panik. Sie war zwei Oktaven höher als normal. »Es hört sich so an, als würde die ganze Turnhalle zusammenbrechen. Ich schwöre, dass ich nichts damit zu tun habe.«

Ein weiteres »Horrornacht«-Transparent hing über den Türen. Wer auch immer es aufgehängt hatte, hatte nicht geahnt, als wie passend sich dieses Wort erweisen würde.

Ich sah erst Nate an, dann sein Quad. Eine Idee nahm in meinem Kopf Gestalt an. Eine wahnwitzige Idee, aber immerhin eine Idee.

»Bleib, wo du bist, ja?«, rief ich ihm zu, als ich an ihm vorbei in die Halle stürzte.

»Warum?«, fragte er. »Damit die Bullen mir das alles anhängen können?«

»Nein. Du kannst helfen, das hier zu beenden, und dabei vielleicht beweisen, dass du unschuldig bist.«

Nate fiel keine Antwort ein, und ich wartete auch nicht, bis er sich eine ausgedacht hatte. Ich rannte ins Gebäude, durch den Vorraum direkt in die Halle hinein. In dem Moment, in dem ich meinen Fuß auf den Holzboden setzte, spürte ich, dass er sich bewegte wie bei einem Erdbeben. Draußen war nichts Derartiges zu verspüren gewesen. Das, was hier geschah, passierte nur in der Sporthalle.

Wie erstarrt stand ich auf der Innenseite der Halle, als die Türen plötzlich alle ins Schloss fielen. Instinktiv wandte ich mich um und versuchte, sie wieder zu öffnen, aber sie waren fest verschlossen. Wäre ich auch nur wenige Sekunden später angekommen, wäre ich ausgesperrt gewesen. Jetzt war ich eingesperrt. Ich war mir nicht sicher, was schlimmer war. Einige Augenblicke später zerbarsten die Fenster unter der Decke und ein Schauer aus Tausenden von Glassplittern ergoss sich auf den Boden. Also gut: Es war schlimmer, in der Halle eingesperrt zu sein.

Ich wusste nicht, in welche Richtung ich mich wenden oder was ich tun sollte. Gerade als ich dachte, das Schlimmste sei vorbei, barst der Boden der Sporthalle an verschiedenen Stellen und scharfe Felsspitzen bohrten sich durch das Spielfeld nach oben.

Der Plan des Hexenzirkels wurde jetzt offensichtlich. Sie würden sämtliche Kinder, die sich in dieser Sporthalle befanden, auslöschen. Das war das Opfer. Auf diese Weise würden sie der Welt verkünden, dass es sie gab – mit einer entsetzlichen Tat, die bewies, dass die Natur den Hexen gehorchte und dass ihnen somit die Vorherrschaft über die Menschen zustand.

Und zur Ausführung dieses Plans benutzten sie Ainsley. Sie stand im Zentrum des Spielfelds, umringt von Kindern, und hielt ganz ruhig ihre Arme ausgestreckt, als bündele sie die böse Macht des Hexenzirkels und erweckte den Boden der Halle zum Leben. Ich sah, dass Theo sich auf der anderen Seite der Halle durch die Menge drängte und auf Ainsley zulief.

»Ainsley, hör auf damit!«, schrie er.

Das konnte nicht gut gehen. Wenn sie die Macht besaß, die ganz Sporthalle zu zerstören, dann konnte man erahnen, was sie mit Theo anstellen würde, wenn er ihr in die Quere kam. Ohne lang nachzudenken, rannte ich auf ihn zu, in der Hoffnung, ihn aufzuhalten, bevor er Ainsleys zerstörerische Kraft zu spüren bekam. Ich hatte etwa die halbe Strecke zurückgelegt, als der Boden aufriss und vor Theos Füßen plötzlich ein Abgrund klaffte. Ainsley würde nicht zulassen, dass er ihr zu nahe kam. Hätte ich mehr als nur eine halbe Sekunde lang nachdenken können, hätte ich vermutlich nicht getan, was ich dann tat. Aber ich sah in diesem Moment nur, dass mein Freund in sein Verderben stürzte. Ich sprintete los, hechtete über den Abgrund und packte Theo.

»Ich hab dich!«, rief ich.

Ich riss ihn um und wir beide rollten über den Boden. In Sicherheit. Wenigstens einen Moment lang.

»So leicht lassen wir uns nicht unterkriegen«, sagte ich.

Theo hatte die Augen weit aufgerissen und blickte wild um sich. Er wusste, wie dicht er sich bereits am Abgrund befunden hatte.

»Wird auch Z… Zeit, dass du kommst«, stammelte er.

Ich rappelte mich auf die Füße, half Theo auf und wich vor der Felsspalte im Boden zurück.

Ainsley stand mit ausgestreckten Armen da. Ihre Miene wirkte beinahe heiter, als sie nach oben sah Jeden Moment würde die Sporthalle über uns zusammenbrechen, uns alle begraben, auch sie selbst, aber es kümmerte sie nicht im Geringsten. Die Herrschaft der Hohepriesterin würde von kurzer Dauer sein. Auch sie war nur ein Opfer. Zweifellos würde ihr Tod all jene magischen Kräfte freisetzen, die sie über die Jahre ausgebrütet hatte, und diese Kräfte würden zu ihren ursprünglichen Besitzern zurückkehren … hundertfach verstärkt.

Überall um uns herum duckten sich Kinder ängstlich. Der Boden schaukelte und schwankte. Risse durchzogen die Wände. In Kürze würden die schweren Metallträger, welche die Decke stabilisierten, bersten und herunterkrachen. Nirgendwo gab es Sicherheit.

Als ich aufsah, entdeckte ich einige der glühenden Geisterkugeln. Sie schwebten durch eines der geborstenen Fenster herein, verharrten dann dicht unter der Decke und beobachteten ihre Hohepriesterin von oben. Sie waren gekommen, um mit anzusehen, wie die Hexen Rache nahmen und wie das Opfer vonstattenging, das zur Wiedergeburt des Zirkels führen würde.

Ich wusste nicht, was ich tun sollte. Aber jemand anders wusste es.

»Ainsley, hör sofort damit auf!«

Die mutige Stimme erhob sich über das Rumpeln und Krachen. Es war nicht meine Stimme. Auch nicht die von Theo. Oder die eines der anderen Schüler, die einander wimmernd im Arm hielten. Es war Kayla. Sie stand auf Ainsleys Seite des Abgrunds und ging mit langsamen Schritten auf sie zu. Sie wirkte wie eine Erscheinung – das schüchterne Mädchen, als Prinzessin verkleidet, schritt aufrecht und ohne zu zögern vorwärts. Sie zeigte nicht die geringste Furcht, während alle anderen vor Angst wie gelähmt waren. Und außerdem: Sie sprach.

»Bitte tu das nicht!«, rief sie mit einer ruhigen, sanften Stimme, die keiner der Schüler jemals zuvor gehört hatte.

Das erregte Ainsleys Aufmerksamkeit. Gerade hatte sie noch nach oben gesehen, aber als sie Kaylas Stimme hörte, senkte sie den Kopf und riss erstaunt die Augen auf – als wäre es ein unerhörtes Ereignis, Kaylas Stimme zu hören. Was es ja auch war.

»Du hast immer versucht, mich zu beschützen«, sagte Kayla. »Jetzt möchte ich dich beschützen. Hör damit auf, bevor jemand verletzt wird.«

Ainsley starrte Kayla an. In ihrer Miene lag völlige Verwirrung. Ich konnte nicht sagen, ob sie verstand, was Kayla sagte, oder ob sie einfach nur fassungslos war, weil Kayla überhaupt redete.

Die glühenden Kugeln über uns leuchteten noch kräftiger. Ich glaube nicht, dass jemand außer mir in der Sporthalle sie bemerkte oder sich über sie Gedanken machte. Die Menschen waren zu sehr damit beschäftigt, vor Angst durchzudrehen. Aber ich sah sie. Die Hexen waren nicht besonders glücklich.

Ainsley ließ die Arme sinken. Ihr ganzer Körper entspannte sich, als hätte sie sich aus dem mächtigen Griff des Hexenzirkels befreit.

»Kayla?«, sagte sie. »Du hast so eine schöne Stimme.«

Kayla lächelte und zuckte mit den Schultern. Das Erdbeben verebbte. Der Boden fühlte sich wieder stabil an. Das Kreischen und Bersten, das gerade noch von der zusammenfallenden Sporthalle zu hören gewesen war, hallte in der Stille nach. Keiner der vielen Hundert Schüler, die überall verstreut herumstanden, wagte es, sich zu regen.

Kayla ging näher an Ainsley heran, langsam, aber voller Zutrauen. Ainsley blickte sich rasch und völlig verwirrt in der Halle um, als sehe sie das alles zum ersten Mal.

»Was ist denn los?«, fragte sie mit vor Angst zitternder Stimme. »Wie bin ich hierhergekommen?«

Kayla trat zu ihr und nahm ihre Hände.

»Ich weiß es nicht«, sagte sie mit beruhigender Stimme. »Sieh mich an. Hör auf meine Stimme. Was auch immer hier passiert ist – wir dürfen nicht zulassen, dass es wieder anfängt.«

Tränen traten in Ainsleys Augen. Sie nickte zustimmend. Plötzlich wurde es im Raum blendend hell – sämtliche Deckenlampen gingen wieder an. Die orangefarbenen Halloween-Lichter leuchteten wieder und die Tanzmusik des DJs erwachte dröhnend zum Leben. Die fröhliche Partymusik stand in merkwürdigem Gegensatz zu den Bildern des Schreckens und der Zerstörung. Die Ausgangstüren flogen von selbst auf und sofort geriet die Menge der Kinder in Bewegung – alles rannte und flüchtete.

»Was zum Kuckuck?« Lu kam zu uns herübergelaufen.

»Alles klar bei dir?«, fragte Theo.

»Ich denke schon. Ich war bisher noch nie gelähmt. Und ich möchte es nicht noch mal erleben.«

Die Deckenlampen wurden heller als normal. Der riesige Raum war so hell erleuchtet wie im Tageslicht. Als ich aufsah, stellte ich fest, dass das strahlende Leuchten nicht nur von den Lampen stammte. Die zahlreichen Geister-Lichter glühten wie Feuer, als seien sie wütend, weil Ainsley versagt hatte. Sie flitzten hin und her wie ein Schwarm zorniger Bienen, dann stießen sie alle gleichzeitig herab, flogen auf die Bühne, am DJ vorbei, der aus dem Weg hechtete. Er schlug auf dem Boden auf und die Kugeln sausten weiter und verschwanden hinter der Bühne.

»Ähm … was war das?«, fragte Lu.

»Das sieht nicht gut aus«, sagte ich. »Der Fluch über Ainsley ist ja vielleicht gebrochen, aber der Hexenzirkel gibt sich noch nicht geschlagen.«

Ich packte Theo bei den Schultern und sagte: »Bleib bei Ainsley und Kayla. Lass Ainsley nicht weg. Setz dich auf sie drauf, wenn es nötig ist. Behalte sie auf jeden Fall hier.«

Ich zeigte auf Lu und sagte: »Komm mit.«

»Wohin gehen wir denn?«

»Auf Hexenjagd«, sagte ich und sprintete in Richtung Ausgang. Lu folgte mir auf den Fersen. Gemeinsam mit Hunderten von Schülern drängten wir uns zur Tür.

»Hexenjagd?«, rief mir Lu über den Lärm der Menge zu.

»Der Hexenzirkel hat diesen Tag seit vielen Jahren vorbereitet«, sagte ich. »Auf keinen Fall gibt der sich jetzt schon geschlagen. Sie werden versuchen, Ainsley wiederzubekommen.«

»Und wie können wir sie daran hindern?«, fragte sie.

»Wir tun das, was in den Büchern steht, und zermalmen das Zentrum ihrer Macht.«

»Ähm, weißt du denn, wie das geht?«, fragte Lu misstrauisch.

»Ich habe da so eine Idee«, sagte ich.

Endlich waren wir draußen. Gerade kamen unter Sirenengeheul mehrere Feuerwehrautos angerast. Es brannte zwar nicht, aber die Sporthalle war nur noch eine Ruine. Sie war auf keinen Fall mehr sicher. Die Feuerwehrleute würden dafür sorgen, dass alle das Gebäude verließen, und es dann absperren.

Wir hörten, dass Leute den Feuerwehrmännern zuriefen, die Schule sei von einem gewaltigen Erdbeben heimgesucht worden. Keiner kam auf die Idee, dass hier etwas Übernatürliches im Gange war oder dass Ainsley etwas damit zu tun haben könnte. Auch gut. Es fiel den Menschen leichter, an eine Naturkatastrophe zu glauben, als daran, dass sie soeben von einer jahrhundertealten übernatürlichen Macht angegriffen worden waren.

Wir verließen den Strom der flüchtenden Schüler. Ich ließ meinen Blick über den Parkplatz wandern.

»Wonach suchst du?«, fragte Lu.

»Nach unserer letzten Hoffnung.«

Ich entdeckte ihn auf seinem Quad. Er saß da und betrachtete das Chaos mit weit aufgerissenen Augen.

»Nate Christmas?«, fragte Lu ungläubig. »Dieser Übeltäter ist unsere letzte Hoffnung?«

»Hey, einige meiner besten Freunde sind Übeltäter.«

»Ja, meine auch.« Sie sah mir direkt in die Augen. Wir rannten zu ihm.

»Was zur Hölle?«, fragte Nate total aufgeregt.

»Erdbeben«, sagte ich. »Ist vorbei.«

»Was für ein Mist«, sagte er. »Ich weiß jetzt schon, dass man mir die Schuld in die Schuhe schieben wird.«

»Soll ich für dich bürgen?«, fragte ich. »Wenn du uns hilfst, werden wir jedem erzählen, dass du weder daran schuld bist noch mit den anderen Unglücken an dieser Schule etwas zu tun hast. Ich kann dich sogar zum Helden machen.«

»Echt?«, fragte er skeptisch. »Was muss ich tun?«

»Nur ein bisschen Chaos anrichten«, erwiderte ich.

Nate sah mich durchdringend an, als versuche er zu entscheiden, ob er mir glauben konnte.

»Weißt du, eigentlich ist es mir egal, was die Leute über mich denken«, sagte er. Dann grinste er verschlagen. »Aber Chaos anrichten klingt gut.«

Der Handel war perfekt.

Kapitel 17

»Passt da unten auf!«, schrie Nate.

Er war auf den Balkon über dem Eingang der Schule geklettert, um das Horrornacht-Transparent abzuschneiden. Die riesige Plastikplane schlug auf den Boden. Ich packte sie rasch und zog die starken Kletterseile heraus, mit denen sie aufgehängt worden war.

»Wickel das andere Seil auf!«, rief ich Lu zu.

Sie hob das zweite Seil auf und fing an, es aufzuwickeln.

»Wofür ist das gut?«, fragte sie.

»Für den Altar«, sagte ich. »Der Altar ist die Machtzentrale des Zirkels. Davon hat Everett in den anderen Büchern gelesen. Wenn wir ihn zerstören, endet ihre Macht.«

»Und das schaffen wir mit einem Seil?«, fragte Lu ungläubig.

»Ich will es hoffen.«

Ich nahm Lu das aufgerollte Seil ab und verknotete es mit der anderen Rolle, sodass daraus ein superlanges Seil wurde.

Nate stieß wieder zu uns. »Und jetzt?«, fragte er.

»Wir müssen wieder in den Wald«, sagte ich. »Dahin, wo du die Böller gezündet hast.«

Nate riss die Augen auf. »Woher weißt du denn das jetzt?«

»Ich war da. Du hast mich gerettet. Und jetzt tust du das Gleiche für den Rest der Menschheit.«

Nate funkelte mich an. »Du bist echt ein total merkwürdiger Typ.«

»Du ahnst gar nicht, wie merkwürdig.«

Nate sprang auf sein Quad.

»Nettes Gefährt«, sagte Lu. Sie betrachtete das Geländefahrzeug voller Bewunderung. »Betuchte Eltern?«

»Nee. Meine Eltern haben nur ein schlechtes Gewissen, weil sie nie da sind. Also kaufen sie mir eben solche Sachen.«

Wieder einmal tat mir Nate Christmas leid. Der Typ hatte Probleme. Aber es war nicht der richtige Moment, um jemandem zuzuhören, der sein Herz ausschüttete. Außerdem war ich gerade ziemlich froh darüber, dass ihm seine Eltern ein Quad gekauft hatten, egal aus welchem Grund.

Lu setzte sich hinter Nate auf den Sitz und ich quetschte mich noch dahinter. Es war ziemlich eng, aber es musste funktionieren. Besonders eng war es, weil ich eine schwere Rolle Kletterseil über der Schulter hängen hatte.

»Lass dir nicht allzu viel Zeit«, sagte ich.

»Keine Sorge.« Nate trat aufs Gas.

Hätte ich mich nicht an Lu festgeklammert, wäre ich im hohen Bogen vom Sitz geflogen. Sie hatte die Arme um Nate gelegt und ich klammerte mich an beiden fest. Wir rasten um die Ecke der Sporthalle, sausten über den hinteren Parkplatz und hüpften über den Rinnstein auf das Gras in Richtung Wald. Schon wieder.

Ich ließ das Gras nicht aus den Augen. Womöglich würde es gleich wieder auf magische Weise wachsen und versuchen, uns einzuwickeln, aber wir überquerten es ohne das geringste Problem. Als wir erst einmal im Wald waren, musste Nate ein paar scharfe Kurven fahren, um den Bäumen auszuweichen, die umgefallen waren, als die Hexen versucht hatten, mich aus dem Weg zu räumen.

»Was zur Hölle ist hier passiert?«, brüllte Nate über das Röhren des Motors hinweg.

»Noch ein Erdbeben«, gab ich zurück. Ich hielt es nicht für empfehlenswert, »Hexerei« zu antworten. Vielleicht hätte er sein Gefährt gewendet und meinen Plan zunichtegemacht. Die umgestürzten Bäume waren der Beweis dafür, dass das Geschehene keine Illusion gewesen war, wie die, die das Schreckgespenst, der Boggin, geschaffen hatte – aber sie weckten in mir doch große Zweifel an dem, worauf wir uns da zubewegten. Die Hexen hielten sich nicht mit Spielchen auf. Vielleicht führte ich uns direkt ins Verderben, aber mir fiel einfach keine andere Möglichkeit ein.

Nach einer halsbrecherischen Fahrt durch den Wald erreichten wir mithilfe des sternenfunkelnden Himmels die Lichtung. Nate ließ das Fahrzeug mehrere Meter vor dem Steinhaufen, der den Eingang zum unterirdischen Saal markierte, ausrollen.

»Das kapier ich nicht«, sagte er. »Hier war doch eine riesige Dornenhecke. Wir müssen falsch gefahren sein.«

»Wir sind richtig gefahren.« Ich sprang vom Quad. »Die Hecke ist weg.«

»Wie kann sie denn einfach weg sein?« Nate wirkte leicht erschüttert.

»Vergiss es«, antwortete ich. »Das ist noch das am wenigsten Unmögliche von allem, was du gleich sehen wirst. Bist du sicher, dass du dazu bereit bist?«

»Ja, ja, klar«, sagte er abwehrend. »Aber …«

»Mach den Motor aus«, befahl ich.

Nate schaltete den Motor seines Fahrzeugs aus und tödliche Stille senkte sich über den Wald.

»Und jetzt?«, fragte Lu. Sie wirkte ängstlicher als Nate.

»Jetzt rollen wir das Quad dicht an die Felsen heran«, sagte ich.

Nate schaltete in den Leerlauf und wir drei schoben das Fahrzeug auf die Lichtung.

»Ich weiß nicht, wer du bist oder was wir hier tun«, flüsterte Nate. »Aber es gefällt mir.«

Ich legte den Finger auf die Lippen, um ihn zum Schweigen zu bringen. Wir schoben das Quad so vor die Steine, dass es mit der Rückseite vor dem ersten riesigen Felsbrocken stand. Wortlos nahm ich die Seilrolle von der Schulter und band ein Ende hinten am Rahmen des Quads fest.

»Da unten befindet sich ein Saal«, flüsterte ich. »Die Decke wird nur von morschen Holzpfeilern gehalten. Ich geh jetzt da runter und binde ein Ende des Seils an den Pfeilern fest. Lu, du bleibst hier an der Öffnung stehen und achtest darauf, dass sich das Seil nicht verhakt oder so. Nate, du bleibst beim Quad. Lu, wenn das Seil festgebunden ist, gebe ich dir ein Zeichen, damit du Nate ein Zeichen gibst. Nate, du haust aufs Gas und flitzt davon.

»Das heißt, wir reißen die Pfeiler um?« In Nates Augen lag ein dämonisches Funkeln.

»Genau. Ich gehe davon aus, dass dann der ganze Saal einstürzt.«

»Und den Altar vernichtet«, flüsterte Lu mit verschlagenem Grinsen. »Fantastisch.«

»Hoffentlich funktioniert es«, sagte ich. »Wenn nämlich nicht, dann …«

Ich führte den Satz nicht zu Ende.

»Ich hoffe bloß, dass mein Bike davon nicht kaputtgeht«, sagte Nate.

»Deinem Quad passiert nichts. Das Holz ist so morsch, dass es schon umfällt, wenn einer dagegenniest.«

»Und dadurch werde ich ein Held?«, fragte Nate.

»Klar«, antwortete ich zuversichtlich. »Wahrscheinlich wird man irgendwo eine Statue von dir aufstellen.«

Nate strahlte. »Hab nichts dagegen.«

Schnell ging ich zum Steinhaufen, wickelte dabei das Seil ab. Lu blieb an meiner Seite.

»Ein Standbild von Nate?«, fragte sie leise.

»Etwas anderes ist mir nicht eingefallen.«

Wir kletterten auf die massigen, moosbedeckten Felsbrocken und achteten darauf, dass sich das Seil nicht verhakte. Dann rutschten wir auf der anderen Seite hinunter. Jetzt standen wir direkt an der Öffnung im Fels, die zur Steintreppe führte.

»Bleib hier stehen«, flüsterte ich.

»Ich möchte aber mitkommen.«

»Nein, du musst hierbleiben und aufpassen, dass sich das Seil nicht irgendwo verfängt, wenn es angezogen wird.«

Ehrlich gesagt – ich wäre froh gewesen, wenn Lu mitgekommen wäre, für den Fall, dass etwas schiefging. Aber gleichzeitig wollte ich nicht, dass sie in die Höhle der Hexen hinabstieg. Es hatte keinen Sinn, dass wir beide Kopf und Kragen riskierten.

»Bist du sicher?«, fragte sie.

»Ja. Halt dich bereit für den Moment, in dem ich das Signal gebe, dass Nate loslegen kann.«

»Solange du noch da unten bist?«

»Ein paar Sekunden später bin ich draußen, keine Angst. Aber es kann sein, dass jede Sekunde zählt.«

»Okay«, sagte sie, und mir war klar, dass sie mich lieber nach unten begleitet hätte. »Pass auf dich auf.«

Vorsichtig tastete ich mich die Stufen hinunter, rollte dabei das Seil weiter ab. Einige Sekunden lang war es um mich herum vollkommen dunkel … das Sternenlicht oben sah ich nicht mehr, das Kerzenlicht unten hatte ich noch nicht erreicht. Ich hatte keine Vorstellung davon, was mich erwartete. Meine Hoffnung war, dass die Hexen noch immer in Trance waren und es nicht bemerken würden, wenn ich im Saal herumkroch.

Meine Befürchtung jedoch war, dass sie einfach da unten herumstanden, stinkesauer, weil ihr Plan gescheitert war, und nach jemandem Ausschau hielten, an dem sie ihre Wut abreagieren könnten.

Ich erreichte das untere Ende der Treppe, steckte vorsichtig den Kopf um die Ecke und sah … gar nichts. Der Saal war leer. Die Kerzen auf dem Altar brannten noch, aber es war keine Hexe in Sichtweite. Hoffnung überkam mich. Der Hexenzirkel hatte verloren. Sie hatten geglaubt, Ainsley vollkommen unter Kontrolle zu haben, aber sie hatten nicht einkalkuliert, dass ihr Gewissen stärker sein könnte als aller Hexenzauber. Kayla hatte einfach nur sprechen müssen. Ainsley würde niemals Hohepriesterin oder Opfer der Hexen sein. Aber es war noch nicht vorbei. Die Hexen hatten Geduld. Seit Hunderten von Jahren hatten sie versucht, sich zu rächen. Ich hatte nicht den geringsten Zweifel daran, dass sie in der Zukunft eine neue Ainsley ins Visier nehmen und erneut versuchen würden, die Bevölkerung von Coppell in Angst und Schrecken zu versetzen. Allerdings würde das nicht eintreten, wenn es mir gelang, den Altar endgültig zu zerstören.

Ich hatte noch ein paar Meter Seil übrig und machte mich rasch an die Arbeit. Ich wickelte das Seil um den Pfeiler, der mir am nächsten war, und rückte dann zum nächsten vor. Zu dem Zeitpunkt, als mir das Seil ausging, hatte ich es um sechs der Pfeiler geschlungen. Und was am wichtigsten war: Der letzte befand sich unmittelbar neben dem Altar. Wenn mein Plan aufging und der Saal einstürzte, würde der Altar unter Tonnen von Schutt begraben werden.

Es war ein großes »Wenn«. Ich musste darauf vertrauen, dass die anderen Holzpfeiler ebenso morsch waren wie der eine, den ich durchgesägt hatte.

Gerade wollte ich mich aus dem Staub machen, als mir klar wurde, dass ich direkt neben dem Altar stand. Ich musste mir die alten Gegenstände, die darauf lagen, einfach genauer ansehen. Die Kerzen und Teller und Messingleuchter waren Jahrhunderte alt. Und sie hatten Zauberkräfte. Ich hatte es gesehen. Es war kaum zu glauben, dass die Hexen mithilfe ihrer Zaubersprüche und Beschwörungen die Natur kontrollieren konnten. Und die Menschen. Irgendwie waren sie schon höhere Wesen. Aber es war schwarze Magie. Sie benutzten ihre Macht, um zu manipulieren, zu zerstören. Sie mochten die natürliche Umwelt zwar kontrollieren, aber an dem, was sie taten, war nichts natürlich. Es war böse. Es gab kein anderes Wort dafür. Sie waren böse und es musste aufhören.

Ich ging zum Altar, spürte die Wärme der zahlreichen Kerzenflammen im Gesicht. Es war alles wie in einem Traum. Ich starrte in die Flammen, ließ meinen Blick über die vielen Kerzen schweifen und schnappte überrascht nach Luft, als ich eine Entdeckung machte. Ich musste blinzeln, um sicherzugehen, dass ich mir nichts einbildete. Ich beugte mich vor, um genauer sehen zu können.

Es war eindeutig. Aus jeder kleinen Flamme starrte mich ein Gesicht an. Vermutlich hätte mir das Angst machen müssen, doch nach allem, was ich gesehen hatte, konnte mich nichts mehr so schnell aus der Fassung bringen. Gruselig war es natürlich schon.

Jedes Gesicht war detailliert zu erkennen, und so stellte ich fest, dass es sich um Männer und Frauen jeden Alters handelte. Manche Männer trugen Bärte. Manche der Gestalten hatten eine Brille. Aus dem Augenwinkel entdeckte ich eine Bewegung in einem der Messingteller. Ich sah scharf hin und stellte fest, dass mich eine Frau aus dem Teller ansah, als spiegle sie sich in der metallenen Oberfläche. Ich wirbelte herum, rechnete damit, dass jemand hinter mir stand, aber es war niemand da. Diese Hexe befand sich nicht hier im Saal – sie steckte im Teller.

Ich entdeckte weitere Gesichter in den anderen Messingtellern. Es war wie bei den Flammen. Jede der schimmernden Oberflächen barg einen Geist. Oder eine Hexe. Es war, als seien alle diese Gegenstände mit Hexenkraft aufgeladen.

Der lange Silberdolch, den Miss Tomac benutzt hatte, um Ainsley einen Schnitt beizubringen, lag in der Mitte des Altars. Ich betrachtete seine glänzende Oberfläche, konnte aber kein Gesicht darin finden. Was war an diesem Objekt anders? Es war das einzige Einzelstück auf dem Altar. Miss Tomac hatte es für die grauenvolle Zeremonie der Hexen benutzt. Warum enthielt es kein Gesicht?

»Hast du wirklich gedacht, es wäre vorbei?«, fragte eine nur allzu bekannte Stimme.

Ich wandte mich schnell in Richtung des Tunnels, der zur Schule führte. Da stand Miss Tomac. Sie war nicht allein. Ainsley war bei ihr.

»Warum braucht Marcus so lang?«, rief Nate Lu zu.

Lu antwortete nicht. Sie starrte konzentriert in die dunkle Höhle hinunter und stellte sich genau dieselbe Frage. Nate wurde allmählich kribbelig.

»Ich komme mir ziemlich doof vor«, sagte er. »Wie konnte ich denn so blöd sein, bei euch Idioten mitzumachen.«

Er stieg vom Quad und ging nach hinten.

»Ich habe genug«, sagte er und kniete auf den Boden, um das Seil loszuknoten. »Du kannst O'Mara ausrichten, dass es mir egal ist, ob er mir hilft oder …«

Das Heulen eines Wolfs schnitt ihm das Wort ab.

Lu richtete sich auf. »Oha«, flüsterte sie.

Ein weiterer Heulton erhob sich, dann zwei weitere. Lu sprang auf den Felsbrocken, von dem aus sie bis in den Wald sehen konnte.

»Kann nicht sein«, sagte Nate nervös. »Hier gibt's doch keine Wölfe. Oder?«

»Ähm«, stammelte Lu, »n… n… nein. Ich weiß nicht. Vielleicht doch.«

»Vergiss das Ganze.« Nate fing an, den Knoten zu lösen.

Lu sah, was er vorhatte, und sprang schnell von ihrem Felsen. »Lass das! Das ist unsere einzige Chance, die …«

»Christmas!«, schnauzte eine Männerstimme.

Lu und Nate erstarrten. Erwischt! Aber von wem? Beide richteten ihre Blicke auf die Stelle, an der die Dornenhecke gestanden hatte, und entdeckten ...

»Mr Martin?«, rief Nate verblüfft.

Der Lehrer kam mit langsamen Schritten näher.

»Und das neue Mädchen«, fügte Mr Martin verächtlich hinzu. »Ich habe gedacht, mit euch wäre ich fertig.«

»Jetzt habe ich aber ein echtes Problem«, sagte Nate.

»Du ahnst gar nicht, was für eins«, sagte Lu.

»Sehen Sie mal, Martin – ähm, Mr Martin«, fing Nate an, »ich habe keine Ahnung, was hier los ist. Ich bin nur mit diesen Clowns mitgegangen, weil sie gesagt haben, wir würden etwas Lustiges erleben. Nichts davon war meine Idee.«

»Clowns?« Mr Martin rückte näher. »Wer ist denn noch dabei?«

»Halt die Klappe, Nate«, zischte Lu.

»Ich will keinen Ärger.« Nate schob sich auf den Sattel seines Quads zu. »Ich hau ab, bevor etwas Blödes passiert.«

Mr Martin schmunzelte. »Ich fürchte, dafür ist es zu spät.«

Etwas regte sich im tiefen Schatten des Mondes unter den Bäumen.

»Was ... zur Hölle ... ist das?«, winselte Nate.

»Ich glaube, das sind die Probleme, von denen er geredet hat«, erwiderte Lu.

Aus dem Schatten traten nacheinander mehrere Wölfe. Ihr Fell leuchtete im Mondlicht, auch ihre Augen glühten ... Augen, deren Blicke auf Lu und Nate gerichtet waren. Dutzende von ihnen tauchten aus allen Richtungen auf. Die Tiere bildeten einen Kreis, der sich langsam um die beiden zuzog. Schritt für Schritt kamen die Wölfe näher.

»Das passiert gar nicht in Wirklichkeit«, stammelte Nate mit wachsender Panik.

»Der Aufstieg ist nicht so verlaufen wie geplant«, sagte Mr Martin ruhig. »Aber das spielt keine Rolle. Der Hexenzirkel wird nicht auf seine Rache verzichten. Hunderte verwirrter Kinder halten sich gerade auf dem Parkplatz auf. Auf die eine oder andere Weise wird es heute Nacht noch eine Opferung geben … und genau hier bei euch fangen wir an.«

Miss Tomac zerrte Ainsley näher zum Altar.

»Ainsley, ist bei dir alles in Ordnung?«, rief ich ihr zu.

»Was geht hier vor, Marcus?«, schrie sie. »Miss Tomac hat gesagt, sie bringt mich in Sicherheit.«

Ainsley stand nicht unter dem Einfluss des Hexenzaubers. Es bestand noch Hoffnung.

»Hör nicht auf sie«, sagte ich. »Sie ist nicht das, was du denkst.«

»Und wer bin ich dann, Marcus?«, fragte Miss Tomac. »Erklär es ihr doch.«

»Sie ist eine Hexe«, sagte ich. »Anders kann man es nicht ausdrücken. Sie ist in deinen Kopf eingedrungen. An nichts von all dem, was geschehen ist, hast du die Schuld. Hinter allem stecken sie und ihr Hexenzirkel.«

»Ich … ich verstehe das nicht«, stammelte Ainsley.

»Nichts hat sich verändert«, sagte Miss Tomac zu mir, ohne ihren festen Griff um Ainsleys Arm zu lockern. »Der Aufstieg wird weitergehen.«

»Wovon redet sie?«, flehte Ainsley.

»Sie will Rache«, sagte ich. »Für etwas, was vor Hunderten von Jahren geschehen ist. Sie hält ihren Hexenzirkel für allmächtig, aber sie täuscht sich.«

»Na ja, das kannst du dir ja gerne einreden«, sagte Miss Tomac verächtlich.

»Es ist wahr«, sagte ich. »Sie sind aufgehalten worden. Nicht durch Zauber oder eine übernatürliche Kraft. Besiegt haben Sie zwei Mädchen, die einander gern haben. Ganz einfach. Egal was heute Abend passiert, Sie werden immer gegen die Natur des Menschen ankämpfen müssen. Und das ist ein Kampf, den Sie niemals gewinnen werden.«

Miss Tomac erstarrte, als habe ich einen wunden Punkt getroffen. Ainsley versuchte sich loszureißen, aber Miss Tomac hielt sie fest.

»Du glaubst also, wir wären aufgehalten worden?«, fragte sie mit eisiger Stimme. »Gerade jetzt, wo ich hier stehe, nimmt der Hexenzirkel Rache. Die Natur des Menschen wiegt nichts gegen die Jahrhunderte, in deren Verlauf wir gelernt haben, die Natur unserem Willen zu unterwerfen.«

Ich war wie betäubt. Was spielte sich da draußen ab? War der Hexenzirkel deswegen nicht in seiner Höhle? Waren sie gerade hinter den Kindern her, die aus der Sporthalle entkommen waren?

Der Kreis der Wölfe zog sich um Lu und Nate immer enger. Das tiefe Grollen der Tiere verband sich zum Dröhnen eines dämonischen Motors, der ganz langsam beschleunigte.

»Ich muss zugeben«, sagte Mr Martin, »es freut mich sehr, dass du das erste Opfer sein wirst, Christmas. Ich kann dich wirklich nicht leiden.«

»In was für eine Sache hast du mich da reingezogen, Lu?«, jaulte Nate.

Lu ging herausfordernd einen Schritt näher auf Mr Martin zu.

»Was ist denn mit Ihrer Hohepriesterin?«, fragte sie kühn. »Sie hat den Plan nicht zu Ende ausgeführt.«

Mr Martin zuckte mit den Achseln. »Auch so wird sie ihrem Zweck noch erfüllen. Unsere Kraft ist über die Jahre in ihr gewachsen und wir werden sie hundertfach zurückbekommen – in dem Moment, in dem sie geopfert wird.«

Lu wirkte erschüttert. Sie ging einen Schritt rückwärts auf Nate zu und flüsterte. »Lass den Motor an.«

Aber Nate konnte sich vor Angst nicht bewegen.

»Los jetzt«, zischte Lu tonlos.

Nate kam wieder zu sich. Er sprang auf sein Fahrzeug und ließ den Motor aufheulen.

Mr Martin lachte. »Im Ernst? Was glaubt ihr, wie weit ihr kommt?«

Lu warf einen Blick nach hinten auf die Felsen, die den Eingang zur Höhle verbargen. Marcus war immer noch da unten. Er hatte kein Zeichen gegeben. Wenn sie und Nate losfuhren, würde Marcus unter einer riesigen Menge Felsbrocken begraben werden. Aber wenn sie nicht wenigstens versuchten, zu entkommen, bestand keinerlei Hoffnung auf eine Zerstörung des Altars. Der Hexenzirkel würde mächtiger sein denn je und niemand konnte sagen, wie viele Kinder der Schule von der wütenden Wolfsmeute verfolgt und angegriffen würden.

»Was soll ich tun?«, jammerte Nate.

Ich warf einen Blick auf den Altar und stellte fest, dass mich Dutzende winziger Geistergesichter aus den Flammen ansahen. Sie hatten die ganze Sache unter Kontrolle. Der Hexenzirkel würde seine Rache bekommen, und ich konnte nur hier herumstehen … mit einem Seil, das um die morschen Pfeiler geschlungen war und den ganzen Saal zum Einsturz bringen konnte. Das Problem war nur: Er würde auch über Ainsley und mir zusammenstürzen. Ich schnappte mir den Silberdolch vom Altar und hielt ihn Miss Tomac drohend entgegen. Es war die reine Verzweiflung. Ich hatte keine Ahnung, was ich damit anstellen sollte.

»Lassen Sie sie los«, waren die einzigen Worte, die mir einfielen.

Die Reaktion von Miss Tomac überraschte mich. Sie wirkte erschüttert. Ernsthaft erschüttert. Was? Sie konnte doch nicht wirklich glauben, dass ich mit diesem Messer einen echten Schaden anrichten konnte.

»Leg das weg!«, befahl sie mit zitternder Stimme.

Ich hatte sie aus der Fassung gebracht. Und das brachte mich auf die Idee, dass diese Waffe vielleicht weit mehr war, als ich geglaubt hatte. Sie hatte in der Zeremonie der Hexen die wichtigste Rolle gespielt. Sie war der einzige magische Gegenstand auf dem Altar, der nicht von einem Hexengeist bewohnt war. Besaß dieses Ding eine eigenständige Macht? Ich legte den Dolch nicht aus der Hand. Stattdessen hielt ich ihn noch höher.

»Ich habe gesagt, lassen Sie sie los.« Diesmal sprach ich sehr bestimmt.

»Und ich habe gesagt, du sollst das weglegen«, befahl Miss Tomac, aber ihre Stimme bebte.

Bis zu diesem Moment hatte Miss Tomac totale Selbstsicherheit ausgestrahlt. Jetzt war sie nervös wie nur irgendwas. Das musste am Dolch liegen, denn vor mir selbst hatte sie ganz bestimmt keine Angst.

»Lassen Sie Ainsley los.« Ich versuchte, selbstbewusster zu klingen, als ich mich fühlte.

»Sie bleibt hier«, erwiderte Miss Tomac. »Aber du kannst dich selbst retten. Leg das wieder hin und ich erlaube dir, in deine kleine Bibliothek zurückzukehren.«

Ich betrachtete mein Spiegelbild in der silbernen Klinge des Dolchs. Ganz eindeutig hatte ich hier ein gewisses Machtinstrument in der Hand. Auf keinen Fall würde ich es aufgeben.

»Vielleicht sollte ich das Ding hier mitnehmen«, provozierte ich.

»Nein!«, schrie Miss Tomac. »Du wirst dafür büßen, dass du das Totem entweiht hast!«

Totem? Interessant.

»Das Ding bedeutet Ihnen eine ganze Menge, was?«, fragte ich.

Miss Tomac antwortete nicht, aber ihr Blick sprach Bände.

»Wenn ich sowieso schon Probleme kriege, weil ich jetzt damit herumspiele, dann soll es sich auch lohnen.«

Behutsam nahm ich die Spitze der Klinge in eine Hand, während ich den Griff fest in der anderen Hand hielt.

»Lass das«, presste Miss Tomac zwischen zusammengebissenen Zähnen hervor.

Ich hob den Dolch über meinen Kopf.

»Das wirst du nicht wagen!«, schrie Miss Tomac.

»Doch, werde ich«, antwortete ich.

Sie ließ Ainsley los und stürzte sich auf mich. Ich schlug das

Messer mit aller Kraft gegen die Kante des Altars. In dem Moment, in dem die Klinge auf den Stein traf, brach sie entzwei … und die Welt drehte durch.

Miss Tomac stieß einen kehligen Schrei aus, als hätte ich das Messer auf ihrem Schädel zerschlagen. Gequält sank sie in die Knie. Ainsley rannte zu mir herüber, packte mich am Arm und hielt mich fest. Wir wichen vor dem Altar zurück. Die Kerzenflammen wurden heller. Jede einzelne Flamme hob sich vom Docht und schwebte in Richtung Decke. Die Gesichter der Hexen in den Flammen waren verzerrt, ihre gequälten Mienen ähnelten der von Miss Tomac.

Was auch immer dieses Messer war, was auch immer es für einen finsteren Zauber beherbergte, es hatte den gesamten Hexenzirkel verbunden. Bis ich es zerbrochen hatte.

Die Wölfe verharrten in ihrer Bewegung. Mr Martin erstarrte, als hätte er einen elektrischen Schlag erhalten. Einen Moment lang stand er still, dann fiel er zu Boden und krümmte sich.

»Was um alles …?«, murmelte Nate.

Die Wölfe wichen zurück und auch sie fielen zu Boden, schlugen mit den Pfoten nach ihren Ohren, als hörten sie eine schrille, laute Hundepfeife. Sie stießen ein markerschütterndes Klagen aus, ein Ton irgendwo zwischen einem Heulen und einem menschlichen Todesschrei.

Mr Martin wand sich noch immer im Schmutz. Sein Körper zuckte und knackste, bis er sich in einen weißen Wolf verwandelt hatte.

»O Mann, das kann doch nicht sein!«, schrie Nate schockiert.

Lu kletterte wieder auf die Felsbrocken.

»Marcus!«, schrie sie. »Komm da raus!«

Ainsley und ich standen da und beobachteten gebannt die glühenden, gequälten Gesichter, die unter die Decke des Höhlensaals schwebten.

»Sieh mal!« Ainsley packte mich am Arm und zeigte auf Miss Tomac.

Die Hexe verwandelte sich. Ihr Körper wurde zuerst zu einem Schatten, der dann seine Gestalt veränderte und zu glühen begann. Innerhalb weniger Sekunden hatte sie sich in eine schwebende Lichtkugel verwandelt, wie alle anderen. Als sie zur Decke schwebte, konnte ich das Gesicht von Miss Tomac im Licht erkennen. Es betrachtete mich voller Angst und Wut.

»Marcus! Komm da raus!«, erklang eine Stimme aus dem Nirgendwo.

»Wer ist das?«, frage Ainsley.

»Lu!«, rief ich. Ihre Stimme brachte mich wieder in die Gegenwart zurück. »Wir müssen weg.«

Ich zog Ainsley in Richtung Treppe.

Die Wölfe krümmten sich noch immer unter Schmerzen, aber dann wurde es still. Ihre zuckenden Körper wurden zu Schatten und erhoben sich vom Boden, verwandelten sich dann gleich noch einmal. Aus dem Zentrum jedes Schattens entsprang ein Licht, das alles überstrahlte und sich in eine schwebende Flamme verwandelte. In den einzelnen Flammen waren die verzerrten, jammervollen Gesichter der Hexen zu sehen.

Ich rannte quer durch den Höhlensaal, zog Ainsley mit. Ich musste unbedingt hier raus.

»Jetzt, Lu!«, schrie ich. »Los, los, los!«

Das war das Zeichen. Lu sprang von den Felsen, rannte auf das Quad zu.

»Los!«, schrie sie Nate an. »Jetzt!«

Das ließ sich Nate nicht zweimal sagen. In dem Augenblick, in dem Lu hinter ihm auf dem Sitz des Quads gelandet war, drückte er aufs Gas und das Gefährt machte einen Satz vorwärts. Das Seil zog sich straff und hielt das Vehikel zurück.

»Nicht stark genug!«, schrie Nate über das Jaulen des Motors hinweg.

Die zwei Hinterräder drehten im Sand durch und die Vorderräder hoben sich vom Boden. Das Quad stemmte sich gegen das Seil, rührte sich aber nicht.

»O nein – sieh mal da!«, rief Lu.

Die schwebenden Lichter hatten sich erneut verwandelt. Jede der glühenden Flammen erlosch und die Hexen nahmen eine neue Gestalt an.

»Weiße Raben«, keuchte Lu.

Jede einzelne Flamme verwandelte sich in einen riesigen weißen Vogel. Der Schwarm zog sich zusammen, flog hoch über die Lichtung und stürzte sich dann wie auf Befehl wie ein einziges Ungeheuer auf Lu und Nate. Die beiden duckten sich, als der Schwarm über ihre Köpfe hinwegsauste und weiter in Richtung Felsbrocken flog. Die Hexen hatten wieder die Kontrolle übernommen.

»Sie wollen in die Höhle!«, schrie Lu.

Die Vögel flogen dicht nebeneinander, wie ein einziges weißes gefiedertes Geschoss. Sie schraubten sich über den Felsbrocken in die Höhe, dann stießen sie wieder herab und verschwanden in der Höhle.

Genau in diesem Moment fanden die Reifen des Quads endlich Halt. Die Vorderräder berührten den Boden und das Gefährt schoss vorwärts.

»Jaaa!«, jubelte Nate.

Ainsley und ich rannten durch den Höhlensaal. Plötzlich straffte sich das Seil! Ja! Aber die Pfeiler hielten stand. Das Quad hatte nicht genug Kraft, um den ersten umzureißen. Ich hatte sie so miteinander verbunden, dass der erste Pfeiler unbedingt fallen musste, sonst bestand bei den anderen überhaupt keine Chance.

»Lauf weiter! Du musst hier raus!«, rief ich Ainsley zu. Ich schob sie in Richtung Treppe. Dann flitzte ich zum ersten Pfeiler.

Das Seil war so straff gespannt wie eine Gitarrensaite. Nate gab bestimmt Vollgas, aber es reichte nicht aus. Ich trat mit der Ferse gegen den Pfeiler. Das Holz war weich, aber es gab nicht nach. Nicht ohne Kampf. Ich trat noch ein paarmal, dann hörte ich ein Knacksen. Jetzt würde es klappen.

»Marcus, komm jetzt!«, rief Ainsley voller Angst.

Sie war nicht draußen.

»Nur … noch … einmal …«

Bamm!

Der Pfeiler brach unten durch und wurde weggerissen. Jetzt, wo er weg war, übertrug sich die Energie des Seils auf den nächsten in der Reihe. Dieser war nicht so stark und wurde sofort umgerissen. Jetzt fielen die Dominosteine. Schmutz und Kies rieselten auf uns herunter. Gleich würde die Decke einstürzen. Ich rannte zurück zu Ainsley.

»Wir müssen hier raus!«, schrie ich und stieß sie zur Treppe.

Wir kamen nicht weit.

Noch bevor wir durch den Torbogen gelangt waren, kam von oben ein kreischender Schwarm weißer Raben.

Ainsley schrie auf und stieß mich zurück in den Saal.

Die wütenden Vögel füllten die ganze Höhle aus. Kreischend und heulend stießen sie auf uns herab.

Die Flammen, die über dem unheiligen Ort in der Luft gestanden hatten, erloschen nacheinander. Jede der schwebenden Hexen verwandelte sich in einen Raben. Mit dem Dolch war zwar ein Zauber gebrochen, aber die Hexen hatten einen Ausweg gefunden, indem sich jede von ihnen in einen dieser grauenvollen Vögel verwandelte. Die Höhle füllte sich mit einem wirbelnden weißen Chaos … während die Holzpfeiler nacheinander aus ihren Verankerungen gerissen wurden. Das Seil zerrte sie über den Lehmboden und sie stießen gegeneinander wie Bowlingkegel. Ainsley und ich mussten aus dem Weg springen, sonst wären wir von einem der stürzenden Balken und dem Seil, das an ihnen zerrte, einfach umgemäht worden.

Es geschah genau das, worauf ich gehofft hatte. Die Decke stürzte ein. Überall um uns herum hagelte es Lehm und Steine.

Der Schwarm weißer Raben stieg hoch zur Decke, als versuche er verzweifelt, die Lawine noch zu bändigen. Sie krächzten und schrien und versuchten, sich zusammenzutun, aber sie konnten gar nichts ausrichten, sondern wurden von den herabstürzenden Steinen getroffen. Es war sinnlos. Die Quelle der Macht ihres Hexenzirkels, sein Altar, würde jeden Moment begraben werden.

Und wir beide würden mit ihm begraben werden. Ich packte Ainsleys Hand und rannte wieder in Richtung Treppe, aber blieb ruckartig stehen, als ich etwas Entsetzliches entdeckte. Damit hatte ich nicht gerechnet. Die Pfeiler, die Nate über den Boden gezerrt hatte, hatten sich im Tunnelgang verkeilt und blockierten den Fluchtweg. Der Ausgang war versperrt. Wir saßen in der Falle.

Ich stand da wie betäubt. Es gab keinen Ort, an dem wir uns vor dem herabprasselnden Schutt hätten in Sicherheit bringen können. Innerhalb von Sekunden würden wir verschüttet sein, zusammen mit dem Hexenzirkel zum Schwarzen Mond.

»Komm mit!«, rief Ainsley.

Sie zog mich in die entgegengesetzte Richtung, tiefer in den Saal hinein.

»Nein! Was machst du denn?«, schrie ich schon beinahe panisch.

»Der Tunnel zur Schule!«, rief sie zurück.

Es war der erste klare Gedanke, den sie an diesem Tag gefasst hatte, und der Einfall hätte ihr zu keinem geeigneteren Zeitpunkt kommen können.

Wir liefen geduckt durch das Chaos. Steine und Bretter krachten um uns herab und die weißen Raben krächzten über unseren Köpfen. Gerade als wir am Altar vorbeikamen, fiel ein riesiger Felsbrocken von oben direkt auf ihn herab. Die steinernen Tischbeine wurden weggesprengt, der Altar zerbrach in zwei Teile und wurde unter den Massen von Steinen und Lehm zermalmt … und mit ihm jeder einzelne verwünschte Gegenstand, den die Hexen für ihre Flüche und ihre bösen Taten benutzt hatten.

Ein herabfallender Stein traf mich an der Schulter. Ich kam wieder zu mir und mir wurde bewusst, in welcher Gefahr wir noch immer schwebten.

»Lauf weiter!«, befahl Ainsley.

Wir hielten einen Arm schützend über unsere Köpfe und nahmen uns an den Händen, um einander nicht zu verlieren. Wir hatten den Tunnel erreicht und schlüpften durch den Torbogen, blieben aber nicht stehen. Niemand konnte wissen, ob die Zerstörung weitergehen, ob der alte Durchgang zwischen dem Saal und der Schule nicht auch zusammenbrechen würde. Also rannten wir weiter. Es war vollkommen dunkel, aber wir riskierten lieber einen Blindflug, als von der Schuttlawine erwischt zu werden. Je weiter wir kamen, desto entfernter klang der Lärm des zusammenbrechenden Saals. Aber wir liefen immer weiter, bis es plötzlich einen mächtigen Schlag gab, der die Erde erzittern ließ – die Höhle des Hexenzirkels war endgültig zerstört. Die Gewalt des Einsturzes war so groß, dass der Boden bebte. Wir hielten an, stützten uns an der Wand ab, um nicht umzufallen, und warteten.

Das Prasseln der herabfallenden Steine verebbte. Nichts fiel uns auf den Kopf. Wir standen in der völligen Dunkelheit. Unheimliche Stille umgab uns.

»Bei dir alles klar?«, fragte ich endlich schwer atmend.

»Marcus?«, fragte Ainsley genauso atemlos.

»Ja?«

»Gut. Ich hab mir gedacht, dass du es bist.«

»Ähm … wer hätte es sonst sein können?«

»Ich weiß nicht«, sagte sie. »Wo sind wir?«

»Im Tunnel zwischen dem Höhlensaal und der Schule.«

»Im was?« Ihre Stimme klang vollkommen überrascht.

»Im Tunnel«, antwortete ich. »Du weißt schon. In dem Tunnel, durch den Miss Tomac dich hergebracht hat.«

»Miss Tomac?«, fragte Ainsley. »Die Bibliothekarin?«

»Ja! Erinnerst du dich nicht?«

Einen langen Moment lang herrschte dunkles Schweigen, dann sagte Ainsley: »Nein. Ich habe nicht die leiseste Ahnung, wie ich hierhergekommen bin.«

Und damit war Ainsleys Verbindung zum Zirkel des Schwarzen Mondes zerbrochen – und gleichzeitig verschwand auch jede Erinnerung an das, was vorgefallen war. Endgültig.

Kapitel 18

Ainsley und ich wanderten durch den dunklen Tunnel zurück zum Keller der Schule. Wir kamen nur langsam vorwärts, weil wir uns durch die Finsternis vorantasten mussten. Ainsley redete kein Wort, stellte keine Frage nach dem, was geschehen war. Vermutlich fehlten ihr einfach die Worte. Auch gut. Ich hätte sowieso nicht gewusst, was ich ihr hätte sagen sollen.

Ich hatte keine Ahnung, was uns in der Schule erwarten würde. Woher sollte ich denn wissen, wie weit der Plan des Zirkels zum Schwarzen Mond schon gediehen war, bevor wir den Altar zerstört hatten? Ein Teil von mir wollte es gar nicht wissen. Ich hatte Angst, dass mich etwas ziemlich Unschönes erwartete.

Nach gefühlten Stunden sahen wir plötzlich ein Licht in der Ferne. Wir hatten den Torbogen durchquert und den alten Gewölbekeller der Schule betreten. Dort spendeten mehrere Glühbirnen, die an der Decke hingen, ein bisschen Licht.

»Ich habe richtig Angst, Marcus«, sagte Ainsley endlich.

»Brauchst du nicht«, sagte ich tröstend. »Es wird alles gut werden.«

Ich weiß nicht, ob ich sie überzeugen wollte oder eher mich selbst.

Wir gingen die Kellertreppe hoch und steuerten direkt in Richtung Sporthalle. Das Licht brannte zwar, aber nur sehr matt. Wahrscheinlich hatte die Schule einen Notgenerator eingesetzt. Das Dämmerlicht machte die ohnehin unheimlichen alten Korridore noch unheimlicher. Mein Herz klopfte wie verrückt, als wir uns der Sporthalle näherten – ich fürchtete wirklich das Schlimmste.

Ainsley hing an mir wie eine Klette. Sie packte meinen Arm mit beiden Händen und spähte über meine Schulter, als könne ich ihr Schutz bieten.

Als wir die Sporthalle betraten, standen wir vor einem Schauplatz der totalen Zerstörung. Alle Glasscheiben der Fenster unter der Decke waren zerborsten. Der Boden der Sporthalle ähnelte eher einem Schlachtfeld als einem Basketballfeld. Riesige Granitbrocken hatten sich von unten hindurchgebohrt und ragten beinahe bis zur Decke empor. Mehrere Spalten hatten sich im Boden aufgetan. Wie tief sie waren, ließ sich nicht erkennen. Vom größten Teil des Holzbodens war nur noch ein Haufen Splitter übrig. Und diese unrealistische Szene wirkte noch stärker, weil eine so unheimliche Stille über ihr lag. Eines sahen wir nicht: Menschen. Und plötzlich keimte in mir die Hoffnung, dass vielleicht doch alle heil davongekommen waren.

»Hey, Mann!«, rief eine zittrige Stimme.

Wir wirbelten herum und sahen in Richtung Bühne, auf der die Tonanlage aufgebaut war. Hinter einem großen Lautsprecher spähte der DJ mit vor Schreck geweiteten Augen hervor.

»Eins muss ich euch lassen«, sagte er immer noch mit zitternder Stimme. »Ihr wisst wirklich, wie man eine echte Halloween-Party steigen lässt.«

Irgendwann kann ich vielleicht einmal lachen, wenn ich daran zurückdenke. Aber wahrscheinlich nicht.

Ainsley musterte die Zerstörung in vollkommener Ratlosigkeit und stellte die naheliegende Frage: »Was ist passiert?«

»Ich weiß nicht genau«, antwortete ich ausweichend. »Komm mit raus.«

Sorgfältig suchten wir uns einen Weg durch die zerstörte Sporthalle zum Hauptausgang. Als wir uns den Doppeltüren näherten, hörten wir Lärm. Draußen war etwas los. Wir hörten Leute reden, Autotüren schlagen, in der Ferne heulten Martinshörner und Funkgeräte quakten. Wir erreichten den Ausgang und jetzt konnten wir den Parkplatz überblicken. Hier herrschte eine Art organisiertes Chaos. Jede Menge Einsatzfahrzeuge parkten auf dem Platz: Feuerwehr, Krankenwagen und Polizeiautos. Ihre blauen und roten Lichter flackerten.

Jede Menge Kinder in ihren Halloween-Kostümen waren da. Einige standen dicht gedrängt beieinander und weinten, mindestens genauso viele wanderten ziellos herum, als stünden sie unter Schock. Andere hatten sich in kleinen Gruppen versammelt und erzählten einander ihre Erlebnisse – jetzt, wo der Schreck nachließ, klangen sie beinahe begeistert. Viele Kinder wurden von Notfallsanitätern behandelt. Ich konnte jede Menge Verbände und Stützschienen entdecken, aber keine wirklich schlimmen Verletzungen … und keine abgedeckten Leichen. Meine Hoffnung, dass niemand ernsthaft verletzt oder gar getötet worden war, wuchs. Mit anderen Worten: die Hoffnung, dass es keine wirklichen Opfer gegeben hatte.

»Marcus!«

Theo kam auf uns zu gerannt. Kayla war bei ihm. Sie trug immer noch ihr Prinzessinnenkostüm. Die beiden hielten sich an den Händen.

»O Mann, zum Glück bist du noch heil«, sagte Theo.

»Was ist passiert, Theo?«, fragte ich.

Er wusste genau, worauf ich hinauswollte.

»Ich weiß, ich weiß«, sagte er rasch. »Es war das totale Chaos, Marcus. Die Kinder sind herumgerannt, die Sirenen haben geheult, ach so ja, und die Sporthalle ist zerstört. Ich habe fünf Sekunden lang nicht hingesehen, mehr nicht. Und Ainsley war weg. Wir haben überall gesucht, aber es war, als hätte sie sich einfach in Luft aufgelöst und … es tut mir leid.«

»Ist schon in Ordnung. Sie ist in Sicherheit. Wir sind alle in Sicherheit.«

Kayla ging zu Ainsley und fasste nach ihren Händen. Plötzlich hatten sie die Rollen vertauscht. Ainsley sah ungeheuer zerbrechlich aus, Kayla dagegen wirkte selbstbewusst und stark.

»Bei dir alles in Ordnung?«, fragte Kayla sanft.

Der Ausdruck in Ainsleys Gesicht war unbezahlbar. Vor Verblüffung klappte ihr der Unterkiefer herunter.

»Du … du hast gesprochen«, brachte sie nur heraus.

»Erinnerst du dich nicht daran, dass ich da drin mit dir gesprochen habe?«, fragte Kayla.

Ainsley traten Tränen in die Augen, sie schüttelte den Kopf.

»Ich kann mich nicht einmal daran erinnern, dass ich da drin war.«

Theo warf mir einen fragenden Blick zu. Ich zuckte mit den Achseln, wie um zu sagen: Tja, stimmt.

»Warum?«, fragte Ainsley. »Ich meine, warum redest du jetzt?«

Kayla schenkte ihr ein ganz zartes Lächeln. »Na ja, es kam mir irgendwie nie so vor, als hätte ich etwas Wichtiges zu sagen – erst jetzt, als du Hilfe brauchtest.«

»Wenn ich mich nur daran erinnern könnte!«, rief Ainsley.

»Vielleicht ist es ja besser, dass du dich an nichts erinnerst«, sagte Kayla.

Die beiden fielen einander um den Hals. Hoffentlich konnten sie sich gemeinsam einen Reim auf das machen, was hier passiert war. Oder sich gegenseitig wenigstens dabei helfen, das alles zu verarbeiten.

Theo zog mich von den beiden weg und flüsterte nervös: »Die denken alle, es war ein Erdbeben. Die Schüler, die Eltern, jeder.«

»Und was sagen sie darüber, dass Ainsley die Hauptrolle gespielt hat?«

»Nicht viel. Ich habe nur gehört, dass gemunkelt wird, sie sei dagewesen, um die Sporthalle zu räumen. Du weißt schon, weil sie doch immer diejenige ist, die sich um alles kümmert. Keiner glaubt, dass sie etwas mit der Sache zu tun hat.«

»Gut. Diese Erklärung ist ja auch wesentlich glaubwürdiger als die Wahrheit.«

»Und was ist die Wahrheit, Marcus?«, fragte Theo. »Ist es vorbei?«

Ich sah mich um – geschockte Kinder, Sporthalle in Trümmern –, dann blickte ich hinauf in den hell funkelnden Sternenhimmel, der wie eine Kuppel über uns stand.

»Ich hoffe doch sehr.«

»Marcus!«, rief Lu.

Sie stand hinter Nate im Sattel des Geländefahrzeugs, das jetzt heranraste und mit quietschenden Reifen zum Stehen kam. Lu sprang ab und fiel mir um den Hals.

»Ich habe schon gedacht, du würdest da unten festsitzen.«

»So war es auch«, sagte ich. »Ainsley hat uns zu dem Tunnel gebracht, der zur Schule führt. Aber sie kann sich an nichts erinnern.«

»Du hast ganz schön Glück gehabt, O'Mara«, sagte Nate. »Der ganze Plunder ist zusammengebrochen. Diese riesigen Felsbrocken? Einfach weg. Sie sind im Boden versunken. Was auch immer da unten war, es ist garantiert nichts mehr davon übrig. Die Lichtung ist jetzt ganz eben und leer, als wäre nie was da gewesen.«

Lu sagte: »Wir haben nachgesehen, ob der Eingang zur Höhle noch zu sehen ist, aber er ist vollkommen verschüttet. Was ist aus den Hexen geworden?«

»Begraben. Mit der Ruine ihres Altars«, sagte ich. »Ich glaube, die Gewalt, die sie über Ainsley hatten, war in dem Moment gebrochen, als der Altar zerstört war, genauso wie in den anderen Geschichten.«

»Nate Christmas!«, rief eine zornige Stimme.

Es war die säuerliche Dame aus dem Sekretariat. Sie marschierte mit energischen Schritten auf uns zu und trug dabei noch immer ihren geringelten Riesenhut. Das sah unter den gegebenen Umständen jetzt noch alberner aus.

»Du bist von dieser Schule und sämtlichen Veranstaltungen ausgeschlossen. Soll ich jetzt die Polizei rufen, damit sie dich von hier wegbringt oder …«

»Genau!«, rief ich. »Holen Sie ruhig die Polizei.«

»Was?«, rief Nate überrascht. »Was machst du denn?«

»Ich möchte nur dafür sorgen, dass du bekommst, was du verdienst.«

»Willst du mich veräppeln?«, rief Nate wütend. »Ich habe dir geholfen!«

»Weiß ich«, sagte ich. »Und ich möchte sichergehen, dass du dafür auch die nötige Anerkennung bekommst.«

»Ähm … ach so?« Jetzt war Nate völlig verwirrt.

»Aber klar!« Ich wandte mich der unfreundlichen Dame zu. »Nate ist ein Held. Gleich als das Erdbeben losging, hat er sich in Lebensgefahr begeben, um die Kinder rauszukriegen. Ainsley war da drin, aus demselben Grund, aber sie war ja eingeschlossen. Wenn Nate nicht gewesen wäre, dann hätte sie vielleicht nicht überlebt.«

»Ist das wahr?«, fragte Ainsley. Sie kam zu uns herüber »Du hast mich gerettet, Nate? Ich kann mich an nichts erinnern.«

Nate war verdattert. »Äääähm … hey, fragt mich nicht. O'Mara weiß, was passiert ist.«

»Wenn Nate nicht da gewesen wäre, wäre die Sache viel schlimmer ausgegangen«, sagte ich. »Er hat heute Abend vielen Menschen das Leben gerettet.«

Ich hatte vielleicht ein paar Einzelheiten beschönigt. Na gut, viele Einzelheiten. Aber unterm Strich war es die reine Wahrheit. Nate hatte viele Menschen gerettet, auch mich und Ainsley.

Ainsley ging direkt auf Nate zu und drückte ihn heftig an sich.

»Danke«, sagte sie.

Niemals zuvor habe ich einen Menschen gesehen, der so geschockt war wie Nate in diesem Moment. Er wusste zuerst nicht, wie er reagieren sollte, aber dann gab er auf und drückte sie ebenfalls.

»Hey, kein Problem«, sagte er. »Ich bin nur froh, dass du in Sicherheit bist.«

Theo und Lu gaben sich große Mühe, nicht herauszuplatzen.

Die griesgrämige Dame mit Hut wirkte beinahe ebenso verdattert wie Nate. Nate und Ainsley einträchtig vereint – das musste ihr wie ein wirrer Traum erscheinen.

»Ach so. Ich verstehe«, murmelte sie enttäuscht. »Das ist ja sehr lobenswert, Mr Christmas. Gut gemacht.«

Die Frau wich unbeholfen zurück und verschwand. Ich hatte ihr eindeutig den Wind aus den Segeln genommen. Sie hätte Nate so gerne unter irgendeinem Vorwand zur Schnecke gemacht.

Nate stieg von seinem Quad, nahm Lu und mich am Arm und führte uns beiseite.

»Erklärt ihr mir jetzt, was wirklich passiert ist?«, fragte er.

»Passiert ist, dass du jetzt ein Held bist«, sagte ich. »Okay, ich habe ein bisschen was dazugemogelt, aber was du da getan hast, war eigentlich eine noch viel größere Sache. Du hast vielen Menschen das Leben gerettet.«

Nate sah mich fassungslos an. Er war hin- und hergerissen zwischen Stolz, Furcht, Freude und vollkommener Ratlosigkeit.

»Ja, aber wer waren jetzt diese Leute? Ich meine, das waren doch keine echten Menschen.«

»Manchmal geschehen Dinge, die man nicht erklären kann«, sagte ich. »Das hier ist jetzt so ein Moment. Aber es ist vorbei. Mr Martin und Miss Tomac werden nicht an die Schule zurückkommen. Und ich glaube auch nicht, dass noch mehr seltsame Ereignisse eintreten werden. Du hast heute Nacht etwas sehr Gutes gemacht, Nate. Es ist besser, du belässt es dabei und versuchst es erst gar nicht zu verstehen.«

Nate sah aus, als sei ihm übel. Er ging langsam zu seinem Quad. »Na ja, vielleicht hast du recht«, sagte er. »Ich verschwinde von hier, bevor noch etwas passiert.«

»Gute Idee«, sagte ich.

»Nur noch eine Sache«, sagte er.

»Was denn?«

»Ich weiß nicht, wer ihr seid, Leute, aber ich würde jederzeit wieder bei euch mitmachen.«

»Das merke ich mir«, sagte ich.

Gerade wollte er auf sein Quad steigen, da fiel ihm noch etwas ein. Er ging hinüber zu Kayla, die bei Theo stand. Als er sich näherte, rückte Kayla ein bisschen näher an Theo heran, als solle er sie beschützen.

Theo machte sich breit, drückte die Brust heraus und stellte sich sehr aufrecht hin.

»Locker, Streberling«, sagte Nate herablassend zu Theo. »Brauchst nicht nervös zu werden.«

Theo wich ein bisschen zurück, erleichtert darüber, dass er Kayla nicht vor diesem Schläger beschützen musste.

Nate wandte sich an Kayla.

»Hör mal, Kayla«, sagte er verlegen. »Ich habe mich dir gegenüber wie ein ziemlicher Idiot benommen. Es tut mir leid. Wird nicht wieder vorkommen.«

Kayla lächelte freundlich. »Danke.«

Nate stutzte, sah sie überrascht an. »Hey, du hast geredet! Habt ihr das alle gehört? Ich habe sie zum Reden gebracht! Ich hab's geschafft! Ich habe die Wette gewonnen! Jippiee!«

Wir alle starrten ihn wortlos an. Die Botschaft kam bei Nate an, er beruhigte sich wieder.

»Ach was, vergiss es«, sagte er verlegen. »Kapiert. Uncool. Tut mir leid.«

Er stapfte hinüber zu seinem Fahrzeug, aber Ainsley schnitt ihm den Weg ab. Nate erstarrte. Die beiden sahen einander an. Alle gingen davon aus, dass Ainsley ihm jetzt die Leviten lesen würde. Nate selbst auch.

Lächelnd fragte Ainsley: »Könntest du mich vielleicht nach Hause fahren? Ich bin todmüde.«

Nates Miene erhellte sich. »Ja, klar. Steig auf.«

»Eine Sekunde«, sagte sie und kam noch einmal zu Lu und mir zurück.

»Alles klar bei dir?«, fragte ich.

»Keine Ahnung«, sagte sie. »Ich weiß nicht genau, warum, aber ich habe das Gefühl, ich sollte mich bei euch bedanken.«

»Schon gut«, sagte Lu. »Wir sind einfach nur froh, dass niemandem etwas passiert ist.«

»Es steckt mehr dahinter, als ihr jetzt sagt, oder?«, fragte Ainsley.

»Vielleicht«, sagte ich schmunzelnd. »Aber jetzt ist es vorbei. Die Geschichte ist zu Ende.«

Ainsley blinzelte verwirrt, dann nickte sie nachdenklich. Ich fragte mich, ob sie sich jemals an ihre kurze Herrschaft als Hohepriesterin des Zirkels zum Schwarzen Mond erinnern würde. Hoffentlich nicht.

Sie ging zurück zu Nates Quad und sagte: »Sehen wir uns am

Montag? Hier muss ja gründlich aufgeräumt werden. Alle sollten mit anpacken.«

Sie war wieder ganz die Alte. Das hatte ja nicht lange gedauert.

»Ja. Viel Glück dabei«, sagte ich.

»Tschüs, Ainsley«, fügte Lu hinzu.

Ainsley winkte uns noch einmal kurz zu und sprang dann hinter Nate auf das Quad. Nate ließ den Motor aufheulen, grinste mir breit zu und hielt einen Daumen hoch. Unter lautem Röhren fuhren die beiden los und verschwanden in der Nacht.

»Ich nehme an, es sind schon merkwürdigere Sachen passiert«, sage Theo, der gerade mit Kayla heranschlenderte.

»Im Ernst, meinst du?«, fragte Lu.

»Ainsley kann sich nicht an das erinnern, was sie beinahe getan hätte«, sagte Kayla.

»Hoffentlich bleibt das auch so«, fügte ich hinzu. »Sie ist von ein paar sehr bösartigen Leuten gesteuert worden. Aber die werden sie jetzt in Ruhe lassen.«

»Ich glaube, ich will eigentlich gar nicht wissen, was das für Leute waren«, sagte Kayla.

»Willst du auch nicht«, sagte Theo sehr bestimmt. »Am besten vergisst du die ganze Sache. Ich mach das bestimmt.«

»Du hast sie gerettet, Kayla«, sagte Lu. »Du hast alle gerettet.«

»Ich habe nur versucht, ihr zu helfen«, sagte sie. »Ainsley ist immer nett zu mir gewesen.«

»Hier wird jetzt alles viel besser laufen«, sagte ich. »Für alle.«

»Kayla!«, rief jemand.

Ein Mann stand am Rand des Parkplatzes und winkte ihr zu. Er wirkte ziemlich besorgt. Kein Wunder.

»Mein Vater«, sagte Kayla. »Sehen wir uns am Montag?«

Wir sahen einander an. Keiner wusste, was er darauf antworten sollte.

Schließlich nahm Theo die Herausforderung an. »Nein«, sagte er. »Wir sind nur hergekommen, weil wir versuchen wollten, diese Sache zu regeln. Jetzt müssen wir wieder nach Hause.«

Wir sahen Kayla an. Wie würde sie darauf reagieren? Sie dachte einen Moment lang nach und nickte dann, als würde sie verstehen. Oder vielleicht wollte sie es gar nicht verstehen, akzeptierte es aber.

»Mir war klar, dass ihr ein bisschen anders seid«, sagte sie. »Anders ist gut.«

»Das habe ich auch schon immer gesagt«, bestätigte Lu lächelnd.

Kayla drückte uns alle, Theo allerdings am längsten – er bekam auch noch einen raschen Kuss auf die Wange. Dann rannte Kayla hinüber zu ihrem Vater. Sie sah genau aus wie eine Prinzessin, die von einer Ballnacht nach Hause eilt.

Einem sehr merkwürdigen, aufregenden Ball.

Ich fasste an meinen Hals und zog den Paradoxschlüssel hervor.

»Seid ihr bereit für die Heimreise?«, fragte ich.

»Und wie«, antwortete Theo.

»Kann's kaum erwarten«, fügte Lu hinzu.

Wir spazierten an den noch herumstehenden Schülern und Einsatzkräften vorbei in Richtung Schulgebäude – wir würden die erste Tür nehmen, die wir fanden.

»Hey«, sagte Lu. »Es ist Halloween. Als was gehen wir?«

»Als Bär im Winterschlaf«, antwortete Theo wie aus der Pistole geschossen. »Ich muss mich unbedingt hinlegen.«

»Und was ist mit dir, Marcus?«, fragte Lu.

»Ich habe die Nase voll von Halloween. Was mich angeht, kann der Sommer in Zukunft direkt in die Weihnachtszeit übergehen, ohne Zwischenhalt.«

Ich steckte den Paradoxschlüssel in eine Tür, die man vom Parkplatz aus nicht sehen konnte, und öffnete sie. Dahinter lag die Bibliothek. Ich hielt Lu und Theo die Tür auf und ließ sie zuerst eintreten. Bevor ich ihnen folgte, wandte ich mich um und warf einen letzten Blick auf die Coppell Middle School, dann sah ich nach oben in den Himmel, wo die Sterne schon ein bisschen weniger hell zu funkeln schienen.

»Hey«, fragte ich, als ich meinen Freunden folgte. »Wann gibt es das nächste Mal einen schwarzen Mond an Halloween?«

Kapitel 19

»Also ist der Hexenzirkel zum Schwarzen Mond endgültig erledigt?«, fragte Lu. »Oder dümpeln die jetzt einfach rum, bis sie wieder ein Opfer finden, und versuchen es dann noch mal?«

Everett saß an der Ausleihtheke und las in dem roten Buch, das jetzt auch den Rest der Geschichte enthielt.

»Ich glaube schon, dass das jetzt ihr Ende ist«, sagte er.

»Und wie kommen Sie darauf, dass es diesmal anders ist als in den letzten Geschichten?«, fragte Theo, der nachdenklich an seinem Ohrläppchen zupfte.

»In keinem anderen Bericht über ihre Missetaten wurde erwähnt, dass die Agenten der Großen Bibliothek einen ihrer Totems oder Talismane zerstört hätten. Du hast nicht nur den Altar vernichtet, sondern auch die ganzen mächtigen Gegenstände zerstört, die sie für ihren Zauber benutzt haben.«

»Ja, und nicht zu vergessen – der ganze Hexenzirkel wurde unter Tonnen von Felsbrocken begraben«, erinnerte Lu.

»Oh ja«, sagte Everett. »Ich sage niemals nie, aber ich würde mich wundern, wenn noch eine Geschichte über diese Hexen auftauchen würde. Ich glaube, dass ihr den Hexenzirkel endgültig vernichtet habt, und das bedeutet, dass nur noch eins zu tun bleibt.«

»Und das wäre?«, fragte Theo.

»Ein fertig geschriebenes Buch benötigt einen Titel.« Everett zwinkerte uns zu.

Alle Blicke fielen auf mich. Tatsächlich hatte ich schon ein bisschen darüber nachgedacht.

»Es war Ainsleys Geschichte«, sagte ich. »Aber es haben viele andere Leute mitgespielt. Sie waren nicht alle gut. Ohne sie wäre Ainsley niemals in Gefahr geraten. Ihr Hass, ihre Wut war daran schuld, dass das alles passiert ist. Eigentlich ging es in dieser Geschichte genau darum.«

»Und wie würdest du sie jetzt nennen?«, fragte Theo.

»*Unter dem schwarzen Mond.*«

Theo und Lu grinsten zustimmend.

»Ja!«, rief Lu. »Das Buch würde ich lesen!«

»Lesen, ja«, sagte Theo. »Aber noch mal erleben möchte ich das Ganze nicht.«

»Gut, dann nehmen wir *Unter dem schwarzen Mond*«, verkündete Everett. »Und jetzt noch eine kleine Formalität.«

Er schob das Buch zu mir hinüber.

»Jetzt solltest du das Buch zurückgeben«, sagte er und schlug die Seite auf, auf der ich unterschrieben hatte.

»Wie mache ich das?«, fragte ich.

»Streich deinen Namen durch, Marcus«, sagte er.

Er reichte mir dieselbe altmodische Feder, mit der ich unterschrieben hatte.

Als ich das Buch ausgeliehen hatte, spielte ich auch eine kleine Rolle in dem Zauber, der uns zum Teil einer Geschichte gemacht hatte. Jetzt war die Geschichte vorbei. Das Buch war zu Ende. Ich nahm die Feder und zog rasch einen schwarzen Strich durch meinen Namen.

»Das ist alles?«, fragte ich.

Everett nahm mir das Buch wieder ab und schlug es zu.

»Jawohl. Jetzt werde ich es bei den anderen beendeten Büchern einsortieren. Ich glaube, ich stelle es in die Abteilung Hexerei.«

»Und das heißt, es ist an der Zeit, dass wir ins echte Leben zurückkehren«, sagte ich.

Theo, Lu und ich standen auf, wandten uns zum Ausgang.

»Echtes Leben«, wiederholte Theo, dann sah er Lu an. »Hast du deinen Eltern von der Drei in Physik erzählt?«

Lu zuckte mit den Schultern. »Nein, aber darüber mache ich mir keine Sorgen mehr. Es ist doch verrückt, wenn man immer nur perfekt sein will.«

»Ja«, sagte ich. »Perfekt sein ist gar nicht gut. Es kann passieren, dass Hexen hinter dir her sind und dich zu ihrer Hohepriesterin machen wollen.«

»Genau!« Lu grinste. »Meine Eltern werden einfach akzeptieren müssen, dass ich immer versuche, mein Bestes zu geben.«

»Und was ist mit dir, Marcus?«, fragte Everett. »Hast du darüber nachgedacht, welcher außerschulischen Aufgabe du dich widmen möchtest?«

»Reicht es nicht, Agent der Bibliothek zu sein?«, fragte Theo.

»Würde schon reichen, wenn meine Eltern davon wüssten«, sagte ich. »Also werde ich es ihnen erzählen.«

Alle drei standen kerzengerade da, als hätte sie ein elektrischer Schlag getroffen.

»Im Ernst jetzt?«, rief Theo. »Du willst es ihnen erzählen?«

»Blöde Idee, Marcus«, sagte Lu. »Wenn du es ihnen sagst, dann sagen sie es meinen Eltern und die sagen es Theos Eltern und dann darf keiner von uns jemals wieder hierher zurückkommen.«

Everett runzelte die Stirn. »Hast du dir das gut überlegt?«

»Sehr gut«, sagte ich. »Ich werde meinen Eltern sagen, dass sie absolut recht haben. Ich brauche andere Interessen, die mich im Leben weiterbringen und bei denen ich andere Leute kennenlerne, deswegen arbeite ich jetzt ehrenamtlich in der Bücherei mit. Der Schulbücherei. Die brauchen immer Leute.«

Sie starrten mich mit offenen Mündern an, als hätten sie nicht ganz verstanden, was ich sagte.

»Die Schulbücherei?«, wiederholte Lu verblüfft. »Du meinst, so wie … in der Schule?«

»Genau. Du hast doch nicht geglaubt, dass ich ihnen von dieser hier erzähle, oder? Bist du wahnsinnig?«

Erleichtertes Aufatmen war zu hören.

»Ich glaube, das ist eine gute Tarnung, für den Fall dass sie hören, wie wir über die Bibliothek reden. Ich hoffe, damit geben sich meine Eltern zufrieden, bis ich im Sommer wieder zur Leichtathletik kann.«

Lu versetzte mir einen spielerischen Stoß: »Idiot.«

Wir drei machten uns auf den Weg zu der Tür, die uns zurück in mein Zimmer führen würde.

»Oh«, rief Everett. »Jetzt hätte ich es beinahe vergessen.«

Wir wandten uns um. Er warf ein pechschwarzes Buch auf die Ausleihtheke.

»Ich glaube, ich habe sie gefunden«, erklärte er.

»Was gefunden?«, fragte ich.

»Die Geschichten, nach denen ihr gesucht habt. Ich habe festgestellt, dass es nicht zwei Geschichten gibt, sondern nur eine.«

»Wovon reden Sie?«, fragte Lu verwirrt.

»Es ist eine Geschichte über eine junge Frau, die vermisst wird«, sagte er.

Lu erstarrte. »Meine Cousine? Ist es ihre Geschichte? Sind Sie sich sicher?«

»Ist ihr Name Jenny Feng?«

»Ja!«, rief Lu. »Sie haben sie gefunden?«

»Ich habe ihre Geschichte gefunden«, erwiderte Everett. »Ich fürchte, deine Sorgen waren berechtigt. Sie befindet sich mitten in einer Störung.«

Lu griff hastig nach dem Buch.

»Steht da drin, was ihr passiert ist?«, fragte sie.

»Bis zu einem gewissen Punkt. Aber sie wird immer noch vermisst. Im Buch wird nicht erklärt, warum. Es zeigt einfach nur die Umstände.«

»Und was meinen Sie damit, dass es nur eine Geschichte gibt?«, fragte Theo misstrauisch.

»Es sieht so aus, als hätte Jennys Geschichte damit angefangen, dass sie sich von einem Automaten in einem Vergnügungspark die Zukunft voraussagen ließ.«

Diese Mitteilung traf Theo wie ein Schlag. Er musste sich setzen.

»Der Automat in Playland?«, fragte er. Seine Stimme war kaum mehr als ein Flüstern. »Die, die auch mir die Zukunft vorausgesagt hat?«

»Genau«, sagte Everett. »Es sieht so aus, als läge hier etwas ernsthaft im Argen.«

»Das Leben, wie du es kennst, wird an deinem vierzehnten Geburtstag enden«, murmelte Theo wie betäubt. Er hatte sich jedes Wort dieses Schicksalsspruchs gemerkt. »Also habe ich ein echtes Problem. Ich weiß nicht, ob ich mich darüber freuen soll, dass Sie das Buch gefunden haben, oder ob ich nur richtig, richtig Angst habe.«

Ich nahm Lu das Buch aus der Hand und blätterte ein paar Seiten durch.

Darin stand eine Geschichte. Eine neue Geschichte.

Aber diesmal handelte sie von meinen Freunden.

D.J. MacHale ist Drehbuchautor, Produzent und Regisseur zahlreicher erfolgreicher amerikanischer Jugendfilme und TV-Serien. Während seiner Schulzeit in Greenwich, Connecticut, war er ein begeisterter Sportler, nebenher jobbte er als Tellerwäscher in einem Steakhouse, gravierte Sporttrophäen und sammelte Eier in einer Hühnerfarm. D.J. MacHale studierte an der New York University Filmproduktion. In New York begann auch seine Karriere in der Filmbranche. D.J. MacHale lebt mit seiner Frau Evangeline in Manhattan Beach, Kalifornien.